EFFACÉE

Teri Terry

EFFACÉE

Traduit de l'anglais (Grande-Bretagne)
par Maïca Sanconie

La Martinière j. FICTION

Photographie de couverture : © Guido Mieth/Getty Images

Édition originale publiée en 2012 sous le titre *Slated*
par Orchard Books, Londres,
une marque de Hachette Children's Books UK.

ISBN : 978-2-7324-5604-1

Conforme à la loi n° 49-956 du 16 juillet 1949
sur les publications destinées à la jeunesse.

www.lamartinierejeunesse.fr
www.lamartinieregroupe.com

À Graham, qui ne se doutait pas de ce qui l'attendait
mais n'a jamais flanché pour autant.

Prologue

Sur le rivage, les vagues lacèrent le sable avec rage.

Je cours.

Mes pieds font un bruit sourd qui vibre dans tout mon corps. C'est si pénible de les soulever…

Je glisse sur le sable humide. Me redresse.

Il faut continuer, malgré la douleur. Un pied devant l'autre, coûte que coûte.

Plus vite.

Garder les yeux rivés sur les dunes. Ne pas regarder en arrière. Surtout pas. Respiration en lambeaux.

Inspire quand même, expire.

Inspire, expire.

Encore.

Mes poumons vont éclater.

Mon cœur va exploser. Je l'imagine jaillir de ma poitrine et former sur le sable une étoile écarlate.

Je m'écroule.

Un homme se retourne, vient me relever.

— Cours ! hurle-t-il.

Ça se rapproche.

Je ne tiens pas debout. M'effondre à nouveau.

L'homme s'agenouille, me prend par les épaules et plonge son regard dans le mien.

— Vite, construis le mur ! Maintenant !

Ça se rapproche encore.

J'obéis. Je monte le mur brique par brique. Rangée par rangée. Une haute tour, comme celle de Raiponce, mais la mienne n'a pas de fenêtre pour y passer de longs cheveux.

Personne ne pourra me délivrer.

— N'oublie jamais qui tu es ! crie-t-il en me secouant très fort.

Une nappe de terreur s'étend sur la mer, sur le sable, engloutit ses paroles, mes bras et mes jambes meurtris.

C'est fini.

Chapitre 1

J'ai seize ans. Parfois, j'ai l'impression qu'on m'a enfermée dans un placard depuis ma naissance. Mais être Effacée, ça fait cet effet-là en permanence. Tout semble arriver pour la première fois : prononcer des mots simples, voir une araignée courir sur un mur, se cogner les orteils contre une chaise…

Aujourd'hui, mes parents et ma sœur viennent me chercher à l'hôpital.

Je me ronge les ongles et marmonne : « Maman, papa, Amy », pour m'habituer car je ne les connais pas. Je ne sais pas non plus où est ma maison.

Je ne sais *rien*. Difficile de ne pas se sentir bizarre, non ?

Une vibration, à mon poignet, me fait baisser les yeux. Je consulte le cadran qui orne le fin bracelet doré, et dont les chiffres vont de 1 à 10. C'est mon Nivo, l'appareil qui évalue mes émotions. Je suis tombée à 4,4 : danger d'évanouissement… J'avale un carré de chocolat et l'aiguille remonte lentement.

— Kyla, si tu n'apprends pas à te contrôler, tu vas devenir énorme !

Je sursaute.

Le Dr Lysander se tient dans l'embrasure de la porte de ma chambre. Elle est grande, mince et vêtue d'une longue blouse blanche. Ses cheveux noirs sont toujours tirés en arrière et ses lunettes aux verres épais accentuent son air sévère.

Elle se déplace sans bruit, comme un fantôme. On dirait qu'elle devine le moment où l'on est en difficulté. Cependant, si certaines infirmières nous raniment en nous serrant dans leurs bras, c'est loin d'être son cas.

On ne peut vraiment dire qu'elle soit *gentille.*

— Viens, Kyla. Tu es attendue.

— Je suis obligée ? Je ne peux pas rester ici ?

Elle fait non de la tête, avec une lueur d'impatience dans les yeux. Elle doit avoir entendu cette requête des milliers de fois. Enfin, 19 417 fois – au moins, puisque mon Nivo porte le numéro 19418.

— Tu sais bien que c'est impossible. Nous avons besoin de la chambre. Suis-moi.

Elle tourne les talons, et je prends mon sac, qui contient tout ce que je possède. Il est donc très léger.

Avant de fermer la porte, je regarde attentivement la pièce. Sur le lit, deux oreillers, une couverture. L'évier est ébréché sur le côté, et c'est la seule chose qui distingue ma chambre des centaines de cellules sur le même modèle.

Ces détails sont les premières choses dont je me *souviens*.

Pendant neuf mois, ces quatre murs ont marqué les frontières de mon univers, avec des incursions dans le bureau du Dr Lysander, le gymnase et les salles de cours à l'étage d'en dessous.

Mon Nivo vibre plus fort et je grimace en le consultant : 4,1.

Trop bas.

Le Dr Lysander se retourne avec un air désapprobateur. Elle se penche pour que nos yeux soient à la même hauteur et pose une main sur ma joue.

Ce geste aussi, c'est une première fois.

— Tout se passera bien, je t'assure. Et nous nous verrons régulièrement, au début. Chaque quinzaine.

Elle sourit. C'est si rare que j'en oublie ma peur et que mon Nivo remonte.

Elle me précède dans l'ascenseur.

Première fois que je descends les dix étages…

Nous restons silencieuses.

Au rez-de-chaussée, nous empruntons un couloir menant à une porte que je n'ai encore jamais franchie, et pour cause. Au-dessus, il est écrit : « Procédure de sortie. »

— Pas besoin de frapper. Entre ! m'ordonne-t-elle.

J'hésite, pose la main sur la poignée et pivote pour lui dire au revoir (ou la supplier de me garder, je ne sais pas trop…). Mais elle a déjà tourné les talons. Je ne vois que sa silhouette qui s'engouffre dans l'ascenseur. Blouse blanche et cheveux noirs.

Mon cœur bat trop vite. Je prends une profonde inspiration et compte lentement jusqu'à dix, comme on me l'a appris en cas de panique. Puis je redresse les épaules et pousse la porte.

Devant moi s'étend une longue pièce, meublée de chaises en plastique alignées contre un mur. Deux autres

Effacées attendent. À leurs pieds, un sac réglementaire, comme le mien. Je les reconnais. Elles étaient en cours avec moi. Elles aussi ont troqué leur longue combinaison en coton bleu pâle contre un jean et un T-shirt blanc. Soudain, j'ai l'impression d'avoir passé un autre uniforme…

Elles sourient, ravies de quitter enfin l'hôpital avec leur « famille » – qu'elles n'ont pourtant jamais vue, elles non plus.

L'infirmière installée derrière le bureau lève la tête en m'entendant.

— C'est toi, Kyla ? Entre !

La porte se referme derrière moi et mon Nivo vibre avec insistance. Dès que j'arrive près d'elle, l'infirmière me saisit le poignet et fronce les sourcils devant mon 3,9.

Avant que j'aie eu le temps de réagir, elle me serre le bras d'une main et de l'autre m'enfonce l'aiguille d'une seringue dans l'épaule.

— C'est quoi ? demandé-je une fois libérée de son étreinte.

— Quelque chose pour te stabiliser. Assieds-toi jusqu'à ce qu'on t'appelle.

J'obéis, l'estomac noué. Les deux autres me regardent avec de grands yeux curieux. Je sens le produit se répandre dans mes veines. Mon Nivo remonte lentement à 5.

Mon corps se calme mais pas mes pensées.

Et si je ne plaisais pas à mes parents ? Même quand j'essaye d'être agréable, les gens ont l'air contrariés, comme si je ne comprenais pas ce qu'ils voulaient.

Et si moi, je ne les aimais pas ?

Depuis quelques semaines, j'ai leur photo : David, Sandra et Amy Davis : papa, maman et ma sœur aînée. Ils sourient devant l'objectif et ont l'air plutôt sympathiques.

Seulement, ça ne suffit pas à calmer mes appréhensions. Quels que soient leurs caractères, il faudra que je me débrouille pour qu'ils m'apprécient.

Je n'ai pas le choix.

Chapitre 2

Au début, la procédure de sortie me paraît assez simple. Je suis scannée, photographiée, pesée, et on relève mes empreintes digitales. C'est après que cela se complique, lorsque l'infirmière me conduit à un autre bureau.

— Tes parents t'attendent, m'explique-t-elle. Il y a des papiers à signer.

Je le sais déjà. C'est censé faire de nous une famille heureuse qui vivra dans le meilleur des mondes possibles.

Seulement, si, en me voyant, mes parents refusaient de signer ?

— Tiens-toi droite ! Et *souris* ! m'ordonne-t-elle avant de me pousser dans la pièce.

Je plaque un grand sourire sur mon visage, quoique ça ne suffira pas à me transformer en petit ange. Ça doit plutôt me donner l'air débile.

Première surprise : mes parents et Amy ne se tiennent pas comme sur la photo et ne portent pas les mêmes vêtements.

C'est trop d'un coup, tant de nouveaux détails ! Même avec la dose d'euphorisant qu'on m'a envoyée dans mes veines… Dans mon état, on ne gère qu'une chose à la fois.

Je me concentre sur leurs yeux. Ceux de papa sont gris et indéchiffrables. Ceux de maman, noisette avec des petites paillettes dorées, trahissent une impatience qui me rappelle le Dr Lysander. À elle aussi, rien ne doit échapper. Quant à ma sœur, ses grands yeux sombres, presque noirs, fixent les miens d'un air bienveillant. Ils mettent en valeur sa peau couleur chocolat, son teint velouté. Lorsque la photo m'est parvenue, j'ai demandé pourquoi Amy était si différente de mes parents et de moi. On m'a répondu que sous le règne de la glorieuse Coalition Centrale, peu importait la couleur de peau.

Comment peut-on ignorer un tel contraste physique au sein d'une même famille ?

Ils sont assis autour d'un bureau, en face d'un autre homme. Tous les regards sont rivés sur moi mais personne ne dit rien. Mon sourire me paraît de plus en plus figé. Une vraie grimace.

Enfin, mon père se lève et s'avance vers moi.

— Kyla, nous sommes très heureux de t'accueillir dans notre famille.

Il m'embrasse sur la joue. La sienne est rugueuse car il a de la barbe. Son sourire est chaleureux et sincère.

Puis ma mère et Amy s'approchent à leur tour. Elles me dominent de plusieurs centimètres – facile, vu que je ne dépasse pas un mètre cinquante.

Amy glisse son bras sous le mien et me caresse les cheveux.

— Comme ils sont beaux…

Je regarde maman. Son sourire forcé ressemble au mien. Derrière son bureau, l'employé se racle la gorge et tripote des papiers.

— Vos signatures, s'il vous plaît…

Mes parents s'exécutent, puis papa me tend le stylo.

— À ton tour, Kyla, dit l'homme en désignant un espace blanc à la fin du document, juste au-dessus de mon nom, « Kyla Davis », en gros caractères d'imprimerie.

— C'est quoi ? lancé-je, regrettant aussitôt ma question.

Réfléchis avant de parler, me dit toujours le Dr Lysander. En l'occurrence, savoir ce que je signe ou pas ne change rien. Qu'est-ce qui m'a pris ?

L'homme hausse les sourcils d'un air irrité.

— La déclaration de libération, après traitement requis pour condamnation par tribunal externe, répond-il.

— Je voudrais la lire d'abord.

Quelque chose en moi s'obstine. L'esprit de contradiction ?

— C'est ton droit, soupire l'employé. Mr et Mrs Davis, veuillez donc attendre la décision de Miss Davis.

Je feuillette le document d'une douzaine de pages aux lignes serrées. Les caractères dansent devant mes yeux et mon cœur recommence à battre trop vite.

Papa pose une main sur mon épaule.

— Nous attendrons, Kyla. Pas de problème.

C'est lui mon responsable, désormais. Lui et maman. On me l'a suffisamment expliqué la semaine dernière : nos relations sont définies dans ce contrat. Les parents ont l'autorité, les enfants obéissent.

Je n'ai pas besoin d'en savoir plus, si ?

Je signe avec mon nouveau nom de famille – le seul que je connaisse. Mon prénom aussi est nouveau, mais je m'y suis habituée. C'est un administrateur qui me l'a donné lorsque j'ai repris connaissance ici, il y a neuf mois. Je lui rappelais sa tante Kyla, qui avait des yeux verts comme les miens.

— Je me charge de ça, dit papa en prenant mon sac.

Amy passe son bras sous le mien et je laisse derrière moi tout ce que j'ai jamais connu.

Lorsque nous sortons du parking souterrain de l'hôpital, je surprends les regards de mes parents dans le rétroviseur. C'est de bonne guerre puisque je les observe aussi. Ils se demandent probablement ce qu'ils font avec deux filles aussi mal assorties. Et cela n'a rien à voir avec la couleur de peau de ma sœur – que je ne suis pas censée remarquer – ni avec nos trois ans de différence.

Amy est grande et dotée d'une forte poitrine. Je suis petite et menue, avec des cheveux blonds et fins. Les siens sont noirs, épais et lourds. Elle est « canon », comme dirait un des infirmiers à propos d'une de ses collègues qui lui plaisait. Et moi je suis…

Je me racle en vain la cervelle pour trouver un mot désignant le contraire de ce qu'est Amy. C'est peut-être ça la réponse… Il n'existe aucun terme adéquat. J'existe en creux, sans définition.

Amy porte une robe rouge à manches longues. Surprenant mon regard, elle dégage son poignet pour que je voie son Nivo. J'écarquille les yeux d'étonnement : elle aussi a été Effacée ? Son Nivo est d'un modèle plus ancien, gros et épais, alors que le mien a l'air d'une montre-bijou – même si cela ne trompe personne.

— Je suis tellement heureuse que tu sois ma sœur, affirme-t-elle.

Elle doit être sincère car son Nivo affiche 6,3 en gros chiffres numériques.

Nous arrivons devant la grille de sortie.

Un garde s'avance vers la voiture et les autres nous dévisagent derrière les fenêtres. Mon père appuie sur des boutons et toutes les vitres de la voiture descendent. Même le coffre s'ouvre.

Mes parents et Amy remontent leurs manches et tendent leur main droite au-dehors. J'en fais autant. Puis un garde avise les poignets nus de mes parents, hoche la tête, et passe un objet au-dessus du Nivo d'Amy. L'objet sonne. Il procède de la même manière avec moi. Ensuite il va examiner le coffre et le referme d'un coup sec.

La barrière de sûreté s'ouvre enfin et nous débouchons dans une rue.

— Kyla, qu'aimerais-tu faire, aujourd'hui ? me demande ma mère.

Elle est ronde et pointue. Oui, je sais : ces deux adjectifs paraissent contradictoires. Je veux dire qu'elle est ronde de corps et tendre d'apparence, mais que ses regards et ses paroles sont aigus et perçants.

Je me retourne. Le complexe hospitalier occupe tout l'horizon : interminables rangées de petites fenêtres grillagées, hautes clôtures, miradors disposés à intervalles réguliers, sentinelles…

— Kyla ! Je t'ai posé une question !

Je tressaille.

— Je ne sais pas, marmonné-je.

— Normal, remarque mon père. Elle n'a encore aucune idée de ce qu'elle « peut » faire.

— Rentrons à la maison, propose Amy. Elle a besoin de temps pour s'habituer. D'ailleurs, c'est ce qu'a dit son docteur.

— Évidemment, soupire ma mère. Les médecins savent toujours tout.

Il y a un silence lourd de sous-entendus. Apparemment, ma mère n'a guère confiance dans le corps médical...

Je croise le regard de mon père dans le rétroviseur.

— Kyla, tu connais l'histoire du médecin qui ne pouvait pas distinguer sa droite de sa gauche ?

Il se lance dans une longue histoire d'erreurs chirurgicales, à la grande joie de ma mère et de ma sœur. Moi, je ne trouve pas ça drôle. J'espère que rien de tel n'est arrivé dans mon hôpital...

Et puis, j'oublie, captivée par la ville qu'ils appellent Londres. Nous circulons maintenant dans une rue bordée de bâtiments incendiés, aux ouvertures condamnées. Plus loin, le quartier s'anime. Il y a du linge qui sèche aux balcons, des plantes, des rideaux que le vent soulève comme s'il voulait s'amuser avec.

Et partout, des gens. Dans les voitures, sur les trottoirs. Des foules de gens, entrant et sortant de boutiques ou de bureaux, se hâtant dans toutes les directions. Ils semblent ignorer les gardes postés aux coins des rues. D'ailleurs, ceux-ci sont de moins en moins nombreux au fur et à mesure que nous nous éloignons de l'hôpital.

J'observe tout – les rues, les gens, les immeubles – pour me rappeler.

Le Dr Lysander m'a souvent demandé pourquoi je cherchais systématiquement à mémoriser ce que je voyais dans le moindre détail. Je n'ai jamais su le lui expliquer, sinon par le fait que je n'aime pas me sentir vide.

Après mon Effacement, dès que j'ai réussi à mettre un pied devant l'autre sans tomber, j'ai parcouru les étages autorisés de l'hôpital. J'ai compté mes pas et inscrit chaque recoin dans ma mémoire. J'aurais pu trouver les bureaux des infirmières les yeux fermés. Et aussi les laboratoires et les chambres. Je n'avais pas besoin de voir leur numéro. Même en ce moment, il me suffit de me concentrer pour que ça me revienne parfaitement.

Mais il faudrait que je parcoure toutes les rues de Londres pour avoir la configuration de la ville dans la tête... Bien sûr, on m'a montré des cartes et des photos, à l'hôpital. Cela faisait partie des cours de culture générale nous préparant à notre sortie. Pour moi, c'était facile de me rappeler. Il me suffisait de dessiner ce que j'avais vu, et d'écrire les noms dans un cahier. Les autres élèves n'étaient pas aussi réceptifs. Ils souriaient comme des abrutis et ne reconnaissaient jamais rien. Ce n'est pas de leur faute : lorsque nous avons été Effacés, la fonction « heureux caractère » de nos profils psychologiques a été renforcée au maximum.

Je suppose qu'avant le traitement, je n'avais aucun sourire en réserve...

Chapitre 3

Mes parents habitent un village à une heure de la capitale. À l'arrivée, papa sort mon sac du coffre et se dirige vers la maison en sifflotant, les clés à la main. Maman et Amy descendent à leur tour.

— Alors, Kyla, tu viens ? s'impatiente ma mère.

Mais j'ai beau pousser la portière, elle ne bouge pas. Je commence à paniquer. Heureusement, Amy m'ouvre de l'extérieur.

— Tu appuies ici, m'indique-t-elle. Vers le bas et ensuite vers dehors. Tu comprends ?

Elle referme la portière, et j'actionne la poignée en suivant ses instructions. Ouf, ça marche ! Une fois libre, j'apprécie aussi de me dégourdir les jambes. Nous avons mis trois heures à cause des embouteillages et des déviations. Maman est d'une humeur exécrable…

Elle me saisit le poignet.

— 4,4 ! s'écrie-t-elle. Juste parce que tu n'arrives pas à ouvrir une portière ! Eh bien, ça promet…

Je veux protester : c'est surtout sa réaction, qui me stresse.

Mais comme j'ignore ce que je devrais dire ou pas, je me tais et me mords l'intérieur de la joue.

Dès que nos parents sont entrés dans la maison, Amy glisse un bras sur mes épaules.

— Elle n'est pas méchante, m'explique-t-elle. Juste grognon parce que nous sommes en retard pour ton premier dîner chez nous.

Je ne sais toujours pas quoi dire mais, cette fois, c'est parce que quelqu'un est gentil avec moi. Je lui souris timidement.

— Tu veux faire un tour dans le jardin ? me propose-t-elle.

J'acquiesce.

À l'endroit où la voiture est garée, à droite de la maison, il y a plein de petits cailloux qui roulent sous nos pas en crissant.

Amy m'entraîne sur la pelouse. À gauche se dresse un arbre énorme – un chêne ? Ses feuilles sont jaunes, orange et rouges, et tombent en tourbillonnant. Ça me rappelle le cours sur l'automne… Normal, nous sommes le 13 septembre.

Des parterres de fleurs rouges et roses sont disposés de part et d'autre de la porte d'entrée. Tout est étrangement calme, ici. Je respire l'air frais, savoure son goût humide et presque sucré.

— On entre ? suggère Amy.

Je la suis dans un vestibule qui s'ouvre sur une grande pièce, meublée de canapés et de tables basses garnies de lampes. Un immense écran plat couvre pratiquement le mur du fond. Si c'est une télé, elle est bien plus large que celle du foyer de l'hôpital – qu'on m'avait interdit de regarder car cela faisait empirer mes cauchemars.

Puis nous passons dans la cuisine. Longues surfaces de travail, avec des placards au-dessus et en dessous, une table d'angle… Il y a aussi un énorme four que maman vient d'ouvrir pour y glisser un plat.

— Kyla, va dans ta chambre et range tes affaires avant de dîner, m'ordonne-t-elle.

Amy me prend par la main.

— Par là, dit-elle en me ramenant dans l'entrée.

En haut de l'escalier, je découvre trois portes et une autre volée de marches.

— Nous, on est au premier, et papa et maman à l'étage du dessus. Notre salle de bains est au bout du couloir. Les parents ont la leur en haut. Et là, c'est ta chambre.

Elle désigne la porte de gauche.

— Entre ! m'encourage-t-elle.

Je suis agréablement surprise. Rien à voir avec la cellule que j'occupais à l'hôpital ! Il y a deux lits identiques, une petite table avec un miroir, et une penderie. Pas de lavabo. Une grande fenêtre donne sur le jardin de devant.

Amy s'assied sur un des lits.

— Je peux rester dormir avec toi, si tu veux. L'infirmière a dit que ce serait une bonne idée, jusqu'à ce que tu sois habituée à ta nouvelle maison.

Je devine ce que l'infirmière a expliqué : « Kyla est sujette aux cauchemars. Il vaut mieux ne pas la laisser seule, son Nivo peut descendre très bas et elle perd connaissance… »

Je m'assieds sur l'autre lit et tends la main vers quelque chose de rond et de noir. Une peluche ? Ma main se fige.

— Tu peux le toucher. C'est Sebastian, notre chat. Il est très gentil.

J'effleure sa fourrure du bout des doigts. C'est doux et chaud. Puis le chat étire ses pattes, renverse la tête et bâille.

J'ai déjà vu des photos de chat, bien sûr, mais cette créature vivante me laisse perplexe. Son haleine sent le poisson, et ses grands yeux jaunes me fixent d'un air étonné.

— Miaou !

Je sursaute.

Amy se lève et se penche sur lui.

— Caresse-le comme ça, m'explique-t-elle en passant la main sur sa fourrure depuis la tête jusque sur la queue.

Je l'imite et il fait un drôle de bruit, un grondement profond qui vient de sa gorge et vibre dans tout son corps.

— Qu'est-ce que c'est ?

— Il ronronne. Ça veut dire qu'il t'aime bien.

La pièce est plongée dans l'obscurité. Amy dort. Sebastian ronronne toujours faiblement près de moi. La porte est entrouverte pour le chat, et des bruits me parviennent de la cuisine. On dirait que des assiettes s'entrechoquent.

— Elle ne parle pas beaucoup, hein ? déclare papa.

— Elle n'a pas décroché un mot ! Rien à voir avec Amy, qui n'a pas arrêté de rire et de parler dès son arrivée. Elle est un peu bizarre, si tu veux mon avis. Avec ces grands yeux verts qui vous fixent si intensément…

— Mais non, elle est très mignonne. Laisse-lui le temps de trouver sa place.

— C'est sa dernière chance, n'est-ce pas ?

— Chut.

Une porte se referme et je n'entends plus qu'un faible murmure.

Je soupire. Au moins, à l'hôpital, je savais ce qu'on attendait de moi. Ici, tout est inconnu.

Enfin, ce n'est pas aussi terrible que je le redoutais : Amy est adorable, papa a l'air gentil et Sebastian sera sans doute plus efficace que le chocolat si mon Nivo dégringole. Et puis ici, on mange beaucoup mieux. C'est la première fois que je goûte du rôti. Amy m'a dit que maman en prépare un tous les dimanches...

Grâce au dîner et au bain – oui, on a une baignoire, quel luxe ! – je suis remontée à 7 au moment d'aller me coucher.

Seule ombre au tableau : maman me trouve bizarre.

Je dois faire attention à ne pas la fixer aussi intensément.

Puis, au moment où le sommeil me gagne, ses mots me reviennent à l'esprit : *c'est sa dernière chance*... J'en ai eu d'autres, alors ?

Je cours.

Des vagues griffent le sable comme pour m'attirer vers elles. Je ne peux pas les fuir. Mes pieds sont de plomb et chacun de mes pas résonne douloureusement dans mon corps. Mes poumons semblent sur le point d'éclater. Le sable doré se dérobe sous moi. Il s'étend à l'infini, aussi loin que mon regard peut porter. Je titube, glisse, me relève.

Quelque chose tente de me mordre les talons. Je suis terrifiée.

Ça se rapproche.

Et si je me retournais ? Si j'affrontais ce qui me poursuit ?

Je cours désespérément.

En vain… Ça me rattrape.

— Chut, ce n'est rien, je suis là.

Je continue à me débattre dans les bras d'Amy, puis la reconnais.

À cet instant, la porte s'ouvre et la lumière du couloir envahit la pièce.

— Que se passe-t-il ? demande maman.

— Elle a fait un mauvais rêve mais ça va mieux, maintenant. N'est-ce pas, Kyla ?

Le rythme de mon cœur ralentit. Ma vision se fait plus nette. Je m'écarte de ma sœur.

— Oui, ça va.

En réalité, une partie de moi continue à courir.

Chapitre 4

Je tournoie entre les arbres avant de me laisser tomber sur l'herbe émaillée de marguerites. Dans le ciel, les nuages dessinent des formes et des visages vaguement familiers. J'ai des noms sur le bout de la langue, mais ils m'échappent… Tant pis. C'est bien d'être là, immobile, d'être *moi*.

Puis mon sang se répand comme une nappe de brouillard.

J'ai disparu. Je n'existe plus.

Il fait noir, maintenant, sous mes paupières closes : plus d'arbres, ni de ciel… plus d'herbe non plus.

Tiens, je suis allongée sur un matelas.

J'existe ?

J'ai rêvé ?

Je dois être à l'hôpital. C'est étonnant… Je n'ai entendu ni la sonnerie de 5 heures ni le cliquetis du chariot transportant les petits déjeuners dans le couloir.

Je retiens mon souffle et écoute.

Il y a une respiration légère, régulière, tout près de moi.

Une Surveillante ? Ai-je perdu connaissance au cours d'un autre cauchemar ? En tout cas, elle ne me surveille guère. Elle s'est endormie !

Puis j'entends des sifflements joyeux, dans la direction inverse. On dirait une mélodie, qui se répète sans arrêt… On dirait… un mot me vient : des oiseaux ?

Je bouge un peu les pieds et rencontre quelque chose de chaud et de souple.

Cette fois, je me rappelle : je ne suis pas à l'hôpital !

J'ouvre les yeux : Amy dort profondément, tout comme Sebastian. Ma sœur est-elle ma nouvelle Surveillante ?

Je marche en silence jusqu'à la fenêtre et tire le rideau.

Un autre mot me traverse l'esprit : aube.

Le ciel est strié de rouge et de rose, parsemé de minces volutes de nuages encore sombres. L'herbe est éclaboussée d'orange, d'or, de vermillon et de pourpre. C'est magnifique. Jamais encore je n'avais vu le jour se lever. À l'hôpital, la fenêtre de ma chambre était orientée à l'ouest, et je n'avais droit qu'au soleil couchant. Enfin, à ce que m'en laissaient voir les hauts immeubles environnants.

J'ouvre la fenêtre en grand, me penche et respire l'air frais, dépourvu d'odeur de métal ou de désinfectant. Les rougeoiements du ciel laissent rapidement place à une lumière dorée qui fait chatoyer le jardin et les prés.

Soudain, j'ai la certitude d'être née à la campagne. J'en suis aussi sûre que je respire. Cet endroit ressemble à l'endroit où je vivais autrefois. Sauf que maintenant, c'est ici, chez moi.

D'après le Dr Lysander, il n'est pas possible de savoir si les images qui m'arrivent de mon subconscient sont vraies ou non. Alors je dessine des diagrammes, des plans, des cartes. Des visages. Pour tenter de mettre de l'ordre dans le chaos de mon esprit, et repousser la folie.

En bas, l'herbe humide, les feuilles mortes vernissées de pluie, les fleurs, tout me fait signe. Tout demande à se transformer en lignes sur le papier, à reconstituer un monde organisé. Je referme silencieusement la fenêtre. Amy dort toujours.

Deux yeux jaunes, presque verts, me fixent au bout de mon lit.

— Miaou !

Je me penche sur le chat et caresse sa belle fourrure. Il s'étire et bâille.

— Chut ! Ne réveille pas Amy ! murmuré-je à son oreille.

Où est mon matériel de dessin ? Amy a défait mon sac hier après-midi. J'avais les idées trop confuses pour m'en charger.

J'ouvre un tiroir, puis un autre, jusqu'à ce que je trouve mon carton à esquisses, mon carnet de croquis et mes crayons. Dessous, il y a la boîte de chocolats que les infirmières du onzième étage m'ont offerte, hier matin, en guise de cadeau d'adieu.

Hier…

Il me semble que cela fait bien plus longtemps que ça. J'ai soudain l'impression d'avoir un passé.

Mon Nivo marque 6,1. Rien qui justifie un chocolat, mais j'en prends un quand même. Pour le plaisir.

— Intéressant, comme petit déjeuner, marmonne Amy en se redressant. Tu te lèves toujours aussi tôt ?

Je réfléchis un instant. Je n'avais jamais songé à cela.

— À l'hôpital, on n'a pas le choix.

— Oui, je me souviens encore de l'horrible sonnerie du matin. Avec le petit déjeuner à 6 heures.

Elle frissonne. Je lui tends la boîte de chocolats.

— Tu en veux un ?

— Hum... Non, plus tard, peut-être, quand je serai mieux réveillée. C'est quoi ? demande-t-elle en désignant mon carton.

— Mes dessins.

— Je peux voir ?

J'hésite. Le Dr Lysander insistait pour les examiner de temps en temps ; sinon, je ne les montrais jamais à personne.

— Tu n'es pas obligée, tu sais, ajoute Amy.

Je m'assieds près d'elle et ouvre le carton. Le premier dessin est un autoportrait. J'ai dessiné une moitié de mon visage tel que je le vois dans le miroir, et l'autre moitié en écorché, sans la peau, avec l'œil qui pend de l'orbite vide.

— Tu es vraiment douée ! s'exclame Amy. C'est stupéfiant.

Quelque chose me dérange. La liasse de feuilles n'est pas aussi épaisse qu'elle le devrait. Je les passe en revue : d'abord mes portraits, puis les dessins de ma chambre et d'endroits imaginaires...

— Il y a un problème, Kyla ?

— Je ne les retrouve pas tous.

— Tu en es sûre ?

— Oui. Il en manque pratiquement la moitié.

— Que représentent-ils ?

— Des infirmières. Mon étage à l'hôpital, les plans de différentes parties du bâtiment. Le Dr Lysander et…

— Tu as bien dit « le Dr Lysander » ? Tu la connais ?

Je lève les yeux vers elle. Mon Nivo vibre : 4,3.

Amy me serre dans ses bras. Je tremble, mais ce n'est pas de froid. Qui a bien pu me prendre les seules choses qui m'appartiennent ?

— Kyla, tu peux en dessiner d'autres, n'est-ce pas ?

3,9.

Chute libre.

— Kyla ! Regarde-moi !

Je m'arrache à la contemplation de mon autoportrait à l'œil mort et la dévisage. Elle a peur…

3,4…

— Kyla, dessine-moi. Tout de suite.

Elle me plante mon crayon dans la main droite et pose mon carnet de croquis sur mes genoux.

Alors je trace des lignes, machinalement. Non : naturellement.

Chapitre 5

— Je peux voir ?

— Pas encore. Reste tranquille, sinon je n'arriverai pas à le finir.

— Ouh la la… quel tyran !

— J'ai bientôt terminé.

Amy me sourit.

— Ton Nivo a remonté ?

Je regarde mon poignet.

— Oui. Je suis à 5,2 et ça ne bouge plus.

La porte s'ouvre mais je ne lève pas les yeux.

— Vous venez prendre le petit déjeuner ? nous demande maman.

— Dans une seconde, dis-je en regardant Amy encore une fois.

Une dernière ombre, là et là.

— Fini ! dis-je en posant mon crayon.

Amy se précipite et maman s'avance jusqu'à nous.

— Oh ! C'est tellement ressemblant…, souffle Amy.

Maman en est bouche bée de surprise.

— Incroyable. C'est exactement son expression ! Je vais l'encadrer et l'accrocher au mur.

C'est moi qui reste bouche bée, maintenant...

Maman nous sert des pancakes avec du beurre et du sirop d'érable ou, si on préfère, de la confiture de fraises. Je goûte aux deux : excellent...

— Tu sais, Kyla, tu n'auras pas des pancakes tous les jours, lance maman.

Mon portrait d'Amy est accroché sur la porte du frigo avec un magnet. J'imagine qu'il n'aura jamais droit à un cadre... Tant pis. Maman a eu un accès d'enthousiasme, mais est redevenue normale... Enfin, je veux dire, « pointue ».

— Amy, dépêche-toi ! Il te reste vingt minutes et tu es loin d'être prête !

— Je ne peux pas rester avec Kyla, juste aujourd'hui ?

— Non.

— Où est papa ? demandé-je.

— À son travail. Où je devais être moi aussi. J'ai été obligée de prendre un congé pour m'occuper de toi.

Je panique. Je vais rester seule avec maman toute la journée ?

— Mais... J'aimerais bien aller au lycée... Je peux accompagner Amy ?

— Non.

— Il faut d'abord que tu sois évaluée par l'infirmière de la zone, m'explique ma sœur. C'est elle qui dira si tu es prête. Puis on te fera passer des tests d'orientation, et ça déterminera les cours que tu pourras suivre. D'ailleurs, le lycée a déjà envoyé des livres.

— L'infirmière va passer cet après-midi pour faire ta connaissance, ajoute maman.

Je cesse de protester. Il faut absolument que j'aie l'air aussi adaptée que possible.

Amy file à l'étage enfiler son uniforme. Elle est en première. À dix-neuf ans, elle devrait déjà être en terminale, mais il lui a fallu une année pour rattraper son retard.

Elle avait quatorze ans lorsqu'elle a été Effacée. J'en ai seize, à présent. Combien d'années de lycée me reste-t-il à faire ?

— Je te laisse la vaisselle, me dit maman.

— Pourquoi ?

Elle lève les yeux au ciel.

— Je te laisse *faire* la vaisselle, répète-t-elle.

Je me lève et regarde la table. Que veut-elle dire ? La vaisselle est déjà fabriquée.

— Prends les assiettes et les tasses et pose-les là, m'explique-t-elle en désignant le plan de travail près de l'évier.

Je prends une assiette et la porte à l'endroit indiqué.

— Pas une à une, c'est trop lent ! Tu dois les empiler, comme ça.

Elle s'empare des assiettes, rassemble les couteaux et les fourchettes dans celle de dessus et pose bruyamment le tout sur le plan de travail.

— Remplis l'évier d'eau chaude. Ajoute du liquide vaisselle. Pas trop…, commente-t-elle en pressant sur un flacon d'où sort un flot de bulles. Après, tu frottes avec la brosse.

Je l'observe avec attention.

— Ensuite tu rinces chaque assiette sous le robinet et tu la mets dans l'égouttoir, comme ça. Et tu recommences. Tu as compris ?

— Oui, je crois.

Alors c'est ça, « faire la vaisselle »...

Je débarrasse une assiette des restes collants de pancake et de sirop, la rince et la place sur l'égouttoir.

— Mets la gomme, sinon tu vas y passer la journée.

— Je mets quoi ?

— La gomme. Ça veut dire : accélérer. Aller plus vite.

Après les assiettes, les tasses. Ce n'est pas si difficile. J'accélère (je mets la gomme !) et maman essuie la vaisselle mouillée avec un torchon. Je saisis les couteaux et tourne la tête en entendant Amy dégringoler l'escalier.

— Aïe !

Une fine ligne rouge dégouline au creux de ma main droite.

— Oh ! Non ! Kyla ! s'exclame Amy en entrant dans la pièce.

Maman me tend une feuille de papier absorbant.

— Appuie dessus. Inutile de mettre du sang partout.

J'obéis et Amy me frotte gentiment l'épaule en jetant un œil à mon Nivo : 5,1.

— Ça te fait mal ? me demande-t-elle.

— Un peu...

En réalité, ça brûle là où la peau est fendue. Une large tache rouge envahit le papier blanc.

— C'est juste une petite coupure, déclare maman en repoussant la feuille pour regarder dessous. L'infirmière s'en occupera tout à l'heure. Cours, Amy, sinon tu vas rater ton car.

Maman m'enveloppe la main dans un pansement.

— Kyla, j'ai oublié de te dire que les couteaux sont coupants. Ne les tiens jamais par la lame.

Je baisse la tête, confuse. Il y a tellement de choses à savoir…

Plus tard, Miss Penny, l'infirmière, défait mon pansement pour examiner ma blessure.

— Je ne pense pas qu'il faille la recoudre, affirme-t-elle. Je vais nettoyer la plaie avec un antiseptique. Ça va piquer un peu, je te préviens.

Elle tamponne ma paume avec un coton imbibé d'un liquide jaune qui brûle et me remplit les yeux de larmes. Puis elle refait le pansement.

— C'est bizarre, remarque maman. Lorsqu'elle s'est coupée, elle a regardé sa main sans pleurer, sans la moindre réaction.

— Eh bien, elle ne s'est sans doute jamais coupée avant. Elle n'a jamais vu de sang.

Je déteste quand les gens parlent de moi comme si je n'étais pas là.

— Cela n'a pas fait baisser son Nivo non plus…, poursuit maman.

— Excusez-moi, tenté-je, avec mon plus beau sourire de fille bien adaptée.

Toutes deux sursautent comme si elles venaient de s'apercevoir de ma présence.

— Quand pourrai-je aller au lycée ?

— C'est encore trop tôt, Kyla, répond Miss Penny. Commence par étudier les livres qu'on t'a envoyés.

Mrs Davis, il ne faut pas oublier de lui expliquer quels objets sont potentiellement dangereux – comme les couteaux. En dépit des apparences, Kyla découvre le monde comme un petit enfant et...

— Excusez-moi...

Nouveau sourire très adapté.

— Oui, Kyla ? répond Miss Penny.

— Justement, à propos de ces livres... Je les ai feuilletés ce matin. Ils sont trop faciles.

— Ah ! Alors comme ça, tu es un petit génie ? raille maman avec une expression qui signifie que je suis plutôt une sacrée vantarde.

Miss Penny tire un netbook de son sac et commence à ouvrir des dossiers.

— Ma foi, elle n'en est pas loin, reconnaît-elle. D'après les tests de l'hôpital, elle est déjà au niveau de son âge, ce qui est très inhabituel. La plupart des Effacés ont des années de retard. Je vais demander au lycée d'expédier autre chose. À moins qu'Amy n'ait conservé ses vieux livres ? Il va falloir réfléchir aux sujets que tu dois étudier.

Elle ferme son ordinateur et se tourne vers maman.

— Où en étais-je ? Ah, oui... À l'hôpital, il n'y a rien de coupant ni de dangereux. Aussi, il faut lui expliquer le b. a.-ba... Comme regarder des deux côtés avant de traverser la rue et...

— Excusez-moi...

Là, mon sourire commence à avoir l'air complètement inadapté...

— Quoi, encore ? s'impatiente maman.

— Je sais déjà quel sujet je veux étudier.

Miss Penny hausse les sourcils.

— Ah, oui ? Vraiment ? Et lequel ?

— Les arts plastiques.

— Bon, bon… Mais il y a des matières obligatoires. Et pour être accepté dans cette option, il faut déjà avoir quelques bases.

Maman désigne le frigo.

— Elle a dessiné ça, ce matin.

Miss Penny se lève pour aller examiner mon portrait et écarquille les yeux de surprise.

— Eh bien, je pense qu'ils t'accepteront, Kyla !

Elle se tourne à nouveau vers maman.

— Mrs Davis, vous avez fait un travail extraordinaire avec Amy. Je suis certaine qu'avec le temps, Kyla s'adaptera aussi très bien à votre famille.

Je croise les bras. Et eux, alors ? S'adapteront-ils à moi ?

— Elle a fait un cauchemar, hier soir, se plaint maman. Elle a réveillé toute la maison avec ses cris.

Miss Penny ouvre à nouveau son netbook. Elle aurait pu m'interroger. Après tout, c'est moi qui suis le mieux placée pour parler de mes rêves, non ?

— En effet, elle y est sujette, je le crains. C'est sans doute pour ça qu'ils l'ont gardée si longtemps – neuf mois au lieu des six qu'exige la procédure. Nous allons voir comment contrôler cela en thérapie de groupe. Apparemment, les médicaments habituels n'ont fait qu'empirer les choses. Et…

— Pourriez-vous vous adresser *à moi* ? coupé-je, excédée.

Miss Penny cesse de sourire.

— Vous voyez qu'elle est difficile ! soupire maman.

— En effet. Elle a les défauts de l'adolescence et l'innocence d'un bébé… Écoute, Kyla. Je vais avoir un mot en privé avec ta mère. Pourquoi n'irais-tu pas te reposer un peu dans ta chambre ?

Je claque la porte derrière moi et me laisse tomber sur mon lit. Pas le moindre signe de Sebastian.

Je prends mon carnet de croquis.

Maintenant que le choc est passé, je me moque que des dessins manquent. Si je ferme les yeux, je les revois en pensée, jusqu'au moindre détail. Je les dessinerai à nouveau.

Je prends un crayon dans ma main droite mais grimace en sentant la blessure. Pourquoi ne pas essayer avec ma main gauche ?

Au bout de quelques croquis rapides, je me sens à l'aise.

Pourtant, je ne peux pas me défaire d'une drôle d'impression, comme s'il allait se passer quelque chose. Je tourne la page pour dessiner de mémoire. Par qui je commence ?

Le Dr Lysander.

Au bout de quelques instants, le Dr Lysander fixe sur moi ses yeux insondables. Puis, en quelques traits seulement, je donne une profondeur perplexe à ses pupilles sombres.

J'en ai la chair de poule.

Mais ce n'est pas à cause de son regard. C'est parce que, finalement, je dessine beaucoup mieux de ma main gauche.

Chapitre 6

Des voix s'élèvent au-dehors. Intriguée, je pose mon crayon et vais jusqu'à la fenêtre. Il y a un garçon et deux filles dans le jardin vêtus du même uniforme que celui d'Amy : pantalon noir et pull bordeaux. Je cache mon dessin avec les autres, dans un tiroir, et descends l'escalier.

Amy et maman sont debout dans le hall, près de la porte d'entrée grande ouverte.

— On va juste se promener, maman ! Pourquoi tu ne veux pas ?

— Elle n'est jamais sortie de la maison. Tu as pensé aux voitures sur la route ?

Elles parlent de moi. Ça continue !

— Je sais très bien comment éviter les voitures, protestai-je en atteignant la dernière marche.

— Oh ! Flûte ! D'accord, emmène-la. Mais fais bien attention à elle.

Maman quitte l'entrée d'un air excédé, et Amy lui tire la langue.

— Viens, Kyla ! Je vais te présenter mes amis.

Je m'avance vers la porte.

— Mets d'abord des chaussures.

Amy trouve les baskets que je portais hier à l'hôpital et attend pendant que je noue les lacets. Enfin, nous nous éloignons de la maison avec le petit groupe.

— Lui, c'est Jazz, dit-elle en désignant le garçon. Et voici Chloé et Debs. Je vous présente Kyla.

— Elle est mignonne. J'aimerais bien pouvoir l'échanger contre ma sœur, déclare Chloé. Quel âge a-t-elle ?

— Demande-le-lui, réplique Amy.

— J'ai seize ans.

— *T'as seize ans, t'es jolie et t'es rien qu'à moi*, fredonne Jazz.

Je me sens rougir, et Amy lui donne un grand coup sur le bras.

— Arrête, idiot ! Elle n'est pas pour toi.

— Désolé, trésor. Je blaguais. Tu me pardonnes ?

— Mmm, fait-elle. Peut-être.

Il glisse un bras autour de sa taille.

Amy est grande mais il la dépasse de plus de dix centimètres. Il a de larges épaules et une démarche souple et assurée. Il ne doit guère avoir plus de dix-huit ans… À l'hôpital, personne n'était aussi vieux en dehors des membres du personnel. Et puis, il a un sourire espiègle que je n'ai jamais vu sur le visage d'un Effacé.

Il est plutôt beau garçon.

Nous passons devant de grandes maisons, comme la nôtre, puis devant des pavillons mitoyens et un pub à l'enseigne du Lion Blanc. Puis nous arrivons à un poteau indicateur marqué « Panorama » désignant un chemin de terre qui s'enfonce dans les arbres.

— Ça vous dit, une petite promenade ? demande Jazz.

Chloé et Debs n'en ont aucune envie et nous disent au revoir.

Amy glisse un bras sous le mien et l'autre sous celui de Jazz, et nous nous engageons sur le sentier.

Au bout d'un moment, il y a tellement de nids-de-poule que je dois regarder où je mets les pieds. Le chemin est bordé de haies qui laissent entrevoir des champs hérissés de courtes tiges. Puis le sentier se resserre, et Amy lâche Jazz pour me prendre la main.

Nous grimpons de plus en plus haut. La haie et les champs laissent place à une forêt. Une vraie merveille de feuillages orange et rouges entre des troncs bruns et gris. Certains arbres portent des baies rouges et ont de petites feuilles vert sombre aux pointes piquantes. C'est ça, le houx ?

— La vue, c'est par là ! s'écrie Jazz.

Nous avançons encore. En contrebas, au loin, s'étend une mer de toits, de jardins, de routes, de prairies…

— D'ici, on voit tout le village, m'explique Amy. Notre maison est la deuxième à droite.

Nous nous asseyons sur une souche et Jazz enveloppe Amy dans ses bras… J'ai le sentiment que d'habitude, ils viennent ici en amoureux.

— Dis-moi, Kyla, comment tu t'entends avec le dragon ? s'enquiert Jazz.

— Le dragon ?

— Il parle de maman.

— Euh…

— Pas un mot de plus, j'ai compris ! « Euh » veut dire qu'en guise de mère, tu te retrouves avec une bête aux écailles vertes qui crache du feu.

Je ne peux pas m'empêcher de rire.

— Ce n'est pas juste, proteste Amy. Maman n'est pas si méchante. Il faut apprendre à la connaître. Au début, j'avais peur d'elle, moi aussi, mais plus maintenant.

— Tu sais, je trouve bizarre que toutes les deux, vous l'ayez tout de suite appelée « maman ».

— Qu'est-ce que ça a de bizarre ? m'étonné-je.

— Vous la connaissez à peine.

Amy secoue la tête.

— Tu ne comprends pas. À l'hôpital, dès qu'on reprend connaissance, on nous répète ça : « Papa et maman vont venir te chercher. »

— Et vous l'avez cru ! ironise Jazz en baissant la tête pour éviter une bourrade d'Amy.

— Si je comprends bien, on est différentes des autres jeunes du village ? poursuis-je.

— Oui. Eux, c'est des naturels... Ils ont leurs parents d'origine. Nous sommes les seules Effacées. C'est pour ça que j'étais tellement contente que tu arrives. Je ne suis plus la seule, maintenant ! Remarque, il y en a des dizaines comme nous au lycée. Ils viennent d'un peu partout dans la région.

Jazz jette un coup d'œil à sa montre, pousse un juron, dépose un rapide baiser sur la joue d'Amy et file dans les bois.

— Ses parents ont une ferme, m'informe Amy. Certains jours, il doit les aider après les cours. Sérieusement, comment ça s'est passé, avec maman, aujourd'hui ?

Je hausse les épaules.

— Je crois qu'elle ne m'aime pas beaucoup. Pourquoi m'a-t-elle prise si elle ne veut pas de moi ?

— Mais si, elle veut de toi. C'est compliqué.

— Je ne comprends pas.

— Écoute, il lui faut du temps pour te connaître, elle aussi. N'aie pas peur de lui dire ce que tu penses.

Nous continuons le sentier, qui devient raide, et Amy passe devant moi. Je dois à nouveau me concentrer sur mes pieds dans la descente. Je pense à ce qu'elle a dit de maman, et à Jazz qui l'appelle « le dragon ».

— C'est ton petit ami, Jazz ?

— Oui. Ne le dis pas à maman. Elle ne l'aime pas.

— À l'hôpital, on m'a recommandé d'éviter les garçons. Ça dérègle nos Nivos.

— Ah ça oui ! reconnaît Amy en riant. En fait, mieux vaut commencer par en fréquenter un qui ne donne pas trop d'émotions.

Drôle de raisonnement ! Mais Jazz ne doit pas rentrer dans cette catégorie car Amy semble amoureuse. Elle veut donc dire qu'elle a fréquenté quelqu'un avant lui ? Moi, je préfère encore me passer de petit ami. C'est beaucoup plus simple.

Chapitre 7

Maman nous attend devant la porte. Elle a l'air furieuse.

— Où étiez-vous passées, bon sang ? Vos souliers sont pleins de boue ! Vous n'êtes pas allées sur le sentier toutes seules, au moins ? Je t'ai déjà dit que c'était dangereux.

— Mais non, nous n'étions pas seules, réplique Amy.

Tournant le dos à maman, elle lève les yeux au ciel.

— C'est vrai, Kyla ? me demande maman avec un vrai regard de dragon.

— Oui.

Je ne mens pas : Jazz nous accompagnait. Pas au retour, certes, mais ce n'est pas ce qu'elle demandait.

— Écoutez-moi bien, s'énerve maman. C'est risqué de vous promener seules. Vous ne pouvez pas vous protéger et vous le savez !

Elle fait allusion aux cours de « sécurité personnelle » de l'hôpital. Une fois qu'on est Effacé, on ne peut ni se défendre ni attaquer quelqu'un. C'est une fonction qui a été débranchée dans notre cerveau.

Mais que redoute-t-elle ?

Qu'y a-t-il en haut du sentier, sinon des arbres à perte de vue ?

— Vous êtes sorties très longtemps, reprend maman en se radoucissant. Je m'inquiétais. Et pour un peu, papa partait sans vous dire au revoir.

Je remarque soudain la valise dans l'entrée.

Maman reste immobile, les bras croisés. Je plisse les yeux : sa peau a pris une teinte étrange... vert dragon, je dirais. J'imagine des écailles dans les fines rides sur son front et autour de ses yeux. Et n'est-ce pas de la fumée qui s'échappe de ses narines ?

— Qu'y a-t-il de drôle, Kyla ? me demande-t-elle.

— Rien, désolée.

J'efface tout sourire de mon visage.

— Laisse-la, déclare papa depuis le salon.

Amy traverse la pièce et l'embrasse sur la joue. Moi, je reste figée sur le seuil, ne sachant que faire.

— Entre, Kyla. Assieds-toi. Raconte-moi ta journée et je te raconterai la mienne.

Il semble sincèrement intéressé par la coupure que je me suis faite à la main et par la visite de Miss Penny. Papa travaille dans l'informatique. Il voyage beaucoup pour installer et tester de nouveaux programmes. Ce soir, il doit partir et ne reviendra pas avant samedi. Dans cinq jours.

Puis il me parle de sa famille. Il a deux sœurs, et l'une d'elles viendra nous rendre visite samedi avec son fils, pour que je fasse leur connaissance. Son autre sœur vit en Écosse, et nous irons peut-être la voir l'été prochain.

Il me raconte aussi que maman est fille unique. Ses parents sont morts il y a des années dans un accident de la route. Elle n'avait que quinze ans.

Plus tard, ce soir-là, lorsque Amy et moi montons nous coucher, je lui montre le dessin que j'ai fait ce matin.

— C'est le Dr Lysander. Pourquoi as-tu été étonnée que je la connaisse ?

— Tu n'es pas au courant ? C'est elle qui a inventé l'Effacement ! On nous l'a appris en cours de sciences, au lycée. Plus tard, quand je serai infirmière, j'adorerais travailler avec elle.

Le Dr Lysander est célèbre ? Il est vrai que tout le monde se montrait très respectueux avec elle, à l'hôpital. Et maintenant que j'y réfléchis, il n'y avait jamais personne dans sa salle d'attente. Aucun des Effacés que je connaissais ne la consultait.

À l'époque, cela ne m'étonnait pas. Nous avions chacun notre médecin. Mais si cette dame est si importante, pourquoi prenait-elle la peine de me voir ?

On nous a expliqué que nous avions été condamnés à être Effacés parce que nous avions commis des actes graves, voire criminels. Nos mémoires et nos personnalités ont été effacées à jamais de notre cerveau, et le Nivo fixé à notre poignet permet de surveiller notre nouvelle adaptation au monde. On nous l'enlève lorsque nous atteignons l'âge de vingt et un ans, le jour anniversaire de notre Effacement. C'est donc une deuxième chance qui nous évite la prison ou la chaise électrique. Nous devons en être reconnaissants.

Sauf qu'en prison, on sait qui on était avant. Même si cela ne dure pas longtemps et qu'on finit sur la chaise électrique…

C'est une drôle de logique : mourir conscient ou vivre inconscient.

— Tu n'as jamais envie de savoir, Amy ?

— Savoir quoi ?

— Pourquoi tu as été Effacée ?

— Non. Si le passé est insupportable, autant l'oublier.

— Mais c'est notre vie…

— Peu importe, puisqu'on recommence tout à zéro. Écoute, c'est sûrement la Sécurité qui a pris tes dessins, pour protéger le Dr Lysander ou les membres du personnel de l'hôpital. Pareil pour tes plans. C'est trop dangereux. Imagine que d'autres gens les trouvent !

Je me rappelle des bribes de conversation, des rumeurs, des bruits lointains, la nuit. Je revois les gardes, les miradors et les bâtiments incendiés.

— Tu parles des terroristes ?

— Exactement.

Amy éteint la lumière. Bientôt, sa respiration se fait régulière. Sebastian se love à mon côté.

Je réfléchis. Peut-être devrais-je mieux cacher le portrait du Dr Lysander ? Il est encore plus ressemblant que les précédents – même si je n'ai pas utilisé la bonne main pour la représenter.

Je suis seule, assise en tailleur dans le coin d'une pièce, quelque part dans un bois. Il fait sombre, mais je tiens une lampe électrique dans ma main droite.

J'ai faim. Il fait froid et humide. Mes jambes sont engourdies et je n'ai pas la place de les allonger, mais cela m'est égal. La feuille est posée sur une petite planche, sur mes genoux. Mon crayon vole sur le papier, pour créer un lieu imaginaire très loin d'ici. Un endroit où j'aimerais vraiment être…

Puis je tressaille : des pas descendent l'escalier au-dessus de ma tête.

J'éteins ma lampe et retiens ma respiration.

Les pas s'arrêtent en bas des marches, marquent une pause, puis repartent et s'approchent lentement de ma cachette. Je devrais faire quelque chose, cacher mes dessins, me lever… mais je reste figée comme une statue de pierre.

Soudain, la lumière d'une torche m'inonde le visage. M'aveugle.

Il voit tout : les dessins, le crayon. La main qui le tient.

— Ah, tu étais là… Debout ! ordonne-t-il.

J'obéis péniblement, encore éblouie par la lumière.

— Tu as encore désobéi.

— Je suis désolée. Je ne le referai plus jamais, je te le promets !

— Ça suffit, les promesses. On ne peut pas te faire confiance.

Sa voix est pleine de regrets. De tristesse, même.

— Donne-moi ta main gauche, poursuit-il.

Comme je n'en fais rien, il la saisit.

— Il faut que tu apprennes, je n'ai pas le choix.

Et il m'écrase les doigts, un à un, avec une brique.

Il n'a pas le choix ?

Chapitre 8

Une douleur lancinante me traverse les yeux. Un goût amer dans la bouche me fait tousser.

— Elle revient à elle.

Qui a parlé ?

J'essaye d'ouvrir les yeux, mais ils me brûlent comme si le soleil avait envahi le ciel.

— Kyla ?

C'est Amy.

— Éteins la lumière, marmonné-je.

Ensuite, dans la demi-pénombre, je plisse les paupières pour risquer un regard.

— Ah, enfin ! s'écrie Amy, soulagée.

Je suis allongée par terre. J'essaye de me redresser.

— Ne bouge pas encore, dit la même voix d'homme.

Je me tourne vers lui. Il porte une blouse blanche. Est-ce un auxiliaire médical ? Puis j'en vois un autre. Ils sont deux. Et maman, très pâle, se tient dans l'embrasure de la porte.

Ils me soulèvent pour me coucher dans le lit pendant qu'Amy tient une perfusion. Un des infirmiers règle le goutte-à-goutte, tandis que l'autre change la poche de liquide. Une chaleur envahit mes veines et emporte la douleur avec elle. Mes paupières se ferment.

Des voix discutent autour de moi. Pêle-mêle, lointaines.

« C'est à cause d'un cauchemar ? Juste un cauchemar ? »

« Elle aurait pu mourir… »

« Rester au lit un ou deux jours… »

« Gestion de la douleur… »

« Si Amy ne s'était pas réveillée quand elle est tombée, elle aurait pu mourir… »

« *Dernière chance.* »

Chapitre 9

— Est-ce que je peux au moins avoir un livre ?

Maman secoue la tête.

— Non. Tu es censée te reposer.

— Je peux lire *et* me reposer.

— Non.

— À l'hôpital, je faisais les deux.

Je mens, bien sûr.

— Tu n'es pas à l'hôpital. Tu es sous ma garde et tu te reposes. Dors, maintenant.

Elle s'en va, emmène Sebastian au passage, et ferme la porte derrière elle.

Elle a sans doute de bonnes intentions mais c'est dur de se reposer quand quelqu'un entre toutes les cinq minutes dans votre chambre pour voir si vous dormez…

Je ferme les yeux. J'ai encore l'impression qu'on m'a écrasé la tête sous un étau, même si ça va mieux que ce matin… Le simple ronronnement du chat résonnait dans mon crâne comme une série de tambours, et j'avais demandé qu'on le mette dehors.

En fait, j'ai peur de dormir. Peur que mon rêve revienne. Maintenant que l'effet de la piqûre s'est estompé, tout peut arriver.

À l'hôpital, mes cauchemars étaient terrifiants mais vagues. La plupart du temps, je n'en gardais aucun souvenir. Souvent, je courais pour fuir quelque chose, sans savoir ce que c'était, et je me réveillais en criant.

Mais ici, c'est différent. Je m'en souviens aussi nettement que si je les avais vécus. Je sens la douleur, je vois mes doigts cassés, ensanglantés.

J'ai l'impression d'un souvenir gravé dans ma mémoire, si horrible que je ne parviens pas à l'oublier. Comme si le simple fait de dessiner avec ma main gauche avait ramené cette scène à la surface de ma conscience.

Qui est l'homme du cauchemar ? Existe-t-il ou est-ce seulement une créature de mon imagination ? Dans le rêve, je ne vois jamais son visage. Il y a d'abord la lumière qui m'éblouit, puis je ne vois plus rien à cause de la douleur et de mes larmes.

En revanche, celle qui rêve en moi a reconnu son pas.

Une chose est sûre et certaine : s'il est réel, je ne veux pas le savoir.

— Hmm ? Qu'est-ce qu'il y a ?

— Pardon, murmure Amy. Je t'ai réveillée ?

Je dormais, en effet. Dans un lieu noir et silencieux. Le médicament a continué à agir.

— Ça ne fait rien… J'en ai assez de rester couchée. Je peux me lever ?

— Pas question ! Ils ont dit que tu devais rester couchée toute la journée. Maman suit toujours les instructions à la lettre, qu'elle y croie ou non.

— Je m'ennuie tellement !

— Ma pauvre… Comment va ta tête ?

— Pas terrible.

— Je peux t'apporter quelque chose ? Tu as faim ?

— Non.

Amy se détourne, sur le point de partir.

— Attends ! Passe-moi de quoi dessiner. Maman a caché mon carnet de croquis pour m'obliger à rester tranquille…

Elle hésite. Va dans sa chambre et en revient.

— Ça ira, ça ? demande-t-elle en me tendant un petit cahier vierge et un crayon.

— Parfait. Merci.

— Cache-le bien…

Je me redresse dans mes oreillers de façon à ce que personne ne puisse me voir depuis la porte. Et je tends l'oreille, guettant les craquements qui pourraient annoncer que maman est en train de monter furtivement l'escalier.

Mais le bruit du crayon sur le papier m'absorbe de plus en plus. Je m'échappe de moi-même, du rêve, de tout.

Je suis quelqu'un d'autre.

— Qu'est-ce que tu dessines ?

Je tressaille. C'est seulement Amy, les bras chargés d'un plateau qu'elle pose sur ma table de nuit. Elle m'a apporté un bol de soupe.

Je lui montre ma figure moitié dragon, moitié maman, dans une variété de poses. Soufflant du feu, volant au-dessus de la maison…

Elle éclate de rire.

— Oh la la ! Il vaut mieux qu'elle ne voie pas ça ! Il faudra les cacher et…

Elle s'interrompt, les yeux rivés sur ma main gauche qui tient le crayon.

— Je croyais que tu étais droitière. Tu m'as dessinée de la main droite, l'autre fois, non ?

— Bien sûr ! J'ai juste attrapé mon crayon de la main gauche pour te tendre le cahier.

— Ah, pardon…

Je ne sais pas pourquoi, sa remarque me terrifie. Mon Nivo vibre : 4,6.

— Un chocolat ? me demande-t-elle.

— Non… Je préfère Sebastian.

Elle sort et revient quelques instants plus tard en tenant le chat, qu'elle lâche sur mes genoux. Il miaule, mécontent d'avoir été chassé de ma chambre toute la journée. Mais je le caresse et il s'étale sur moi en ronronnant. Avec ses pattes, il pétrit mon flanc par-dessus la couette, en sortant et en rentrant ses griffes.

— Tu veux manger un peu ? me propose Amy.

— Dans un petit moment.

Une fois mon Nivo remonté à 5, elle va regarder la télé au salon et je me pelotonne autour de Sebastian.

Pourquoi lui ai-je menti ?

Lorsqu'elle m'a posé la question, j'ai eu si peur. Comme si Amy avait pu, elle aussi, brandir une brique pour m'écraser les doigts !

Je lève ma main gauche, la tourne d'un côté et de l'autre. Pas la moindre cicatrice. Pour un peu, je pourrais me convaincre que cette image est un rêve et pas un souvenir.

Je suis Effacée. Je n'ai plus de passé.

Et pourtant, une certitude m'oppresse : personne ne doit savoir ce dont ma main gauche est capable. C'est une question de vie ou de mort.

Chapitre 10

— Bonjour, vous tous ! Aujourd'hui, nous accueillons une nouvelle participante, annonce Miss Penny d'une voix presque aussi éclatante que son pull jaune canari.

« Vous tous », c'est une douzaine d'Effacés venus des villages environnants. Nous sommes assis en cercle dans une salle haute de plafond et envahie de courants d'air.

Miss Penny me pousse au centre :

— Présente-toi et prends une chaise !

— Bonsoir. Je m'appelle Kyla, marmonné-je avant d'aller m'asseoir.

Les autres me sourient et se sourient entre eux ; la plupart sont beaucoup plus jeunes que moi. Une fille, d'environ mon âge, les bras croisés, fixe la fenêtre ouverte sur l'obscurité.

Comme après chaque grand cauchemar, une migraine me serre douloureusement les tempes. Maman m'a proposé de manquer ma réunion hebdomadaire mais j'ai décidé de venir quand même, pour sortir de la maison.

Je commence presque à le regretter, vu les sourires béats des participants.

Je dois assister aux séances, tous les jeudis à 19 heures, « jusqu'à nouvel ordre ». Amy n'est plus obligée d'y aller, je suppose donc qu'elles seront obligatoires jusqu'à mon adaptation complète à ce nouvel environnement.

Nous avions aussi des réunions de Groupe, à l'hôpital. Celles-ci consistaient à nous confier à une infirmière, dans une « atmosphère de soutien dépourvu de jugements ». Sauf qu'en général, on finissait par nous dire ce que nous étions supposés ressentir.

Cela n'a pas l'air très différent, ici.

Miss Penny croise les bras sur sa poitrine.

— Est-ce que quelqu'un se rappelle ce que vous devez faire ?

Les Effacés se regardent sans réagir.

Enfin, la fille la plus âgée se détourne de la fenêtre et lève les yeux au ciel.

— Oh la la, quelle bande d'idiots ! s'exclame-t-elle. Présentez-vous avant qu'on meure tous de vieillesse !

Elle a dit tout haut ce que je pense tout bas, mais comment a-t-elle osé ?

Miss Penny fronce les sourcils.

— Tu veux bien commencer, dans ce cas ?

— Bien sûr. Salut, Kyla. Moi, c'est Tori. Bienvenue dans notre Groupe du bonheur.

Ensuite, les autres disent chacun leur nom d'une voix chantante, inconscients du sarcasme cinglant dans la voix de Tori. Sauf Miss Penny, qui continue à froncer les sourcils.

Une fois les présentations terminées, l'infirmière jette un œil à l'horloge. Il est 19 h 10.

— Bon, eh bien il est temps de…

À cet instant, la porte du fond s'ouvre en grand.

— Désolé d'être en retard, dit une voix masculine.

Tori tire une chaise vers elle et le nouveau venu s'y installe.

Miss Penny prend un air sévère.

— Tu dois apprendre à être ponctuel, Ben. Comment se passe l'entraînement ?

— Bien, merci.

Quand Miss Penny lui rend son sourire, je vois clairement que c'est son chouchou.

Je la comprends. Il a un vrai sourire, très communicatif.

En plus, comme il est en short malgré le froid automnal, il révèle des jambes musclées, et un torse athlétique moulé dans un T-shirt à manches longues. Sa peau est bronze clair.

— Salut. C'est toi, la nouvelle ? Moi, c'est Ben.

Je me rends soudain compte que je le dévisageais et je me sens rougir.

Miss Penny m'encourage :

— Kyla ?

Je tressaille et Tori lève les yeux au ciel avec un air exaspéré.

— Ben, reprend Miss Penny, tu as manqué les présentations. Kyla vient d'intégrer notre Groupe.

— Bienvenue, me dit-il en plongeant les yeux dans les miens.

— Merci, marmonné-je, rougissant de plus belle.

— Nous pouvons commencer, maintenant ? demande Miss Penny. Kyla, pourquoi es-tu ici ? Pourquoi sommes-nous tous ici ?

Je la fixe sans répondre.

Je voudrais dire « parce qu'on est obligés ». C'est la vérité mais ce n'est pas la bonne réponse. À l'hôpital, j'ai compris qu'il vaut mieux ne pas être trop franche, en dépit de leurs belles promesses. Trop d'honnêteté m'a souvent fait atterrir chez le Dr Lysander pour me faire bricoler le cerveau, ce qui me laissait épuisée et désorientée pendant plusieurs jours.

Donc, ce soir, j'adresse un grand sourire à Miss Penny, sans lui répondre. En général, les infirmières se laissent prendre à mon petit jeu, du moins quand elles ne me connaissent pas.

— Vous êtes ici pour vous soutenir les uns les autres, et faciliter votre transition entre l'hôpital, vos familles et la société, récite-t-elle. Pourquoi étais-tu à l'hôpital, Kyla ?

Je sais qu'ils ont effacé des synapses et des connexions dans mon cerveau ; tout ce qui formait ma personnalité, mes souvenirs. Ils m'ont fait disparaître parce que j'étais un danger pour moi-même ou la société. Mais je ne sais pas quels méfaits j'ai commis. Est-ce indiqué quelque part dans le dossier de Miss Penny ?

— Eh bien, Kyla ? insiste-t-elle.

— Vous le savez mieux que moi, non ?

Tori croise mon regard. Il y a une lueur d'amusement intéressé dans ses yeux.

Miss Penny semble prise au dépourvu. Heureusement, Ben vient à mon secours :

— On nous y a donné une seconde naissance, déclare-t-il. Et la possibilité de repartir de zéro.

— Exactement, approuve Miss Penny. Bien, alors aujourd'hui, nous allons continuer notre discussion de la semaine dernière. Est-ce que quelqu'un s'en souvient ?

Personne ne réagit.

— Nous parlions du contrôle de nos Nivos. Où en êtes-vous, les uns et les autres ?

Nous annonçons consciencieusement les chiffres affichés sur nos capteurs. Je suis la plus basse avec 4,8.

L'infirmière semble inquiète.

— Quelles sont tes stratégies, Kyla ?

— Pardon ?

— Lorsque ton Nivo est si bas, quelles solutions as-tu pour le faire remonter ?

— Je mange des chocolats ou je serre des gens dans mes bras. Récemment, j'ai caressé un chat.

— Ce sont des choses qui te sont extérieures. Que fais-tu à l'intérieur de toi ?

C'est la première fois que j'entends cette question ! Vais-je apprendre quelque chose d'utile, ici, finalement ?

— Quel est le chiffre idéal ? demande-t-elle à la cantonade.

Je soupire. Je connais ça par cœur : le Nivo moyen se situe entre 5 et 6. À 10, c'est la joie totale. Si on descend en dessous de 3, le Nivo déconnecte la puce dans notre cerveau et on perd connaissance, comme je l'ai fait l'autre nuit.

Si on passe en dessous de 2 sans s'évanouir, c'est qu'on a encore des impulsions violentes au fond de soi et que l'Effacement a échoué. Dans ce cas, la puce n'est pas simplement déconnectée, elle crame comme sur un barbecue. Ensuite on a des convulsions et si on ne reprend pas connaissance, on devient un idiot bavotant.

Miss Penny examine mon dossier sur son ordinateur portable, en faisant des petits bruits désapprobateurs.

— Hum… je vois que tu as un gros problème de cauchemars et de pertes de connaissance. Voyons si nous pouvons aider Kyla à trouver des stratégies. Quelqu'un a une idée ?

Elle n'a pas l'air de connaître nos prénoms. Ignore-t-elle que même les Effacés ne répondent pas lorsqu'on les appelle « quelqu'un » ?

J'ai droit à toute la panoplie des « stratégies ».

Il y a la distraction : il faut se concentrer sur quelque chose d'autre. Répéter des horaires ou compter les carreaux du carrelage.

Il y a le sport. Ben dit qu'il court. Je connais. J'ai passé des heures sur le tapis de jogging du gymnase de l'hôpital, jusqu'à ce que le monde se réduise au bruit de mes pas. J'ai aussi une autre solution : façonner des visages avec des lignes et des ombres, dessiner des plans pour délimiter mon univers.

Il y a la visualisation : s'imaginer être ailleurs. En langage infirmière : « aller dans son Petit Paradis ».

Il y a le transfert : reporter son émotion sur quelqu'un d'autre.

Et la dissociation : devenir quelqu'un d'autre, renoncer à ce qu'on ressent. Je suis devenue experte en dissociation. Comme nous tous ici, non ?

Puis Miss Penny nous invite à former de petits groupes de discussion. Sujet du jour : nos familles respectives.

Chacun déplace sa chaise pour se rassembler à deux ou trois. Apparemment, tous ont l'habitude de se retrouver par clans. Je me lève mais reste immobile, ne sachant où aller. Une main chaude se pose sur mon épaule. C'est Ben.

— Tu viens avec nous ?

Il y a des paillettes dorées dans ses iris bruns. Ce serait un défi de les peindre, de réussir à mélanger les couleurs, et de…

— Alors ? insiste-t-il d'un air amusé.

Je redescends sur terre.

— D'accord.

Il soulève ma chaise et la pose près de celle de Tori, puis tire la sienne pour s'asseoir en face de nous deux.

Tori n'a pas l'air ravie. Si Miss Penny n'était pas arrivée pour se joindre à nous, elle aurait sûrement dit quelque chose de désagréable.

J'apprends que le père de Ben est prof, que sa mère est une artiste et travaille à la laiterie du village. Tori habite avec sa mère à la campagne ; son père occupe un poste à la municipalité de Londres et ne rentre que les week-ends. Elle a l'air de penser que c'est mieux ainsi.

Tous les deux ont dix-sept ans et connaissent Amy grâce au lycée.

— D'où tu viens vraiment, en fait ? me demande Tori dès que Miss Penny s'éloigne vers un autre groupe.

— Que veux-tu dire ?

— Où étais-tu, avant de venir ici ?

— À l'hôpital. Je suis sortie dimanche dernier.

— Je ne te crois pas.

— Tori, coupe Ben, fais semblant d'être gentille, d'accord ?

Elle lui décoche un sourire narquois.

— C'est pas possible qu'on vienne de la relâcher. Tu entends sa façon de parler ? Toi et moi, on nous a libérés il y a plus de trois ans. Tu sais comment sont les nouveaux.

— Je suis restée à l'hôpital plus longtemps que les autres, à cause de mes cauchemars.

— Combien de temps ?

— Neuf mois.

— Ça n'explique pas pourquoi tu es si différente.

Elle a raison. La plupart des Effacés se contentent de sourire et d'être d'accord avec tout ce qu'on leur dit.

— Je ne vois rien de mal à ça, intervient Ben. Tu veux venir avec nous au comice agricole, dimanche ?

Tori semble stupéfaite. Et je doute qu'elle apprécie la proposition...

— Je ne sais pas si j'ai le droit, dis-je. Il faut que je demande à maman.

— Mais oui, bougonne Tori d'un air excédé. La fifille va demander la permission.

J'ai la nette impression que si je veux être acceptée par Tori, je dois garder mes distances avec Ben. Or ce n'est pas vraiment mon intention...

Miss Penny me bloque le passage au moment où tout le monde se disperse.

— Reste, Kyla. J'ai à te parler.

Elle attend que le dernier Effacé soit parti, puis s'assied près de moi.

— Je suis au courant de ton dernier évanouissement. Il faut que je vérifie ton Nivo, ajoute-t-elle en brandissant un petit scanner portatif qu'elle branche sur son ordinateur portable.

Puis elle le passe au-dessus de mon Nivo et des graphismes se succèdent sur son écran.

— Oh mon Dieu…

— Quoi ?

— Regarde toi-même, Kyla.

Elle touche l'écran et agrandit le graphisme daté du 15/09. Aux premières heures de mardi matin, une section entière apparaît en rouge. Miss Penny touche encore l'écran et me désigne une série de points et de chiffres.

— Tu étais à 2,3. C'est beaucoup trop bas ! Que s'est-il passé ?

Je soutiens son regard. À 0,3 degré de moins, je ne me réveillais pas du tout… Je sens mon estomac se serrer.

— Eh bien ?

— Je ne sais pas. J'ai eu un cauchemar, c'est tout. Quand j'ai ouvert les yeux, les auxiliaires médicaux étaient en train de m'injecter le Liquide du Pur Bonheur…

— Ton Nivo n'est pas affecté par les rêves, tu le sais. C'est lorsque tu te réveilles qu'il réagit. Quel était ce rêve ?

— Je ne m'en souviens pas.

Elle soupire.

— Kyla, tout ce que je veux, c'est t'aider. Ta première visite à l'hôpital n'est pas prévue avant le week-end prochain mais peut-être devrions-nous l'avancer.

— Non ! Il me faut juste…

Comment formuler ça avec des mots qu'elle comprenne ?

— J'ai besoin de distraction, en fait. Je peux aller au lycée ? S'il vous plaît !

Elle s'adosse à sa chaise et me regarde au fond des yeux, comme si elle y cherchait quelque chose.

— C'est trop tôt. Il faut d'abord que tu t'habitues à ta nouvelle maison.

— Je vous en prie !

Elle ne sait pas ce que c'est, des journées entières enfermée avec « le dragon » ! À côté, mes cauchemars me semblent presque agréables.

— La distraction, c'est très bien, mais il faut aussi rediriger ton énergie. Je vais te donner des exercices. Si tu les fais comme il faut, tu pourras aller au lycée la semaine prochaine. Tu es d'accord ?

Elle me tend la main.

Nous sommes jeudi. Lundi n'est que dans quatre jours. Je vais tenter de tenir jusque-là.

— D'accord, dis-je en lui serrant la main. Merci, Miss Penny.

Amy apparaît dans l'entrebâillement de la porte d'entrée. On l'a probablement envoyée me chercher.

Miss Penny l'aperçoit.

— Viens ici, Amy ! Tu vas nous aider.

Bientôt, toutes les deux me font visualiser un « Petit Paradis ». Je choisis mon image préférée : je suis couchée dans l'herbe, sur le dos, et regarde les nuages dans le ciel. Chaque fois que je suis bouleversée ou que j'ai peur, je dois aller dans cet endroit en esprit. Jusqu'à ce que cela devienne automatique.

Facile, n'est-ce pas ?

Chapitre 11

— Tu es sûre que tu pourras t'occuper des deux ?

— Mais oui, maman ! soupire Amy. Partez tranquilles !

Moi, je ne suis pas plus rassurée que ma mère.

Depuis l'arrivée de la plus jeune sœur de papa, notre tante Stacey, j'ai mal à la tête. Son bébé ne cesse de hurler. Comment quelqu'un d'aussi petit peut-il faire autant de bruit ?

D'ailleurs, dès que sa mère a tourné le dos, il emplit ses poumons en prévision d'un nouvel assaut de nos tympans.

Amy n'a pas l'air impressionnée.

— Tu veux un biscuit, Robert ? lui demande-t-elle.

La bouche du bébé tremblote et son cri reste suspendu. Son petit visage brouillé de larmes exprime l'indécision la plus totale. Sans perdre un instant, Amy le prend dans ses bras et passe dans la cuisine.

Quelques secondes plus tard, il rit aux éclats et mâchonne des biscuits qu'il jette par terre à peine entamés.

— Comment fait-il pour passer aussi facilement des larmes au rire ? m'étonné-je.

— Ce n'est qu'un bébé. Un rien détourne son attention.

Sebastian entre dans la pièce, aperçoit Robert et bondit aussitôt sur le comptoir, hors d'atteinte.

— Minou ! s'exclame le bébé en désignant le chat. Minou !

Il lâche son biscuit, se hisse en s'agrippant aux pieds d'une chaise et réussit à faire quelques pas avant de tomber sur son derrière. Son visage exprime la stupeur, puis ses traits se plissent. Ça va recommencer !

— Chut, ce n'est rien, Robert… Il est là, le minou…

Amy le prend contre elle de façon à ce qu'il puisse toucher Sebastian.

— Caresse-le doucement, comme ça, explique-t-elle.

Je tressaille… C'est ainsi qu'elle me parlait, le premier jour où j'ai vu Sebastian ! Rien d'étonnant à ce que maman considère que ma sœur doive être autant ma baby-sitter que celle de son neveu.

Mais Robert ne comprend pas les consignes aussi vite que moi ! Il passe la main à rebrousse-poil sur l'échine du chat, qui saute à terre et disparaît par la chatière.

Avant que Robert ne se remette à hurler, Amy s'assied et le chatouille. Gagné… Il s'esclaffe d'un air ravi.

Puis Amy le fait jouer avec les portes des placards et taper sur des casseroles avec des cuillères en bois. Enfin, au bout d'une heure, Robert commence à se frotter les yeux et s'endort dans les bras de ma sœur.

— Tu veux bien faire du thé ? me propose-t-elle.

Je me lève pour remplir la bouilloire et la place sur la cuisinière. Amy ne me quitte pas des yeux. Elle me surveille… A-t-elle peur que je me brûle ? Ou que je tombe sur mon derrière, moi aussi ?

Miss Penny a expliqué à ma mère que j'étais comme un petit enfant, mais c'est faux : Robert n'a pas su caresser le chat, tout à l'heure. Et à un an, il ne sait que répéter quelques mots. Sans compter qu'il arrive à peine à faire quelques pas chancelants…

Lorsque j'ai été Effacée, j'ai su remarcher en trois semaines et faire des phrases complètes en moins de huit jours. Même les plus lents d'entre nous parviennent à tenir une simple conversation au bout d'un mois ou deux.

Je me sens donc nettement supérieure à ce marmot. Et puis, si je n'ai plus de souvenirs, mon corps semble avoir gardé sa propre mémoire. Comme ma main gauche avec un crayon. Cela prouve que je peux faire des choses que j'aurais dû oublier. Qui sait de quoi je suis capable, finalement ?

Je pose les tasses de thé sur la table.

— Ouille, s'écrie Amy, j'ai le bras ankylosé. Tu peux lui tenir la tête une seconde ?

Je glisse la main sous la tête du bébé pendant qu'elle change de position. Par chance, il ne se réveille pas.

— Merci. Il est adorable, n'est-ce pas ?

Je hausse les épaules sans enthousiasme.

— Il fait trop de bruit quand il est réveillé. Je préfère quand il dort.

— C'est vrai. Qu'est-ce qu'il a hurlé quand sa mère est partie !

— Elle avait presque l'air contente de le laisser. Elles ont filé vite, tu ne trouves pas ?

— Oui, maman a du mal à le supporter.

Je l'avais remarqué, moi aussi. On aurait dit qu'elle le fuyait. C'est elle, d'ailleurs, qui avait eu l'idée d'aller boire un verre au pub avec Stacey.

— Elle n'aime pas les bébés ?

— Je ne sais pas si je dois te le dire, Kyla… C'est un secret de famille. Surtout, ne le répète à personne.

— Promis.

— Même maman ignore que je suis au courant. C'est tante Stacey qui m'en a parlé un jour… Voilà… Avant qu'elle soit avec papa, maman vivait avec un autre homme et ils ont eu un bébé qui s'appelait aussi Robert. Ils se sont séparés quand le bébé était petit. Stacey était amie avec maman, et c'est comme ça qu'elle rencontré papa. Après leur mariage, Robert est mort. Et Stacey a appelé son fils pareil. Ça partait d'un bon sentiment, mais je crois que chaque fois que maman voit le petit, elle pense à son fils mort.

— C'est terrible !

Pauvre maman. Orpheline à quinze ans, puis en deuil de son propre fils… Rien d'étonnant à ce qu'elle soit un tel « dragon ».

— Elle ne parle jamais de lui ? insisté-je.

— Jamais. Pas à moi, en tout cas.

Maman est vraiment pleine de contradictions. Elle semble incapable de cacher ce qu'elle ressent, et pourtant elle a des secrets énormes !

— Je ne la comprends pas, déclaré-je.

— Écoute, le mieux, c'est de faire comme elle et lui dire ce que tu as sur le cœur. C'est sa méthode.

Des voix et des bruits de pas, devant la maison, nous avertissent du retour des adultes.

Amy porte un doigt à ses lèvres et je hoche la tête. Motus…

Quelques instants plus tard, maman et tante Stacey entrent dans la cuisine.

— Ah, il est là ! s'écrie tante Stacey, comme si elle avait craint de ne plus revoir son enfant.

Ensuite, elle prend rapidement congé. Maman ne cherche pas à la retenir.

— Papa ne rentre pas ? demande Amy.

— Il a reçu un coup de fil. Une urgence au travail.

Maman commence à balayer les miettes de gâteau sur le sol. Sebastian réapparaît par la chatière et se frotte à ses chevilles.

— Oui, mon minet, je te donne à manger, murmure-t-elle.

Puis elle aperçoit les restes de notre déjeuner et les tasses à thé sur le comptoir.

— Oh ! Vraiment ! Ça ne vous aurait pas tuées de faire la vaisselle ! s'écrie-t-elle d'une voix coupante.

J'ai l'impression de recevoir une gifle, et je ne sais pas quoi faire. Si je touche aux assiettes et aux tasses, elle va se fâcher en me disant que c'est trop tard… Puis je songe au conseil d'Amy.

— On n'a pas eu le temps parce qu'on s'occupait de Robert.

Maman se tourne vers moi, surprise.

— Oui, je reconnais qu'il donne du fil à retordre. Au moins, toi, tu n'es pas arrivée avec des couches ! poursuit-elle en riant.

Je ris avec elle et Amy me fait un clin d'œil approbateur. Puis nous préparons le dîner, et pour la première fois je me sens presque détendue en présence de ma mère.

Plus tard, lorsque nous montons nous coucher, ma sœur et moi, Amy revient sur ses pas.

— J'ai oublié de te demander, maman : on peut aller au comice agricole, demain ?

Moi aussi, j'avais oublié… Ben m'a invitée à l'y retrouver avec Tori.

Maman pose son livre.

— Avec qui ?

— Tout le monde y va. Tu sais, Debs, Chloé, Jazz…

— Eh bien, si *tout le monde* y va, je n'y vois pas d'inconvénient. Mais c'est moi qui vous emmène.

— Merci, marmonne Amy.

Elle n'a pas l'air contente. Dès qu'elle a fermé la porte de notre chambre, elle explose.

— C'est incroyable ! Elle veut nous accompagner comme si on avait douze ans !

— Elle avait l'air de se méfier.

— Tu penses à Jazz et moi ? Dans ce cas, tu oublies un autre couple…, lance-t-elle en retrouvant sa bonne humeur.

— Que veux-tu dire ?

Elle me lance un oreiller à la tête.

— Je parle de *Ben*, bien sûr !

— Quoi ?

— Hier, il m'a demandé si tu viendrais. Tu lui as tapé dans l'œil, on dirait.

— Oh…

— C'est tout ? Oh… ? Il est plutôt mignon, non ?

— Sans doute…

Bien sûr qu'il est mignon, et même encore plus. Il est beau. Et il m'intrigue, je ne sais pas pourquoi. Mais inutile de me faire des illusions : Tori a été très claire…

— Même les filles de terminale le draguent, poursuit Amy. Mais à ma connaissance, aucune n'a réussi à le séduire.

— Il est déjà avec Tori.

— J'en doute. Elle n'est pas son genre.

— Pourquoi tu dis ça ? Elle est superbe.

Tori a des traits parfaitement proportionnés et de magnifiques cheveux bruns qui cascadent sur ses épaules. Elle pourrait être mannequin, si cela ne faisait partie des carrières interdites aux Effacés.

— Oui, mais elle est tordue, insiste Amy. Elle n'arrivera à rien avec lui, je le sais.

— Soit tu te trompes, soit elle n'est carrément pas au courant.

Amy éclate de rire.

— Oh ! T'inquiète pas. Elle va bien finir par le comprendre.

Amy éteint la lumière et s'endort très vite.

Moi, non. Plus tard, j'entends gratter à la porte. Je vais ouvrir et Sebastian saute sur mon lit.

Mais sa présence ne suffit pas à me calmer. Tout est tellement compliqué : rien ne correspond aux apparences. Amy semble comprendre maman alors que j'en suis incapable. Pourtant, elles se disputent souvent. Et Amy affirme que Tori n'est pas la petite amie de Ben alors que je jurerais le contraire.

J'aimerais tellement me tromper…

Chapitre 12

Ce comice agricole doit être l'événement de l'année !

Nous avons roulé à une vitesse d'escargot sur des routes de campagne embouteillées, et, à l'arrivée, il y a déjà une immense file d'attente. Malgré l'ambiance bon enfant, lorsque nous pénétrons enfin dans la tente installée à l'entrée, il règne un silence total.

Nous découvrons un portique de détection.

— Ils ne prenaient pas tant de précautions, l'année dernière ! s'étonne maman à voix basse.

Mais ce n'est pas le portique qui fait taire la foule. Plusieurs hommes vêtus de costumes gris se tiennent derrière la grille de sécurité et scrutent les visages des visiteurs, qui, eux, évitent de les regarder.

En chemin, maman m'a expliqué que cette foire très ancienne avait peu à peu disparu avec le déclin de l'agriculture, au début du XXIe siècle. Puis, quelques décennies plus tard, grâce à la politique agricole de la Coalition Centrale, les comices avaient été rétablis. Celui-ci, en raison de sa situation au bord de la Tamise, est le plus important du pays. Mais jamais il n'avait atteint une telle renommée.

Lorsque vient notre tour de franchir le portique, Amy et moi provoquons une sonnerie à cause de nos Nivos. Nous sommes conduites à l'écart, près des hommes en gris, et scannées de la tête aux pieds.

J'ignore pourquoi, mais je tremble de peur et Amy doit pratiquement me traîner sur mes jambes chancelantes.

— Qu'est-ce que tu as ? me demande-t-elle. Tu es toute pâle.

Je jette un œil à mon Nivo : 4,6. C'est un peu bas mais il se stabilise parce que j'ai commencé à visualiser mon Petit Paradis : *arbres verts ciel bleu nuages blancs arbres verts ciel bleu nuages blancs…*

Maman pose un bras sur mes épaules.

— Est-ce que la foule t'angoisse, Kyla ?

— Un peu. Ça va mieux.

Qu'ai-je à craindre ?

Avec Amy d'un côté et maman de l'autre, je reprends confiance. La foire est très bruyante, autant à cause des gens que des animaux. Je ne pensais pas voir autant de bétail… ni respirer des odeurs de ferme !

J'apprécie encore plus la présence de ma mère lorsque Amy disparaît avec ses amis.

— Kyla ! s'exclame une voix derrière moi.

Nous pivotons.

Ben et Tori sont là, bras dessus bras dessous. L'expression de Tori est très claire : « Il est à moi », semble-t-elle dire.

— Mais c'est Ben ! s'écrie joyeusement maman. Je ne t'ai pas revu depuis qu'Amy a quitté le Groupe. Tu as grandi… et tu tombes bien, ajoute-t-elle en répondant à quelqu'un d'un signe de la main. Je peux te confier Kyla cinq minutes ? J'aperçois une amie, je vais aller boire un verre avec elle.

Je rougis, très gênée. Elle a encore demandé à quelqu'un d'être mon baby-sitter !

— Bien sûr, répond Ben. On allait voir les moutons… Tu viens avec nous, Kyla ?

— C'est l'élection de la Miss Monde des brebis, soupire Tori. Tu parles d'un événement ! Quels ploucs !

Maman la dévisage d'un air sévère.

— Un conseil, jeune fille… Tu devrais faire attention à ce que tu dis ici.

Elle s'éloigne et Tori en reste bouche bée.

— Non, mais pour qui elle se prend ? s'exclame-t-elle, ignorant le « chut » de Ben.

— C'est Sandra Armstrong-Davis, petite insolente, intervient un homme derrière nous.

— Et alors ? réplique Tori, les mains sur les hanches.

— La fille de William Adam Armstrong.

À l'expression de Tori, je vois qu'elle commence à comprendre. Mais moi, je nage complètement.

— Qu'a-t-il voulu dire ? demandé-je tandis que nous nous avançons vers l'enclos des moutons.

— Tu ne sais même pas qui est ta propre mère ? raille Tori.

Je lève les yeux vers Ben, désorientée.

— Son père était Wam le Grand, un type sans pitié qui a mis fin à la guerre des gangs dans les années 2020. C'était le commandant en chef des Lorders. Il a été assassiné par les terroristes.

— Je croyais que ses parents étaient morts dans un accident de la route !

— C'est une façon de voir les choses…, fait Tori avec une moue de mépris. En fait, leur voiture a explosé.

Je pâlis, choquée.

— Tu te sens bien ? me demande Ben en glissant son bras libre sous le mien. Je pensais que tu étais au courant.

Décidément, je découvre un peu trop de choses, ces temps-ci ! Je tente de me reprendre, de rester dans le présent.

Nous nous rendons au concours de brebis. Rien de passionnant, sauf que certaines ont des noms d'anciennes stars, comme Lady Gaga et Marilyn Monroe. Leurs propriétaires les font déambuler en chantant leurs louanges, puis il y a une cérémonie de remise de prix. Impossible de ne pas rire ! Même Tori se laisse gagner par la joie générale. C'est Marilyn qui gagne. Nous applaudissons à tout rompre.

Puis il y a une démonstration de tonte. Au début, la brebis se débat puis elle comprend que l'homme qui la tient est le plus fort. Inerte, elle se laisse dépouiller de sa laine par des lames tranchantes. « Elle n'a plus rien pour lui tenir chaud pendant l'hiver », me dis-je. Mais est-ce important ? Peut-être finira-t-elle à l'abattoir…

Est-ce qu'elle visualise son « Petit Paradis » pour supporter cette épreuve ?

Maman et Amy viennent me chercher quelques minutes plus tard. Sortir de la foire est plus facile qu'y entrer. Il n'y a aucun contrôle, cette fois, en dehors des hommes en gris qui surveillent le flot de visiteurs.

Ce soir-là, une fois couchée, je reste longtemps sans dormir. Amy m'a confirmé l'histoire du père de maman. Pourquoi est-ce que personne ne m'en a parlé ? Parce qu'ils savaient que j'en ferais des déductions dont Amy était incapable ?

Wam Davis a passé sa vie à anéantir des gangs qui ont failli détruire ce pays. En ce temps-là, l'Effacement n'existait pas. Tous les terroristes étaient condamnés à mort, quel que soit leur âge.

Pourtant, en dépit du sort que ces criminels ont réservé à ses parents, maman a adopté deux Effacées ! Elle n'avait donc aucune rancune envers ce type de jeunes ? Car qui sait ce que nous avons fait, Amy et moi... Étions-nous dans des gangs ? Avons-nous tué des gens ?

Je croyais commencer à comprendre cette femme, mais là, je suis perdue.

Et puis, je songe aux hommes en costumes gris dont les gens feignent d'ignorer la présence. Je n'ai pas pu me résoudre à demander qui ils étaient mais les voir me glace de terreur. Ai-je déjà eu affaire à eux ?

À la foire, mon instinct de conservation me soufflait de ne me faire remarquer sous aucun prétexte. Y étais-je parvenue ? Amy avait dû me soutenir... Quelqu'un s'est-il aperçu de ma panique ?

Soudain, j'entends un léger bruit au rez-de-chaussée. Ce doit être Sebastian... Il n'était pas rentré quand je me suis couchée. Peut-être m'aidera-t-il à m'endormir.

Je me glisse hors de mon lit et descends l'escalier.

— Sebastian ? appelé-je doucement dans l'obscurité.

Le sol de la cuisine est froid sous mes pieds nus. J'ai la chair de poule.

Puis je sens un mouvement derrière moi. Un déplacement dans l'air qui n'a ni la taille ni la forme d'un chat. Je pivote.

La lumière inonde la pièce, m'aveugle, et un cri de terreur monte dans ma gorge.

Chapitre 13

— Tu ne veux vraiment pas une tasse de thé, Kyla ? insiste papa.

— Non, merci.

— Je ne voulais pas te faire peur.

Il semble épuisé, comme s'il n'avait pas dormi depuis deux jours. Ses vêtements sont froissés. Pourtant, il porte un pantalon et un pull différents de ceux qu'il avait sur le dos hier en partant.

Pour quelqu'un de si fatigué, il se déplace très vite. Tout à l'heure, il a bondi pour plaquer sa main sur ma bouche, étouffant mon cri. J'ai cessé de me débattre dès que j'ai vu que c'était lui, et il m'a relâchée.

— Assieds-toi, m'ordonne-t-il avant de placer deux tasses près de la bouilloire.

Il n'a pas compris ma réponse ?

Je m'installe sur une chaise et le regarde préparer le thé sans hâte. De temps en temps, il me jette un coup d'œil. Son silence me paraît long, pour quelqu'un d'habitude si bavard.

— Il y a deux ou trois choses qui m'intriguent, déclare-t-il enfin. Tout d'abord, pourquoi n'es-tu pas au lit ?

— Je n'arrivais pas à dormir.

— Je vois. Et pourquoi es-tu descendue ?

— Je cherchais Sebastian.

Il semble réfléchir à ma réponse.

— Tu as été épouvantée lorsque j'ai allumé la lumière…

Il prononce sa phrase comme s'il essayait de comprendre, pas comme s'il posait une question.

— En fait, je ne m'attendais pas à voir quelqu'un. Tout était éteint.

En réalité, ça m'a rappelé mon cauchemar : une lumière m'éblouit, je ne vois pas qui est là, et après il y a cette douleur…

— Dis-moi ce que tu viens de penser, là, tout de suite ! m'ordonne-t-il.

Je tressaille.

— Dans mon cauchemar, la semaine dernière, une lumière m'aveuglait et j'ai eu très peur. C'est sûrement pour ça que j'ai crié.

J'ai dit à tout le monde que je ne me souvenais de rien. J'espère qu'il n'aura pas relevé la contradiction.

— Tu t'es évanouie, ce soir-là, n'est-ce pas ?

— Oui.

— Et pourtant, en dépit de la peur que tu viens d'avoir, ton Nivo n'a pas réagi. Il est à 5,1. Intéressant…

Il m'adresse son premier sourire sincère de la soirée.

— Va te coucher, maintenant, Kyla. Il faut que tu aies les idées claires pour commencer le lycée demain.

Je file à l'étage sans avoir touché à ma tasse de thé. J'ai la curieuse impression d'avoir subi un interrogatoire.

J'étais tellement désorientée que j'ai donné trop de détails. J'ai même failli lui raconter que dans mon cauchemar, on m'avait écrasé les doigts...

Quelque chose m'a retenu, et papa a compris que je lui cachais quelque chose.

Or, en dépit de son sourire, cela ne lui a pas plu. J'en suis sûre.

Chapitre 14

Le lundi matin, Amy tente en vain de réfréner mon enthousiasme.

— Franchement, Kyla, le lycée, ça n'a rien de génial, je t'assure !

J'enfile mon uniforme : chemisier blanc, pantalon noir et pull bordeaux. Maman me l'a acheté vendredi lorsqu'il a été évident que les vieux uniformes d'Amy étaient beaucoup trop grands pour mon mètre cinquante.

— J'aime bien apprendre, affirmé-je en me brossant les cheveux.

Il n'y a pas que cela. Je veux – non, j'ai besoin de – *tout* savoir. Le moindre détail, le moindre fait que je peux découvrir, dessiner et classer, me rassure.

— Oui, ça, d'accord, soupire Amy. Mais il y a le reste.

— Que veux-tu dire ?

— Ce n'est pas comme à l'hôpital. On n'est pas protégés et il y a des gens qui sont loin d'être gentils.

Lorsque nous descendons prendre notre petit déjeuner, nous trouvons maman affairée dans la cuisine. Je me sens nerveuse à l'idée que papa est peut-être là aussi. Ai-je rêvé, la nuit dernière ?

— Ne faites pas de bruit, ordonne maman. Votre père est rentré tard hier soir. Il dort.

Donc, je n'ai pas rêvé.

Amy et moi avalons chacune un bol de céréales. Puis maman vient s'asseoir avec nous.

— Kyla, tu es sûre de vouloir y aller aujourd'hui ? Tu n'es pas obligée. C'est encore un peu tôt, tu sais.

Je la regarde, étonnée. Elle a pourtant été la première à se réjouir que je ne sois *plus dans ses jupes*, selon ses propres termes. Elle a tellement envie de reprendre son travail !

— Oui, tout à fait sûre.

— Hier, à la foire, tu avais l'air effrayée par la foule. Le lycée Lord William est très grand. Il y a plus d'un millier d'élèves. Tu pourras le supporter ?

Mieux qu'une longue journée à la maison sans rien à faire !

— Maman, laisse-moi y aller, s'il te plaît.

Elle soutient mon regard puis hausse les épaules.

— Très bien. Si c'est vraiment ce que tu veux… Je peux t'emmener en voiture, si tu préfères éviter le bus.

— Non, merci. Ça ira, avec Amy.

Je me lève et commence à empiler nos bols.

— Laisse ça, je m'en occuperai.

Déconcertée, je regarde Amy.

— Tu vois. Elle n'est pas si méchante…, chuchote-t-elle à mon oreille.

Le bus du transport scolaire est bondé, ce matin. Des têtes se tournent sur mon passage et des murmures nous suivent tandis qu'Amy et moi avançons dans l'allée. Je sens les regards dans mon dos.

Enfin, nous apercevons deux sièges vides face à face. Au moment où je vais m'asseoir, la fille installée près de la fenêtre pose son sac sur la place vide.

Le bus démarre, et je dois m'agripper au dossier pour ne pas tomber.

— C'est grossier, ce que tu fais là, déclare Amy à la fille.

Celle-ci pose les pieds sur le siège opposé avec un sourire narquois.

Nous commençons à attirer l'attention. Puis quelqu'un agite la main au fond du bus.

— Kyla ! Amy ! Venez ! Il y a de la place, ici !

C'est Ben. Je suis très soulagée de voir un visage connu.

— Laisse tomber, dis-je à Amy, qui toise toujours la fille au sac.

J'avance vers le fond, en répétant mentalement : *arbres verts ciel bleu nuages blancs arbres verts ciel bleu nuages blancs…*

Il y a plusieurs personnes du Groupe autour de Ben, toujours aussi béates. Dans leur uniforme bordeaux et noir, on dirait des clones. Ben sort clairement du lot. Mais où est Tori ?

— À l'avenir, Kyla, évite la fille de tout à l'heure, me murmure Ben à l'oreille. Elle déteste les Effacés.

— Ah… Merci.

Ainsi Amy avait dit vrai. Le lycée ne sera peut-être pas aussi génial que je l'espère !

Arbres verts ciel bleu nuages blancs arbres verts ciel bleu nuages blancs…

— Je suis désolée, déclare Amy lorsque nous descendons du bus. J'aurais dû te prévenir.

— Ce n'est pas ta faute. Tu ne peux pas penser à tout.

— Rassure-toi, la plupart du temps, Jazz nous emmènera en voiture. Ce matin, il est allé chez le dentiste, sinon, on serait parties avec lui.

Voilà qui m'enlève soudain un gros poids de la poitrine !

Le lycée s'étend sur un grand site boisé. Amy et Ben me conduisent au bâtiment principal, le Service Spécial, puis filent à leurs cours respectifs.

— Relaxe, Kyla ! me lance Ben. À plus tard !

La porte indique « Service pour élèves aux besoins éducatifs spéciaux ». Je la pousse avec appréhension et trouve une femme assise devant un écran tactile.

— Euh, bonjour…

Elle relève les yeux sans sourire.

— Oui ? Que voulez-vous ?

— Je suis une nouvelle élève.

— Encore une ? Nom…

Je la regarde sans comprendre. Elle ne veut pas de moi ? Elle a bien dit « non » ?

Puis elle aperçoit mon Nivo et soupire.

— Votre « nom », je vous prie ?

— Ah… Kyla Davis.

Ce nouveau nom de famille me paraît encore étranger. Pourtant, je n'ai aucun moyen de savoir quels sont mon vrai prénom et mon vrai patronyme. Est-ce qu'ils allaient mieux ensemble que ceux-là ?

La femme fouille dans un carton d'archives et en tire un dossier.

— Ah, oui... Davis... J'ai eu du mal à vous créer un emploi du temps. Votre intégration au lycée n'était pas prévue avant le mois prochain. On ne m'a prévenue qu'hier. Asseyez-vous, conclut-elle avec un soupir.

Elle désigne une chaise, se lève, et disparaît par une autre porte en emportant mon dossier.

La même scène se répète d'heure en heure sans que je quitte le Service Spécial. Je dois aller dans tous les bureaux ! Enfin, j'apprends que le lendemain, on me fera visiter le lycée et passer des tests. On m'explique où se trouvent les toilettes, et, à midi, on me montre une pièce où je peux manger le sandwich que maman m'a préparé.

Je déjeune avec plusieurs Effacés, tous plus jeunes que moi. Ils sourient et mastiquent leur nourriture comme le troupeau de vaches placides qu'on a vu ce matin dans les prés. Il y a bien des étudiants-tuteurs anonymes, installés aux deux extrémités de la table, mais ils sont seulement là pour nous observer. Personne ne parle.

Dans l'après-midi, on me donne un exemplaire de l'*Histoire du lycée Lord William*. C'est un établissement très ancien : fondé en 1599, il a pendant longtemps été réservé aux garçons. Resté fermé pendant cinq ans après les grandes émeutes nationales, il a été rouvert en grande pompe par la Coalition Centrale il y a vingt ans. Désormais, c'est un lycée spécialisé en agronomie, comme la plupart des établissements secondaires du pays, avec des classes de premier cycle universitaire et une piste d'athlétisme jouxtant le terrain de sport.

À la fin de l'après-midi, Amy et Jazz passent me chercher. Ouf ! Ce soir, pas de bus !

— Alors ? C'était bien ? me demande Amy.

— Bof… Je suis restée assise toute la journée en attendant qu'il se passe quelque chose.

— Normal… C'est ça, la vie de lycéen ! s'exclame Jazz en riant.

Nous descendons un sentier entre des bâtiments en briques pour gagner un parking. La voiture de Jazz, une trois-portes très cabossée, est déconcertante : la carrosserie centrale est rouge, mais le reste est composé de pièces d'autres couleurs qui lui donnent l'air d'avoir été raccommodée.

— Gentes dames… Votre carrosse est avancé, déclare Jazz en s'inclinant cérémonieusement devant nous.

Je saisis la poignée de la porte, qui ne bouge pas. Je ne dois pas faire ce qu'il faut…

— Permettez-moi, ajoute Jazz. Il faut une certaine technique…

Il tire la poignée, place un pied sur le côté de la voiture et tire vers lui de toutes ses forces. La portière s'ouvre enfin. Je grimpe à l'arrière et cherche en vain la ceinture de sécurité.

— Y en a pas…, m'informe Jazz, qui m'observe dans le rétroviseur. Elle est cassée. Accroche-toi, ça ira.

Bon conseil, car il s'élance sur la route dans un grincement de pneus et freine brutalement juste avant un tournant. Je suis projetée en avant et dois m'agripper au siège d'Amy.

Je ne suis pas souvent montée en voiture, alors je ne peux guère faire de comparaisons. Mais je me demande si je ne préfère pas le bus, en dépit des filles qui détestent les Effacés.

Jazz s'engage dans une route en épingles à cheveux et s'arrête devant une maison solitaire au bout d'une longue allée.

— N'oublie pas qu'il faut ramener Kyla sans tarder, lui rappelle Amy. Maman ne reprend pas son travail avant demain.

— Pas de souci. On arrivera avant le bus.

Jazz ouvre sa portière d'une poussée. Amy et moi descendons à notre tour.

— On va juste voir mon cousin, m'explique Jazz.

Il frappe à la porte du pavillon. Sans attendre de réponse, nous entrons et traversons les pièces jusqu'à une autre porte donnant sur le jardin.

— Mac ? T'es par là ? appelle Jazz.

— Oui ! répond une voix masculine. Prenez un truc à boire et rejoignez-moi dehors !

Jazz tire des bouteilles brunes d'un placard au-dessus de l'évier de la cuisine, puis nous le suivons dans ce qui a été autrefois un jardin. Il n'y a plus ni arbres, ni herbe, ni fleurs, rien que des débris de carrosseries. Mac émerge de sous un véhicule, et Jazz fait les présentations.

— C'est Mac qui m'a construit ma voiture avec des morceaux disparates, déclare-t-il avec fierté. Qui a soif ?

Il montre une des bouteilles brunes, dépourvue d'étiquette.

— Pas moi, répond Amy. Tu as déjà bu de la bière, Kyla ?

— Non.

— Tu veux goûter ? insiste Jazz. C'est Mac qui la fabrique. Elle est sensas.

Amy me regarde en faisant une grimace. À l'évidence, elle n'est pas de cet avis !

— D'accord, dis-je.

Je bois au goulot, imitant Jazz. Le liquide amer me râpe la gorge et me fait tousser.

— Alors ? Qu'en penses-tu ? me demande Jazz.

Je secoue la tête et lui rends la bouteille.

Mac éclate de rire.

— Ouais, elle est forte, faut s'habituer !

La bonne humeur de Mac est contagieuse. Il a l'air un peu fou, avec des bras et des jambes trop longs, et des cheveux bruns emmêlés qu'il doit couper lui-même sans trop regarder ce qu'il fait, à part se dégager les yeux…

— On ne peut pas rester, annonce Amy en consultant sa montre. Le bus ne va pas tarder à arriver dans notre rue.

— Ah ! Oui ! Le Dragon ! s'exclame Jazz en finissant sa bouteille d'un trait.

Puis il vide la mienne et se lève.

— Tu ne devrais pas conduire, remarque Amy. Tu as bu deux bières ! C'est trop.

— On n'allait pas jeter celle de Kyla !

— Je peux prendre le volant ?

Ma question les fait éclater de rire.

— Tu as passé ton permis à l'hôpital ? me demande Amy en souriant d'un air moqueur.

— Non… mais je peux essayer de conduire quand même.

— Pourquoi pas ? répond Jazz. Jusqu'à la grand-route, il n'y a jamais personne.

— Vous êtes dingues ! marmonne Amy. Mais bon, c'est ta voiture, Jazz.

Il m'ouvre la portière du conducteur.

— Monte derrière, ordonne-t-il à Amy.

Je me glisse au volant et Jazz s'installe à côté de moi. Puis il se lance dans une longue explication sur la façon de passer les vitesses, d'accélérer, de freiner… Sans trop comprendre ce qu'il raconte, je tourne la clé de contact, débraye, passe la marche arrière.

Mon corps me guide.

— Incroyable…, s'écrie Jazz. Elle est faite pour ça ! Ou alors je suis un excellent prof…

Il se trompe : en fait, je me rappelle. Je sais conduire. Et en plus, je conduis mieux que lui !

Au bout du chemin, en dépit des protestations d'Amy, je continue sur la route principale.

Chapitre 15

Ma tutrice m'attend à l'entrée du Service Spécial.

— Bonjour, Kyla ! Je suis là pour t'aider à t'acclimater au lycée durant les prochaines semaines. Nous allons commencer par une visite.

Son nom est marqué sur son badge : Mrs Ali.

Le lycée promet d'être plus intéressant, aujourd'hui !

Elle m'explique la fonction de chaque bâtiment selon la discipline étudiée ; la bibliothèque, le centre d'agronomie. Le gymnase, le terrain de sport, et la serre pour les travaux d'études en dernière année (ils font pousser des plantes de printemps génétiquement modifiées). Les anciennes bâtisses, éparpillées sur la pelouse, côtoient des ajouts modernes dans un labyrinthe de sentiers.

— Ne t'inquiète pas si tu te perds, au début, déclare Mrs Ali. C'est normal. S'il le faut, nous ferons d'autres visites.

Inutile. Je ne me perdrai pas. Le plan du site est gravé dans ma mémoire. Mais je me contente de sourire.

Elle me conduit au Service Administratif. Pour cela, il faut traverser d'autres bâtiments et passer devant des salles de classe. Nous pénétrons dans un immense hall avec une multitude de bureaux et de téléphones qui sonnent. Il y a là une demi-douzaine d'employés, l'air débordé et harassé.

— Voici Kyla Davis, annonce Mrs Ali à la cantonade. Elle est ici pour le traitement de ses données.

Un homme de grande taille, à l'air sévère et aux lunettes aux verres épais, émerge de derrière une rangée de classeurs.

— Par ici, marmonne-t-il.

Nous le suivons dans une autre pièce.

Qu'a-t-elle voulu dire, par « traitement de mes données » ? J'interroge Mrs Ali du regard.

— Il faut simplement faire le nécessaire pour fabriquer ta carte d'élève.

Mais ce « nécessaire » n'a rien de simple ! On prend d'abord les empreintes de chacun de mes doigts sur un petit écran pour les numériser, puis on me tient fermement la tête en m'ordonnant de ne pas bouger un cil. Une lumière flashe dans mon œil droit pour scanner ma rétine. Pareil pour le gauche.

Lorsque c'est fini, mes yeux me brûlent et j'y vois flou. Une image spectrale est restée imprimée sur ma rétine, comme les branches d'un arbre, et semble projetée sur le mur blanc en face de moi ou sur le lino noir. Elle met quelques minutes à disparaître.

Ensuite, une webcam me photographie, et, quelques instants plus tard, une sorte d'imprimante crache une carte en plastique.

— Tu dois la porter sur toi en permanence, m'annonce l'employé en glissant la carte dans un support au bout d'un cordon, qu'il me passe autour du cou.

Je regarde la carte. C'est bien moi. Mon nom, Kyla Davis, est imprimé sous la photo, et il y a un E majuscule rouge à côté, pour Effacée. Mrs Ali a réussi à me faire sourire un peu, juste au moment où l'homme m'a prise en photo.

— Voilà. À partir de maintenant, tu es officiellement une élève du lycée Lord William, déclare-t-elle comme si j'avais réussi une épreuve difficile. Nous pouvons revenir au Service Spécial.

Cette fois, nous sortons par la grande porte d'entrée. Niché contre le bâtiment, se dresse un grand monument en pierre, entouré de rosiers. Une date est gravée au sommet : 2048.

— C'est quoi ? demandé-je.

— Un mémorial pour honorer des élèves qui sont morts.

Il y a une liste de noms inscrite dans la pierre. Je m'en approche, étrangement attirée. Je compte une trentaine de noms, depuis Robert Armstrong, quinze ans, jusqu'à Elaine Whistler, seize ans. Tous étaient de mon âge ou presque.

Les voilà immobiles et silencieux à jamais.

— Que leur est-il arrivé ?

— Ils se rendaient au British Museum, à Londres, pour une visite scolaire, et ils ont été visés par un attentat des TAG. Leur bus a explosé. Peu ont survécu.

Je la regarde sans comprendre.

— TAG ? Qu'est-ce que c'est ?

— L'organisation des Terroristes Anti-Gouvernement. De la racaille, explique-t-elle en pinçant les lèvres, comme si ce mot la dégoûtait. Allons-y, maintenant.

Des images flashent dans ma tête : un bus coincé dans la circulation londonienne, une explosion, des flammes… Des cris… Des mains ensanglantées qui tapent contre les vitres. Une explosion finale. Puis, le silence.

N'en reste qu'un mémorial de pierre, des rosiers pleins d'épines, et tous ces noms.

Mrs Ali me laisse sur une chaise dans un couloir, devant un bureau fermé où une plaque indique : « Dr Winston, psychologue scolaire ».

— Attends ici, m'ordonne-t-elle avant de disparaître au bout du couloir.

Bientôt, la porte s'ouvre, laissant passer une élève en uniforme.

— Au suivant ! appelle une voix à l'intérieur.

C'est moi, le suivant ? Je ne vois personne d'autre…

— Suivant ! répète la voix, plus fort cette fois.

Je me lève et risque un œil par l'embrasure de la porte.

— Bonjour. C'est toi, Kyla Davis ? Entre, ne sois pas timide.

Le Dr Winston m'adresse un sourire poli. Elle est tellement fardée que son visage ressemble à un masque, avec une bouche d'un rouge éclatant.

— Tu as fait faire ta carte scolaire, je vois. C'est bien. À présent, regarde près de la porte. Tu vois cette machine ? Tu dois passer ta carte devant lorsque tu entres. Cela me donne ton identité.

En effet, il y a une sorte de boîte métallique fixée au mur près de la porte. Je regarde ma carte, la prends dans ma main, regarde la psychologue… Comment dois-je faire ?

— Tu la glisses dans la fente de la machine. Côté photo, bien sûr.

J'obéis et la machine émet un bip.

— Très bien. Assieds-toi. À partir de maintenant, chaque fois que tu entreras ou sortiras d'une salle du lycée, tu introduiras ta carte dans ce type de machine. C'est une procédure obligatoire. Comme cela, nous savons toujours où se trouvent nos élèves.

Elle me décoche encore son sourire figé et sanglant.

— Bon… Écoute attentivement. Je vais t'expliquer comment va se dérouler le reste de ta journée.

J'apprends que je vais passer des tests pour déterminer mon niveau. Après, ils décideront si je rejoins une classe normale, si je dois suivre des cours de rattrapage ou si j'alterne les deux. Demain matin, on me donnera mon emploi du temps.

— Tu as des questions ? me demande le Dr Winston en refermant son ordinateur portable.

— Oui… Est-ce que je peux suivre un cours d'art plastique ? À l'hôpital, on m'a dit que j'avais un bon niveau et…

Je ne finis pas ma phrase car elle regarde sa pendule d'un air impatient. Ce que je dis ne l'intéresse pas.

— Ah, bon, bon… Je vais mettre une note dans ton dossier.

Elle ouvre son ordinateur et écrit quelques mots.

— Voilà… « Kyla déclare qu'elle s'intéresse aux arts plastiques. » Ça te va ? Maintenant file déjeuner, tu seras mignonne.

Elle me retient sur le seuil.

— Kyla ! N'oublie pas de passer ta carte, voyons… Sinon, l'ordinateur central pensera que tu es toujours dans mon bureau !

— Oh… Désolée.

J'ai l'impression d'avoir un second Nivo, avec cette carte !

Je regagne la pièce où j'ai déjeuné hier et, cette fois, je remarque la machine près de la porte. J'y glisse ma carte. Bip.

Comme promis, je passe des tests tout l'après-midi. Ce sont des questionnaires à choix multiples, que je dois cocher sur un écran d'ordinateur. Mrs Ali reste à côté de moi et m'observe. Je clique pendant des heures sur des A, B, C ou D. Les questions sont faciles et portent sur de nombreux sujets : maths, anglais, histoire, géographie, biologie.

Lorsque je finis, j'ai les yeux fatigués et mal aux épaules. Mais je crois que j'ai bien réussi. Ils me le diront demain, explique Mrs Ali, qui me raccompagne à la porte au moment où retentit la dernière sonnerie des cours.

Aujourd'hui, je persuade Amy de rentrer seule avec Jazz. Je préfère prendre le car avec Ben. Je grimpe devant lui, songeant au mémorial et aux terroristes qui ont fait exploser un bus comme celui-ci.

Je suis si absorbée dans mes pensées que je ne remarque pas le pied tendu dans l'allée. Je bascule et quand je veux me retenir, quelqu'un tire sur mon sac à dos. Déséquilibrée, je m'écrase le visage sur le dossier d'un siège, avant de tomber face contre terre.

Des rires fusent, moqueurs, un peu forcés.

Je me mets à genoux et touche mes lèvres. Mes doigts sont rouges.

Je me relève et pivote.

C'est la fille qui a bloqué le siège libre, hier, pour que je ne m'asseye pas près d'elle.

— Alors ? Tu apprécies le trajet ? me demande-t-elle en souriant.

Je fais un pas, le bras levé. Le sourire s'efface de son visage et elle écarquille les yeux de surprise.

— Kyla ! Avance ! s'écrie Ben en me poussant devant lui vers le fond du bus.

Intrigué par le vacarme, le chauffeur descend de son siège et inspecte l'allée.

— Y a un problème ? s'enquiert-il.

Personne ne répond. Comme Ben est derrière moi, il ne me voit pas et regagne son siège. Puis il démarre.

Ben glisse un bras autour de mes épaules.

— Il faut faire attention où tu marches, Kyla.

Parle-t-il sérieusement ? Son visage est indéchiffrable. Pourtant, il doit savoir que cette fille m'a fait un croche-pied. Que ce n'était pas un accident.

Il plonge la main dans sa poche et en tire un mouchoir en papier. Je le prends et le presse contre ma lèvre. Puis j'inspecte le mouchoir : il est rouge mais pas tant que ça.

J'ai vu pire.

Vraiment ?

Chapitre 16

— Je vais bien, je t'assure…

— On ne le dirait pas, réplique maman en tamponnant un coton trempé d'antiseptique sur ma lèvre fendue. Que s'est-il passé ?

— J'ai trébuché sur un sac dans le bus et je me suis cogné la tête contre un siège.

Je ne mentionne pas le croche-pied, ni les rires cruels qui ont fusé lorsque je me suis relevée.

Ni ma réaction : tous mes muscles tendus pour gifler cette fille.

— Où était Amy ?

Que répondre ? Est-ce aussi un secret que ma sœur rentre en voiture avec Jazz ?

Normalement, maman ne devrait pas être à la maison. Mais aujourd'hui, elle est partie plus tôt de son travail. Elle doit avoir une sorte de radar de dragon pour deviner les bêtises…

— Elle n'a pas réussi à me rattraper, murmuré-je enfin.

Je ne mens pas… puisqu'elle n'était pas là !

— Et où est-elle, en ce moment ?

— Chez une amie.

— Elle n'est pas rentrée avec toi alors que tu t'étais fait mal ?

— Euh…

Maman pince les lèvres, ce qui ne signifie rien de bon.

— Monte dans ta chambre te changer.

Je m'étends sur mon lit et presse un sachet de glaçons sur ma lèvre.

J'allais frapper la fille, dans le bus. Je le sais. Mon corps a réagi comme lorsque j'ai conduit la voiture de Jazz. Or je ne suis pas censée éprouver des sentiments intenses ni me souvenir, ni bien sûr frapper quelqu'un. Au moindre soupçon de violence, mon Nivo doit m'immobiliser.

Mais là, rien. Et je suis restée à 5 durant tout l'épisode.

Autre fait étonnant : Ben et les autres n'ont pas réagi alors que quelqu'un attaquait délibérément un membre de leur groupe. Dans leurs cerveaux d'Effacés, cela n'avait pas de sens.

Décidément, je ne leur ressemble pas.

Pourquoi ? Je ne comprends pas.

En bas, la porte d'entrée s'ouvre. J'entends des voix. Une dispute.

Les minutes passent, puis quelqu'un monte l'escalier. La porte s'ouvre sur Amy.

— Tu vas comment ? me demande-t-elle en traversant la pièce pour me soulever le menton et regarder ma lèvre. Ça doit te faire mal.

— Un peu, fais-je dans un haussement d'épaules.

— Tant mieux.

Elle prend son livre sur sa table de nuit et sa robe de chambre derrière la porte, puis rassemble les affaires qu'elle a dispersées dans la pièce depuis une semaine. Sans un mot de plus, elle traverse le palier, entre dans sa chambre et claque la porte derrière elle.

Comme s'il devinait que j'ai besoin de lui, Sebastian pointe son museau dans l'embrasure de la porte, miaule puis saute sur mon lit. Il frotte la tête contre mon bras jusqu'à ce que je le caresse. Une larme roule sur ma joue et tombe sur ma lèvre. Ça pique. Je la recueille d'un coup de langue.

Arbres verts ciel bleu nuages blancs arbres verts ciel bleu nuages blancs…

— À table ! crie maman dans la cuisine.

Je repousse doucement Sebastian endormi sur mes genoux et descends au rez-de-chaussée.

— Je t'ai fait de la soupe. Ce sera plus facile à manger, avec ta lèvre.

— Merci, dis-je en m'asseyant.

Maman place mon bol et deux assiettes de pâtes sur la table, puis va jusqu'au pied de l'escalier.

— Amy ! À table ! crie-t-elle avant de regagner la cuisine. Bon, eh bien si Miss Amy ne daigne pas se joindre à nous, elle se passera de dîner, déclare-t-elle avant de se laisser tomber sur sa chaise.

Je baisse les yeux sur ma soupe.

— Goûte ! Je l'ai faite exprès pour toi.

Je prends ma cuillère, qui me semble en plomb.

— Tu es sûre que ça va, Kyla ? s'inquiète maman en prenant mon poignet, où mon Nivo marque 4,3. Quelqu'un t'a bousculée ? Raconte-moi ce qui s'est passé.

— Ce n'est pas ça…

— Alors qu'est-ce que c'est ?

Je me tais et tourne ma cuillère dans ma soupe.

— C'est Amy, n'est-ce pas ? Que t'a-t-elle dit ?

Cette fois, je lâche ma cuillère et m'affaisse sur ma chaise.

— Elle est en colère contre moi et je ne comprends pas pourquoi.

— Ah ! Les adolescentes, quel cauchemar ! Les garçons sont bien plus faciles. Attends-moi ici.

Elle monte à grand bruit l'escalier et en redescend quelques instants plus tard avec Amy, qu'elle pousse dans la cuisine.

— Assieds-toi ! lui ordonne-t-elle. Et maintenant, écoute-moi bien. Kyla ne m'a rien dit, d'accord ? J'ai compris avec qui tu étais, et ce n'était pas très difficile… Vous allez vous expliquer, toutes les deux. Moi, je vais manger dans le salon devant la télé.

Sur ces mots, elle prend son assiette et file dans la pièce à côté avant de refermer la porte d'un coup de pied.

Amy me regarde d'un air coupable.

— Je suis désolée. Je croyais que tu lui avais tout raconté.

— Elle a un don pour lire les pensées des gens.

— Et toi, tu ne sais pas garder des secrets. Ce que tu penses se lit sur ton visage. J'aurais dû le savoir. Je suis désolée.

Je vois dans ses yeux qu'elle ne se livrera plus jamais à moi.

Elle a raison. On ne peut pas me faire confiance.

Et ce soir, elle me laisse dormir seule.

Le chauffeur appuie comme un fou sur le Klaxon. Pourquoi, je l'ignore. On n'avance pas. Il y a un énorme embouteillage. La route s'est transformée en parking, devant d'imposants immeubles en briques dont l'enseigne porte l'inscription : Chambre des Lorders.

Nous sommes piégés comme des rats.

— Faites quelque chose ! lancé-je au chauffeur. Ouvrez les portes ! Laissez-les sortir !

Mais il ne m'entend pas.

Un étrange sifflement retentit, suivi d'un éclair et d'une détonation violente qui me déchire les tympans. Puis il y a des cris.

Une épaisse fumée nous prend à la gorge. Des mains ensanglantées frappent les vitres qui ne s'ouvrent pas.

Les cris reprennent, et il y a un autre sifflement, un autre éclair.

Une autre explosion.

À présent, un trou béant s'est ouvert sur le flanc du bus, mais personne ne parle.

L'odeur âcre de la fumée me fait tousser. Ça sent l'essence et le métal brûlés.

Et aussi la chair brûlée.

Il y a des choses sur mes mains, dans mes oreilles.

Puis les cris, encore.

Puis, plus rien.

Le silence.

Je suis quelque part ailleurs.

La terreur, la fumée et le sang, tout a disparu. Aucun souvenir de ce qui s'est passé. Plus rien. Effacé.

Un rêve. Rien de plus. Rien de moins.

Je ris et joue à cache-cache avec d'autres enfants dans un endroit très vert : grands arbres, herbe haute, taches vives, pourpres et jaunes ; des fleurs sauvages. Je me pelotonne derrière un buisson et je vois mes mains, mes pieds... Qu'ils sont petits !

Non, c'est moi qui suis petite. Mon cœur bat plaisamment dans ma poitrine, à cause de l'excitation du jeu. Vont-ils me trouver ?

Lorsque j'ouvre les yeux, je ne vois rien. Je me lève et tâtonne pour gagner la fenêtre et tirer les rideaux. Il n'y a pas de lune, cette nuit.

Mon cœur bat encore très fort mais c'est de soulagement. Ça a marché ! J'ai pu me rendre mentalement dans mon Petit Paradis au beau milieu d'un cauchemar. Plus de cris qui réveillent toute la maison, plus d'évanouissement.

Un 4,8 prometteur sur mon Nivo.

Cependant, dans mon sommeil, je n'étais pas seule. Je jouais à cache-cache avec des enfants. Et dans ce lieu paradisiaque, j'étais beaucoup plus jeune.

Peu à peu, l'horreur du premier rêve s'atténue et les détails commencent à se disperser comme de la fumée dans le ciel.

Pourtant, ma certitude d'avoir assisté à l'attentat reste aussi forte.

Est-ce cela, la folie ?

Chapitre 17

Le lendemain matin, j'apprécie de savoir Amy derrière moi en montant dans le car.

Mon ennemie est là, à sa place habituelle. Elle se tient très droite, tournée vers la fenêtre. Je la surveille du coin de l'œil.

— C'est elle ? me chuchote Amy à l'oreille.

Je réponds d'un signe de tête et vais m'asseoir au fond près de Ben. Il effleure ma joue, près de ma lèvre tuméfiée.

— Oh ma pauvre ! Ça te fait mal ? me demande-t-il.

— Seulement si je souris.

Il me prend la main.

— Alors pas de sourire pour personne, aujourd'hui, déclare-t-il d'un air solennel.

Il a l'air différent quand il n'a plus l'expression béate des Effacés, même si ses yeux restent encore joyeux. Dans ces cas-là, j'ai l'impression de le connaître depuis toujours. Je me dis que, près de lui, je suis en sécurité.

Lorsque j'entre dans le hall du Service Spécial, Mrs Ali semble contrariée.

— Ciel ! Que t'est-il arrivé, Kyla ?

— Je suis tombée dans le bus.

Elle me dévisage intensément.

— Kyla, mon petit, si quelqu'un t'embête, tu dois me le dire ! On s'en occupera. Que s'est-il vraiment passé ?

Je plonge le regard dans le sien et n'y lis qu'une inquiétude sincère. Mais à l'instant où je vais avouer la vérité, une voix intérieure me retient.

— J'ai trébuché sur un sac.

Elle semble déçue.

— Bon..., soupire-t-elle. En tout cas, j'ai les résultats de tes tests. Tu es une jeune fille intelligente. Tu vas suivre les cours normaux dès aujourd'hui, en classe de seconde. Tu seras juste un peu plus vieille que les autres. Mais comme tu es petite, cela passera inaperçu...

Elle me tend un emploi du temps.

— Tu commences par un cours d'instruction civique avec le professeur principal dans le bâtiment d'anglais.

Je parcours les cases : anglais, maths, histoire, biologie, étude, sciences de la terre, agronomie... Service Spécial trois fois par semaine...

Il manque l'essentiel.

— Et les arts plastiques ?

— Pardon ?

— Les arts plastiques. Je ne vois pas de cours d'art sur mon emploi du temps.

— Kyla, tu ne peux pas prendre d'option comme les autres élèves parce que tu as des cours supplémentaires au Service Spécial. Tu n'as plus de temps libre.

Je la regarde, incrédule. L'art est pratiquement la seule chose qui m'intéresse ! Et c'est en partie pour ça que j'ai voulu reprendre le lycée.

— On avait des cours d'arts plastiques à l'hôpital. Pourquoi pas ici ?

— Je te l'ai dit, ton emploi du temps est archi plein. Et tu vas être en retard pour rencontrer ton professeur principal. Si ça te pose un problème, va en parler au Dr Winston, ajoute-t-elle en tournant les talons.

Je dois courir pour la rattraper. Je n'arrive pas à y croire… Même Miss Penny m'a assuré que je pouvais suivre des cours d'arts plastiques, que c'était une question de niveau.

Le Dr Winston se fiche pas mal de moi et de ce que je veux, c'est évident.

Lui parler ne servira à rien.

Mrs Ali emprunte allée après allée, traverse des bâtiments en esquivant des élèves qui courent dans toutes les directions. Enfin, une fois dans la salle de cours, elle me rappelle de passer ma carte dans la machine puis me présente à Mr Goodman, qui n'est pas seulement mon professeur principal mais aussi mon prof d'anglais.

D'autres élèves arrivent. Mrs Ali s'en va, non sans m'avoir dit qu'elle reviendrait me chercher après ma première matinée de cours.

Je reste devant le bureau du prof, ne sachant pas trop quoi faire.

Les élèves glissent leur carte dans la machine et s'installent, les uns après les autres. Au moment où la sonnerie retentit, une fille entre en trombe et traverse la pièce. Mon cœur flanche : c'est elle qui m'a fait un croche-pied dans le bus.

— Tu es encore en retard, Phoebe…

— Désolée, monsieur, réplique-t-elle d'un air insolent.

Elle s'installe au dernier pupitre. Maintenant, la seule chaise de libre est à côté d'elle.

Elle regarde ma lèvre gonflée et sourit. J'entends les élèves chuchoter. Sont-ils au courant ?

— Silence ! tonne Mr Goodman. Bonjour, je vous présente Kyla. Elle rejoint notre groupe d'instruction civique. Merci de l'accueillir chaleureusement.

Debout près de lui, j'affronte des regards curieux, parfois hostiles, parfois indifférents. Et tout le monde remarque le Nivo à mon poignet.

— Assieds-toi près de Phoebe, m'ordonne Mr Goodman.

J'obéis mais tire ma chaise le plus loin possible de cette harpie.

Lorsque le prof nous tourne le dos pour écrire quelque chose au tableau, les élèves en profitent pour me dévisager sans vergogne.

Mon Nivo vibre.

4,4.

Phoebe a un sourire satisfait.

La vibration s'accentue : 4,2.

Phoebe lève la main.

— Monsieur ? Je crois que la nouvelle élève va exploser…

Tout le monde glousse. Tout le monde me regarde.

3,9…

Je ferme les yeux. *Arbres verts ciel bleu nuages blancs arbres verts ciel bleu nuages blancs*…

J'entends un pas lourd et sens une main sur mon épaule.

— Ça va, Kyla ? me demande Mr Goodman.

Arbres verts ciel bleu nuages blancs arbres verts ciel bleu nuages blancs…

— Oui, dis-je en ouvrant les paupières.

— Bien. Maintenant, copie le serment de citoyenneté écrit au tableau, s'il te plaît.

J'ouvre mon cahier.

La dernière heure de la matinée m'apporte une surprise agréable : Ben est dans mon cours de biologie.

Il me fait signe quand j'active ma carte dans la machine et chuchote quelque chose à son voisin. Ce dernier me laisse sa place, non sans grommeler d'un air mécontent.

— Comment se passe ta rentrée ? me demande Ben.

Je hausse les épaules sans répondre, mais mon expression doit être éloquente.

— Ça va s'arranger, m'assure-t-il. Mon premier jour de lycée a été pénible pour moi aussi, tu sais.

J'esquisse un sourire, touchée par son attention.

— Hé ! Rappelle-toi…, murmure-t-il. Pas de sourire aujourd'hui. Ça fait mal !

Notre prof de biologie, Miss Fern, est un peu dingue. Elle nous demande quelle sorte d'oiseau nous aimerions être puis nous fait chercher des photos dans des livres et sur Internet. Ensuite, nous devons dessiner l'animal qu'on a choisi sur une grande feuille.

Je feuillette un livre et tombe sur des yeux noirs au milieu d'un bouquet de plumes blanches. Ce petit visage en pointe, si plat que l'on dirait un masque, appartient à une chouette effraie. Elle a quelque chose qui me ressemble.

Je jette un rapide coup d'œil à la description de son mode de vie et de ses habitudes alimentaires et me mets à dessiner. Pour commencer, je fais des croquis de ma chouette dans différentes positions, puis me concentre sur sa position d'envol, lorsqu'elle écarte les ailes. Je suis si absorbée dans mon travail que, pour un peu, je me serais servie de ma main gauche.

— Kyla, c'est fantastique ! s'exclame Miss Fern derrière moi. Tu as un don.

Des élèves viennent voir mon dessin et me disent aussi des choses gentilles. Comme je me sens bien, dans ce cours ! Évidemment, c'est aussi à cause de Ben. Il est si sympathique que tout le monde l'accepte et, du coup, on m'accepte aussi.

La sonnerie retentit. Je vois Mrs Ali de l'autre côté du verre dépoli au centre de la porte.

— Tu viens déjeuner ? me demande Ben.

— D'accord. Dans deux petites minutes.

Je prends mon temps pour rassembler mes affaires, jusqu'à ce que les élèves soient partis – sauf Ben qui m'attend d'un air intrigué. Je me dirige lentement vers le bureau du professeur. Est-ce que je vais oser ?

— Miss Fern, je me demandais si vous pourriez m'aider...

— Oui, Kyla ?

— Voilà : je voudrais prendre des cours d'arts plastiques, mais on me dit que c'est pas possible parce que je n'ai pas d'options.

— Vraiment ? Je vais voir ce que je peux faire... Puis-je t'emprunter ça ? me demande-t-elle en désignant mon dessin.

À l'instant où je le lui tends, je sens une présence derrière moi. Je pivote. Mrs Ali est là, les lèvres pincées. Je ne l'ai pas entendue arriver.

— Mrs Ali, je peux aller déjeuner avec Ben ?

— Non. Tu dois respecter ton emploi du temps. Tu déjeunes au Service Spécial. Désolée, Ben, ajoute-t-elle à mon camarade, qui m'adresse un petit signe de la main avant de disparaître.

Une fois arrivées au Service Spécial, Mrs Ali me fait signe de la suivre dans un bureau.

— Euh, vous vous trompez, lui fais-je remarquer en prenant mon courage à deux mains. Je dois aller dans la salle de déjeuner, c'est sur mon emploi du temps.

— Kyla, tu ne crois pas que tu en fais un peu trop ?

Est-ce une menace ? Pourtant, elle sourit.

— Je ne comprends pas.

— Je suis là pour t'aider à t'intégrer et à devenir utile à notre société. Or pour cela, tu dois apprendre à suivre les règles. Tu as signé un contrat où tu t'es engagée à les suivre toutes : celles de ta famille, de ton lycée, de ton Groupe et de la communauté au sens large. Si tu ne les respectes pas ou que tu tentes de les contourner, ne serait-ce qu'un tant soit peu, il y aura des conséquences. Maintenant, va déjeuner.

Ses mots me glacent. Je me lève, l'estomac noué. Quelle règle ai-je enfreint, pour qu'elle me parle ainsi ?

Chapitre 18

— Bonsoir, tout le monde ! lance Miss Penny, qui arbore aujourd'hui un pull orange vif.

Ce soir, Ben est absent, et Tori aussi. Je me sens seule, au milieu de mes camarades béats, et tente de les imiter. Ma lèvre est toujours aussi tuméfiée mais elle me fait moins mal. Deux jours ont passé depuis le croche-pied.

— Bon ! Pour commencer, chacun va raconter ce qu'il a fait depuis notre dernière réunion.

Miss Penny donne d'abord la parole aux ados les plus loin de moi. L'un d'eux a appris à monter à cheval, un autre est allé chez l'ophtalmologiste, une troisième a reçu un chiot en cadeau. Fascinant…

D'ailleurs, Miss Penny regarde souvent la pendule.

Soudain, la porte s'ouvre en grand et Ben entre, ruisselant de pluie. Son short et son T-shirt à manches longues lui collent à la peau, révélant son corps musclé.

— Désolé d'être si en retard, Miss Penny, lance-t-il en attrapant une chaise.

Il s'installe près de moi et je m'efforce de ne pas le regarder.

Miss Penny fronce les sourcils d'un air sévère.

— Ben ! Tu as couru sous cette pluie ? Ce n'est pas raisonnable.

— C'est juste un peu d'eau, ça va pas me tuer, réplique-t-il avec son sourire enjôleur.

— Hum… Kyla ?

Je réalise soudain que c'est mon tour.

— Euh… j'ai repris le lycée lundi. Je n'ai que des cours normaux.

— Déjà ? s'étonne Miss Penny. Tu n'es pas fatiguée ?

— Non, mais…

Je m'interromps. Si je mentionne que je n'ai pas de cours en arts plastiques, est-ce que j'enfreins le règlement ?

— Mais quoi ? insiste Miss Penny.

— Rien. Tout va bien. Ben est dans mon cours de biologie.

— N'oublie pas de leur dire pour dimanche, ajoute Ben.

Comme Miss Penny l'interroge du regard, il poursuit :

— On s'est vus au comice agricole.

Et il se lance dans une description du concours de Miss Brebis qui fait rire tout le monde. Je me revois devant l'enclos, avec les moutons que les fermiers faisaient parader sous des noms ridicules. Même la maussade Tori s'amusait…

— Hé ! m'exclamé-je. Où est Tori ?

Ben, surpris, se tourne vers Miss Penny.

— Tori ne fait plus partie de notre Groupe, répond-elle avant d'interroger ma voisine, qui raconte qu'elle a appris à faire des biscuits au chocolat.

Très fière, elle fait passer un Tupperware plein de biscuits, ce qui met fin à la conversation.

Ben en mange plusieurs à la suite, répandant des miettes sur son T-shirt mouillé. Je résiste à l'impulsion de brosser le tissu… Ce geste me semble trop intime, soudain.

— Ben, chuchoté-je. Pourquoi Tori n'est plus dans notre groupe ? Elle te l'a dit ? Et pourquoi elle n'est pas venue au lycée, cette semaine ?

— Je n'en sais rien. Je ne l'ai pas revue depuis dimanche.

— Tu n'es pas inquiet ? Il lui est peut-être arrivé quelque chose.

— Elle a sans doute la grippe… Je passerai chez elle tout à l'heure.

Les membres du Groupe continuent leur récit, et moi je réfléchis à la réaction de Ben. Si je ne lui avais rien demandé, il n'aurait pas trouvé anormal que sa petite amie ait disparu sans donner d'explication ! Et ce n'est pas parce qu'il s'en fiche. Il n'y a pas pensé, c'est tout. Si un jour il ne me voyait plus, le remarquerait-il ? S'assiérait-il près d'une autre fille en biologie sans se poser de question sur mon sort ?

À la fin de la réunion, Miss Penny me demande de rester un peu.

— Eh bien, ma puce, tu as reçu un coup ? s'enquiert-elle d'un air inquiet.

— Non. J'ai trébuché dans le bus.

— Je vois. C'était un accident ?

Comme je garde le silence, elle se penche sur moi d'un air protecteur.

— Tu peux te confier à moi, Kyla. Je ne dirai rien à personne.

— Eh bien… en fait, quelqu'un m'a fait un croche-pied.

— Oh ! Je suis vraiment désolée… Il faut que tu fasses attention. Certaines personnes ne sont pas très gentilles.

— Oui. Je sais qui je dois éviter, maintenant.

— C'est très bien ! N'hésite pas à me parler si tu as besoin d'aide, ajoute-t-elle en me pressant la main.

Décidément, les gens sont bizarres ! Mrs Ali, qui semblait si gentille, m'a menacée durement, et la revêche Miss Penny semble maintenant de mon côté.

— Merci, murmuré-je, sincèrement touchée, en me levant pour partir.

— Attends, Kyla ! J'ai demandé à ta mère de venir bavarder une minute.

Quelques instants plus tard, maman arrive en secouant son parapluie.

— Quel temps affreux ! s'exclame-t-elle.

Encore une personne que je n'arrive pas à comprendre… Est-elle un dragon, qui surveille la moindre de mes erreurs, ou une mère qui me prépare de la soupe lorsque j'ai mal ?

Je soupire et reste un peu à l'écart pour ne pas participer à leur conversation.

Miss Penny assure qu'on peut me donner un peu plus de liberté. Au début, maman n'est pas d'accord mais, finalement, elle se range à l'avis de l'infirmière.

Cette soirée est pleine de surprises !

Chapitre 19

Le visage tourné vers le ciel, je laisse les fines gouttelettes de pluie me couler sur les joues. Elles sont fraîches, vivifiantes…

— Eh ! Tu veux t'enrhumer ou quoi ? me gronde Ben.

Il relève la capuche de ma veste puis y glisse mes cheveux. Il a les mains chaudes.

Nos regards se rencontrent et il se fige. Il a tant de paillettes d'or dans les pupilles et plus de profondeur dans le regard que je ne l'aurais cru.

Puis il s'écarte et inspecte les environs. Personne en vue, mais on entend des voix tout près.

— Viens, me dit-il.

Comme j'hésite, il me tend sa main droite, au petit doigt levé pour que je m'y accroche. Nous nous éloignons vers les arbres. C'est tellement ridicule, d'être ainsi cramponnés par le petit doigt, que j'éclate de rire.

Notre prof de biologie nous a emmenés dans les bois pour ramasser des feuilles sous les arbres, afin de les identifier plus tard. Les voix des autres sont de plus en plus distantes.

Ben s'arrête, se tourne vers moi.

— Il faut que je te parle, Kyla, déclare-t-il d'un ton grave.

— Me parler de quoi ?

— De Tori.

J'aurais dû m'en douter. Ce matin, dans le bus, il semblait déjà préoccupé. Je suis à la fois soulagée, contrariée et désorientée.

En tout cas, je tourne la tête pour qu'il ne voie pas ma déception.

— Tu m'as mis la puce à l'oreille, reprend-il. Je suis allé chez elle hier soir après le Groupe…

La pluie s'accentue et il s'adosse à un chêne, avant de m'attirer sous une épaisse branche.

— Elle est partie, chuchote-t-il, comme si les arbres nous espionnaient.

— Partie ? Comment ça ?

— J'ai parlé à sa mère, et c'était vraiment bizarre. Au début elle m'a dit que Tori ne vivait plus là. Je lui ai demandé si elle était à Londres avec son père. Alors elle a fait une drôle de tête. Elle a dit que ça n'avait pas marché et qu'elle avait retourné Tori. Puis elle m'a pratiquement jeté dehors.

— « Retourné » ? répété-je, profondément choquée.

— C'est le mot qu'elle a utilisé. Comme si elle parlait d'une paire de bottes ou d'un paquet à rapporter à la poste.

— Mais retourné où ? À qui ?

Je suis horrifiée. Tori avait dix-sept ans, et on ne peut pas être Effacé après l'âge de seize ans. L'avait-on envoyée dans une autre famille ?

Je perçois une petite vibration, étouffée par la veste de Ben.

— Fais voir, dis-je.

Il tend la main et je remonte sa manche pour regarder son Nivo : 4,3.

— Il faudrait que je coure, marmonne-t-il.

Mais il ne bouge pas. Son autre main serre mon épaule et son Nivo vibre encore.

4,1.

Je l'entoure de mes bras. J'entends battre son cœur sous son pull. Le mien aussi bat plus fort, et une chaleur m'envahit lorsque j'enfouis le visage dans sa veste humide. Mais il est bouleversé à cause de Tori. Ce n'est pas moi qu'il veut dans ses bras.

Un sifflet retentit. Nous sursautons tous les deux avant de nous écarter.

— C'est Miss Fern qui appelle la classe, déclare Ben. Elle doit trouver qu'il pleut trop fort.

— On court ?

Nous nous élançons, indifférents aux feuilles qui nous font glisser. Quelques minutes plus tard, nous rejoignons le groupe au moment où Miss Fern commence à compter les élèves.

De retour dans la salle de cours, elle nous soumet une liste de questions. Mais je n'arrive pas à me concentrer.

Qu'est-il arrivé à Tori ? J'ai le pressentiment que ce n'est rien de bon. Je ne l'ai pas connue très longtemps, mais elle avait le chic pour dire tout haut ce que je pensais. D'ailleurs, maman l'avait réprimandée, à la foire, et lui avait conseillé de faire attention. Peut-être avait-elle cherché à la prévenir.

Le Nivo de Ben fait de tels écarts que Miss Fern l'envoie courir sous la surveillance d'un tuteur. Lorsque la sonnerie retentit enfin, elle se penche par-dessus mon épaule et contemple mon devoir. Je n'ai pas fait grand-chose.

— C'est comme ça que je suis remerciée ? me gronde-t-elle.

Mais elle sourit et je vois qu'elle ne pense pas ce qu'elle dit.

— Vous remercier de quoi, Miss Fern ?

Elle s'installe à la place de Ben.

— J'ai parlé à Mr Gianelli, qui dirige le département d'arts plastiques, et je lui ai montré ton dessin de la chouette. Je lui ai aussi parlé de ton désir de devenir artiste.

Elle me fait un clin d'œil.

— Et…

— Et il va tout faire pour te prendre dans sa classe. J'ai bon espoir qu'il y arrive. Il est si agaçant qu'on ne peut lui dire non pendant très longtemps.

Je revois Ben à la réunion hebdomadaire des secondes. Il est assis avec sa classe, de l'autre côté de la salle. Ses cheveux sont plaqués sur sa tête, à cause de la pluie ou peut-être de la sueur. Vient-il de courir ?

« Ça va ? » lui demandé-je en bougeant silencieusement les lèvres.

Il acquiesce avec un petit sourire.

Les secondes se réunissent chaque vendredi après-midi, et c'est donc la première fois que je viens. Je suis au bout de la rangée. Par chance, Phoebe est à l'autre bout. La fille à côté de moi, Julie, a été ma voisine au cours d'anglais, hier. Elle m'a montré où nous en étions dans *Roméo et Juliette* et m'a expliqué quelques trucs.

Le brouhaha cesse dès que la porte du fond s'ouvre en grand.

— C'est le directeur, Mr Rickson, me dit Julie à l'oreille.

Très droit dans un costume bleu, il balaye la salle d'un regard froid, fixant un élève de temps en temps pour bien signaler qu'il tient tout le monde à l'œil. Mais la véritable autorité qui fait taire la foule, ce sont les trois personnes en gris qui le suivent : deux hommes et une femme. Ils se tiennent à l'écart, comme de simples observateurs.

— Ce sont des Lorders, chuchote Julie à mon oreille, si bas que je me demande si je n'ai pas rêvé.

J'ai à nouveau l'estomac noué de terreur, sans savoir pourquoi.

Qui sont ces gens ? Puis je me rappelle mon rêve : le car scolaire qui explose, les jeunes qui meurent, et l'enseigne qui pend du bâtiment près du bus : *Chambre des Lorders*. Ai-je imaginé cette scène après avoir vu le mémorial ? Mais dans ce cas, comment ai-je pu voir le mot « Lorder » alors que je ne le connaissais pas ?

Ce n'était peut-être pas un rêve.

Je ne sais plus quoi penser. Pourquoi aurais-je été dans ce bus ? À l'époque, je n'avais que dix ans. C'est bien jeune pour être terroriste !

Mr Rickson commence son discours et je m'oblige à le regarder pour oublier les trois silhouettes en gris. Il parle d'études et de victoires sportives. L'entraînement de l'équipe de cross-country du lycée commençant dimanche, il nous invite à nous inscrire nombreux et cite les élèves sélectionnés en finale l'an dernier. Les épreuves de sélection auront lieu le mois prochain.

Puis il déclare avec une profonde tristesse que certains élèves ne réalisent pas leur potentiel et nous suggère de redoubler d'efforts.

Dès qu'il a terminé, tout le monde se lève. Julie me donne un coup de coude dans les côtes pour que je l'imite. Nous sortons en file indienne, en passant devant les Lorders. J'ai les jambes flageolantes, m'attendant à tout instant à sentir une main s'abattre sur mon épaule.

Pourtant, ce n'est pas moi qu'ils arrêtent.

Par trois fois, ils s'avancent et retiennent un élève, qui devient livide. Personne ne s'interpose.

Pourquoi les gardent-ils ? Ils ne réalisaient pas leur potentiel ?

Comme Tori ?

Chapitre 20

Il étale une pâte grise sur la rangée du haut avec un objet métallique qui ressemble à une spatule à gâteau. Puis il pose les briques dessus, une à une. Ensuite, il racle la pâte qui dépasse, lisse le tout et recommence une nouvelle rangée.

Il a vu que je le regarde et continue à travailler comme si de rien n'était.

Je devrais partir. C'est impoli de fixer quelqu'un comme ça. Seulement, je ne peux pas m'en empêcher.

Cela fait cinq rangées, maintenant. Il enferme un jardin derrière un mur.

Maman doit se demander pourquoi je mets si longtemps pour poster une lettre au coin de la rue. C'est la première fois que j'ai le droit de sortir seule. Ce sera sans doute la dernière si je ne file pas tout de suite…

Il a environ trente ans et sa salopette est couverte de taches de peinture, de ciment et de saleté. Il a les cheveux gras. Il crache par terre.

— Alors ? fait-il.

Je tressaille.

— Tu veux quelque chose, chérie ?

Il lorgne le Nivo à mon poignet, puis me fixe de nouveau dans les yeux.

— Excusez-moi, marmonné-je avant de traverser la rue en courant.

J'entends encore son rire lorsque j'atteins la boîte à lettres. Quand je rebrousse chemin, je remarque une camionnette blanche garée devant l'endroit où il travaille. Elle porte l'inscription : « Maçons & Co ».

Cette fois, l'homme me siffle et je l'ignore, les joues cramoisies.

Maman m'attend sur le perron.

— Je commençais à m'inquiéter ! s'écrie-t-elle.

— Pardon, j'ai pris mon temps…

Je fonce vers l'escalier.

— Où vas-tu ?

— Faire mes devoirs.

— Hum… Tu es bien zélée… Nous dînons dans une heure.

Une fois dans ma chambre, je ferme la porte et m'empare de mon carnet à croquis d'une main tremblante. Mon Nivo commence à vibrer. 4,4… 4,2…

Je dessine un mur, brique après brique… Mon crayon bouge vite, de plus en plus vite. J'oublie presque de vérifier mon Nivo.

4,5… je me sens mieux… je ne dois pas m'arrêter.

Je dois finir ce mur, et je dois le faire de ma main droite. Les événements de la journée me donnent le vertige. Tori, « retournée » comme un paquet, les élèves arrêtés à la réunion, mon rêve de l'explosion...

J'ignore pourquoi, mais tant que je construis ce mur, tout ira bien.

Arbres verts ciel bleu nuages blancs arbres verts ciel bleu nuages blancs...

— Tu n'as pas d'inspiration ?

Je sursaute. Amy est entrée sans que je l'entende.

Je me sens plus calme, maintenant que mon dessin est terminé. Les briques couvrent toute la surface de la feuille. Je referme mon carnet, sans trop comprendre pourquoi c'était si important de dessiner ce mur !

Au dîner, les parents nous annoncent qu'Amy a la permission de fréquenter Jazz. Elle est folle de joie. Du coup, c'est moi qui fais la vaisselle. Je commence à détester ça... Puis je finis mes devoirs – pour de vrai, cette fois.

Juste avant de dormir, je regarde mon dessin pour vérifier qu'il n'y a pas d'espace entre les briques, aucune imperfection permettant de traverser ce mur de papier. C'est comme s'il me protégeait... C'est idiot !

Ensuite, je ferme les paupières, mais au lieu de l'oubli bienvenu du sommeil, la même scène revient me hanter : quelqu'un pose des briques, une par une, sur du ciment frais...

Ma poitrine va éclater. Mes jambes cèdent sous moi et je m'effondre sur le sable.

Il crie, me menace, me supplie. Rien n'y fait, je ne peux plus avancer. J'ai trop mal.

De toute façon, bientôt, cela n'aura plus d'importance.

Alors il s'agenouille et me prend dans ses bras. « N'oublie jamais qui tu es. L'heure est venue. Vite, maintenant ! Monte le mur ! »

Le danger se rapproche, c'est imminent...

Je construis le mur, brique après brique, rangée après rangée. Une haute tour s'élève bientôt autour de moi.

« N'oublie jamais qui tu es », crie-t-il encore au moment où je pose la dernière brique.

Elle bloque la lumière. À présent, je suis seule dans l'obscurité. Des cris horribles me déchirent le crâne. Ils expriment la terreur et la souffrance, comme un animal acculé dans un coin, face à la mort.

Il me faut un moment avant de comprendre que cet animal, c'est moi.

Puis c'est comme si je traversais un kaléidoscope : tout se déplace et se transforme. Une herbe fraîche chatouille mes pieds nus. Des voix d'enfants me parviennent. Je reste allongée, cachée dans l'herbe haute et regarde les nuages avancer lentement dans le ciel. Je ne veux pas jouer, aujourd'hui.

Peu à peu, les nuages et l'herbe disparaissent. J'ouvre les yeux.

Cela a marché encore une fois : je me suis retrouvée dans mon Petit Paradis au milieu d'un cauchemar. Mais je voulais y rester, comme si j'étais sur le point de découvrir quelque chose d'important. Comme si, après avoir vu le maçon construire un mur, je pouvais remonter le temps et comprendre qui j'étais.

La plage et l'herbe haute se complètent-elles ?

Et qui était l'homme qui m'exhortait à ne pas oublier ?

Quel danger me menaçait ? Pourquoi fallait-il que je coure ?

Il y a trop de questions sans réponses : pourquoi devais-je édifier un tel mur ? Et qui m'avait appris ?

Chapitre 21

C'est étrange de revenir à l'hôpital.

J'ai l'impression d'en être partie depuis une éternité… alors que cela fait seulement quinze jours. J'étais si effrayée de sortir de mon cocon protecteur ! Et maintenant, je suis mal à l'aise à l'idée d'y revenir.

En plus, avec l'embouteillage monstre de ce matin, j'ai peu de chances d'arriver à mon rendez-vous de 11 heures avec le Dr Lysander !

Amy a sorti le plan de la ville pour trouver un autre itinéraire et maman cherche en vain la chaîne Info Trafic sur la radio.

— Il nous a fallu vingt minutes pour faire moins de deux kilomètres, gémit-elle. À ce rythme-là, autant faire demi-tour…

— Et si on prenait la prochaine sortie ? propose Amy.

Ma sœur a tenu à nous accompagner dans l'espoir de rencontrer son idole, le Dr Lysander. Pas question pour elle de rebrousser chemin !

Maman éteint la radio.

— Je ne comprends pas. Il n'y a aucun flash sur la circulation. C'est mauvais signe… Il se passe quelque chose. Amy, prends mon téléphone et appelle papa.

Amy fouille dans le sac de maman et appuie sur plusieurs touches. Elle sait donc s'en servir ? Pourtant, personne n'a le droit d'utiliser un téléphone portable avant l'âge de vingt et un ans…

Mais peut-être que si maman le lui demande, c'est autorisé ?

— Il ne répond pas. Je laisse un message ?

— Oui. Dis-lui où nous sommes et demande-lui de nous rappeler.

Nous montons une légère côte à une vitesse d'escargot. Des hélicoptères vrombissent au-dessus de nous. Au sommet de la colline, nous nous arrêtons à nouveau. Des sirènes retentissent et des fourgons noirs filent à toute vitesse sur la bande d'arrêt d'urgence.

Le téléphone sonne.

— Je vois…, répond maman. Très bien… Entendu. Au revoir.

Elle raccroche.

— Il y a des contrôles routiers en amont, explique-t-elle. Mais ça va aller.

La circulation reprend lentement. De l'autre côté de la M25, en sens inverse, les voitures sont immobilisées. Nous, au moins, nous avançons au pas. Puis nous sommes contraintes de nous arrêter à nouveau. Une foule d'hommes en noir fouillent toutes les voitures des deux côtés.

Toutes sauf nous…

Ils s'écartent dès qu'ils voient maman et nous font signe de passer.

— Qui sont ces hommes ? demandé-je.

— Des Lorders, répond Amy.

Je n'y comprends plus rien. Ils portent des pantalons noirs et de longues chemises noires, avec une sorte de petit gilet de la même couleur. Exactement comme les gardes de l'hôpital.

— C'est quoi, exactement, des Lorders ?

Maman semble étonnée par ma question :

— Tu ne le sais pas ? Ce sont nos protecteurs. Ils sont chargés de faire respecter la loi et l'ordre, de pourchasser les gangs et les terroristes. Justement, ils cherchent quelqu'un, aujourd'hui.

— À la foire et au lycée, ils étaient en gris… Ce sont les mêmes ?

— Oui. Ils s'habillent en noir lorsqu'ils sont en mission spéciale. Mais j'ignorais qu'il y avait des Lorders au lycée. C'est vrai, Amy ?

— Absolument. Maintenant, ils viennent aux réunions hebdomadaires avec le directeur.

À notre gauche, la route est bordée de prés jusqu'à la crête de la colline. Soudain, je perçois un éclair rapide, comme si le soleil se reflétait sur du verre ou du métal.

— Il y a quelqu'un, là-haut, dis-je.

— Où ? me demande maman.

— Dans les bois, là… J'ai vu un reflet de lumière sur un objet.

— Tu en es certaine ?

— Oui.

Elle sort à nouveau son téléphone, mais un hélicoptère apparaît à l'endroit que j'ai désigné et des hommes s'élancent vers le bois. Elle pose son portable.

Une décharge de mitraillette déchire l'air. Je tressaille.

— Ils tirent sur quelqu'un ?

— C'est de la racaille, m'explique Amy. Ils veulent la liberté ou la mort, et ils ont la mort.

Quelques minutes plus tard, la circulation reprend lentement, et maman appelle l'hôpital pour dire que nous serons en retard.

Plus nous approchons de notre destination, plus j'ai l'impression de voir un film passé à l'envers. Comme il y a deux semaines, les zones périphériques grouillent de gens et de voitures. Les bureaux et les immeubles d'appartements débordent d'activité. Les gardes sont là, postés aux coins des rues, vêtus de noir. La foule les évite comme s'ils étaient entourés d'une bulle invisible.

Au moment où nous apercevons les miradors de l'hôpital, un autre barrage routier bloque la circulation. Nous sommes coincées entre un camion et un bus, et je ne peux m'empêcher de penser à mon rêve : d'abord un sifflement, puis un éclair, et enfin, l'explosion…

Je scrute les alentours sans rien trouver de suspect. Comme précédemment, les Lorders fouillent chaque voiture, et nous avançons de quelques centimètres. Puis ils nous font signe de continuer sans nous arrêter. Cette fois, je remarque la façon dont ils saluent maman : ils portent leur main droite sur leur épaule gauche, puis lèvent la paume vers le ciel.

— Pourquoi ils nous laissent passer ? demandé-je.

— Parfois, c'est bien pratique d'être la fille de mon père… Et parfois non.

— Que veux-tu dire ?

— Tu as besoin de poser des questions sans arrêt ? réplique-t-elle d'un ton irrité. On parlera de ça une autre fois, d'accord ?

***

— Kyla, pourquoi joues-tu à cache-cache, dans tes rêves ?

Le Dr Lysander se laisse aller contre le dossier de son fauteuil et croise les mains devant elle. Elle m'observe. Elle attend.

Je ne lui ai pas parlé de ma course douloureuse sur la plage, ni de ma peur. Sous des formes variées, c'est un rêve que je fais depuis que j'ai repris connaissance à l'hôpital, et elle n'en a jamais rien su. Aujourd'hui, j'ai simplement parlé de mon rêve dans l'herbe haute, dans mon Petit Paradis imaginaire.

Le Dr Lysander veut toujours entendre quelque chose de concret. Sinon, elle m'interroge jusqu'à ce que je craque, guettant mes expressions, mes gestes involontaires, mes regards…

Et puis, il lui suffit de jeter un œil au Nivo qui orne mon poignet pour savoir si je mens ou non. Ma seule liberté, c'est de mentir un peu… Car il n'est pas impossible de la tromper, juste difficile. Je suis comme un magicien qui doit détourner l'attention des spectateurs pour qu'ils ne remarquent pas ses manipulations.

— Je peux vous poser une question, docteur ?

Elle hoche la tête. Ouf, j'ai gagné la première manche…

— Pourquoi ce rêve est-il si important ? Je joue, c'est tout. Il ne se passe rien d'inquiétant.

— Cela pourrait représenter quelque chose.

— Je ne comprends pas.

— Et si tu jouais à cache-cache dans la vraie vie, Kyla ? Et pour cacher quoi ?

Je soutiens son regard.

— Mais non, docteur. Je n'ai aucun secret. Je joue, c'est tout.

Elle ne peut pénétrer dans mes rêves, même avec le Nivo qui scrute mes émotions.

Mes rêves m'appartiennent.

Comme la dernière fois, des gardes nous attendent à la sortie du parking souterrain. Ils scannent mon Nivo et celui d'Amy, jettent un rapide coup d'œil à l'intérieur de la voiture et lèvent enfin la barrière.

Je respire mieux. Le complexe hospitalier m'a paru oppressant, aujourd'hui. Comment ai-je pu vivre ici si longtemps ? Je ne prêtais donc pas attention aux miradors, aux mitraillettes, aux grilles des fenêtres, aux patrouilles avec les chiens ?

D'ailleurs, à quoi servent ces gardes ? À protéger les gens à l'intérieur ou à empêcher les autres d'entrer ?

Maman conduit, plongée dans ses pensées, et Amy boude, déçue que son héroïne, le Dr Lysander, n'ait pas pris le temps de la recevoir.

Nous rentrons à la maison… Mais est-ce bien ma maison ? Certes, je ne me réveille plus le matin en me demandant où je suis, et j'arrive à me repérer la nuit sans allumer la lumière. Cela suffit-il à en faire mon foyer ?

En tout cas, j'ai hâte d'être loin de ces rues grouillant de gardes et de gens pressés. Loin des autoroutes et des barrages routiers bloqués par des camionnettes noires et des mitraillettes.

Le seul point positif, aujourd'hui, c'est que le Dr Lysander (comme Miss Penny) a dit à ma mère de me laisser plus d'indépendance. Je peux explorer les alentours, me promener seule si j'en ai envie. En contrepartie, elle veut me voir toutes les semaines. Maman n'a pas sauté de joie à l'idée de faire cette route harassante chaque samedi…

Nous sommes pratiquement arrivées à la maison lorsqu'une idée me traverse l'esprit : pourquoi maman a-t-elle appelé son mari, tout à l'heure ? La radio ne donnait aucune information. Comment était-il au courant de ce qui se passait ?

Chapitre 22

Le lendemain matin, le ciel est d'un bleu éclatant, mais il fait si froid que mon haleine se transforme en fumée blanche. Je frissonne et me frotte les bras en attendant le bus qui nous emmène à l'entraînement de cross-country. D'autres élèves me rejoignent, ainsi qu'un prof, muni d'un grand carnet.

Le bus pénètre enfin dans l'enceinte du lycée, suivi par une voiture. C'est Ben. En me voyant, il me sourit d'un air étonné.

— Je ne savais pas que tu courais, Kyla !

C'est l'horrible sensation d'enfermement, hier, à l'hôpital, qui m'a décidée à venir. Je sais pourquoi Ben court : pour se calmer. C'est ce que je faisais aussi, dans le gymnase de l'hôpital, sur un tapis de jogging.

Les médecins appellent ça les « endorphines » ou l'« hormone du bonheur ». Ce sont des acides aminés que le cerveau produit quand on court longtemps. On se sent enivré et on ne veut plus arrêter. Tout en soi devient clair et calme, comme une concentration glacée.

Et sans doute ai-je aussi envie de courir à cause de mon rêve – lorsque je n'arrive plus à avancer et que je m'effondre. Je veux pouvoir dépasser ce moment.

Évidemment, j'ai dû batailler avec maman pour venir à l'entraînement, et lui rappeler les recommandations du Dr Lysander. Quant à Amy, elle a eu un petit sourire narquois et m'a taquinée sur Ben quand maman n'écoutait pas.

Lorsque nous montons dans le bus, notre coach, Mr Ferguson, semble mécontent de me voir.

— J'espère que ce n'est pas encore une groupie, marmonne-t-il en fusillant Ben du regard.

Comme les autres garçons affichent des sourires goguenards, je commence à comprendre ce qu'il veut dire.

— Pas du tout ! Je sais courir, protesté-je.

— Ouais, on verra... Je te trouve bien petite...

Il y a une douzaine de garçons et pratiquement autant de filles. Tous ont l'air de se connaître.

Je suis la plus petite, en effet.

Je me glisse sur un siège près de la fenêtre et Ben s'assied près de moi.

— C'est vrai ? me chuchote-t-il à l'oreille lorsque le bus démarre.

— Quoi ?

— Que tu es venue à cause de moi ?

— Mais non ! m'écrié-je, indignée, en lui donnant un coup de poing dans le bras.

— Aïe ! Tu détruis tous mes espoirs !

Je détourne les yeux, ne sachant que penser. Est-il sincère ? Que fait-il de Tori ?

Le cross se déroule sur dix kilomètres dans la campagne près de Chilternin. Il y a des sentiers à travers champs et bois, des fossés et des ruisseaux à franchir. Rien à voir avec un tapis dans un gymnase… Je commence à me demander comment je vais me débrouiller, d'autant que les autres connaissent ce parcours.

Mr Ferguson me montre une carte et m'explique qu'il y a des marqueurs – de petits drapeaux orange – pour indiquer le chemin. Je mémorise la carte pendant quelques instants. Les garçons sont les premiers à prendre le départ. Nous, les filles, devons encore attendre dix minutes. Je fais des étirements et des échauffements.

Puis Ferguson s'avance vers moi.

— Kyla, tu n'es jamais venue à une session d'entraînement, remarque-t-il.

— Non. Je ne suis au lycée que depuis une semaine.

— Je comprends. Alors va doucement et à ton rythme, d'accord ? Dix kilomètres, c'est beaucoup. J'ai horreur d'appeler une ambulance. Ça fait des tas de complications.

— Charmant. Merci de vous inquiéter pour moi…

Il me regarde d'un air étonné.

— Bon, bougonne-t-il. Fais ce que tu peux, d'accord ?

Les filles se rassemblent. Aucune ne m'adresse la parole.

Il nous donne le départ.

Au début, nous courons à travers champs. Je prends une allure tranquille car je ne suis pas habituée au sol inégal. Peu à peu, nous nous dispersons. On ne voit plus les garçons depuis longtemps.

Le soleil, le bruit mat de mes pas sur la terre, le battement rapide de mon cœur, tout me plaît. Je me sens bien.

J'accélère en m'engageant dans un sentier qui serpente dans le bois.

Soudain, à un tournant, une branche émerge du sol. Je n'ai pas le temps de sauter ni de faire un écart, et pars dans un vol plané. Je tombe lourdement, mais j'ai le temps d'apercevoir deux filles sur le côté. Elles lâchent la branche et filent en riant.

Je reste sur le sol, cherchant mon souffle comme un poisson jeté sur le rivage. Enfin, peu à peu, j'arrive à me redresser.

Plusieurs filles passent, puis une autre, qui s'arrête.

— Ça va ?

Je lui fais signe que oui, et elle reprend sa course.

Elles sont loin devant moi, à présent.

J'ai les bras égratignés et une coupure au genou. Je me mets debout avec précaution, puis fléchis les jambes. Tout semble fonctionner. Au moins, Ferguson n'aura pas besoin d'appeler une ambulance, aujourd'hui.

Une fois rassurée, la colère m'envahit. Pourquoi ont-elles fait ça ? Je prends de profondes respirations pour me calmer et jette un œil à mon Nivo : 5,8. Pas mal… C'est sans doute parce que j'ai couru.

Justement.

Je suis venue ici pour ça, non ?

Je file. Vite, puis encore plus vite. Je vois les petits drapeaux orange dont m'a parlé Ferguson, accrochés ici et là. Cependant, lorsque j'arrive à une fourche, le drapeau est à gauche et non à droite comme je l'aurais cru.

Je m'arrête et ferme les yeux, me remémorant avec précision la carte qu'il m'a montrée. Je dois aller à droite, j'en suis sûre. Donc, quelqu'un a déplacé le drapeau pour me jouer encore un sale tour…

Rira bien qui rira le dernier !

Bientôt, je double la fille qui s'était arrêtée pour prendre de mes nouvelles et celles qui m'ont ignorée. Tout ce qui compte, maintenant, c'est d'avancer un pied après l'autre comme si je voulais m'envoler.

Le long du ruisseau, le sol est boueux et m'éclabousse mais je m'en moque.

Je souris en dépassant les deux filles qui m'ont tendu un piège avec la branche. Je vois leur surprise, puis leur vain effort pour accélérer. Elles disparaissent derrière moi.

J'en double encore une, puis plusieurs autres.

J'ai perdu le compte : en reste-t-il ? Je me sens bien, maintenant, mais ça ne me suffit pas. Je veux être la première. J'accélère encore.

Je double aussi des garçons. Deux fois de suite. Puis la ligne d'arrivée apparaît au loin : c'est notre point de départ.

Ferguson, Ben et une demi-douzaine de garçons crient des encouragements lorsqu'ils me voient apparaître au sommet de la colline.

Lorsque je franchis la ligne d'arrivée, Ferguson consulte son chronomètre.

— Bon sang de bon sang ! Incroyable… Tu as foncé tout le temps ?

Je m'arrête et tente de répondre, mais le monde se met à tourner et j'ai mal au cœur.

— Continue à courir ! m'ordonne Ferguson. Et ralentis peu à peu !

Nauséeuse, hors d'haleine, je dessine des cercles autour du parking, encore et encore, de plus en plus lentement, jusqu'à ce que je puisse m'arrêter sans avoir envie de vomir.

D'autres garçons franchissent la ligne d'arrivée, puis, un peu plus tard, les filles.

— Que t'est-il arrivé ? me demande Ferguson en voyant le sang sur mon bras et ma jambe.

— J'ai trébuché… Ne vous inquiétez pas, je n'ai pas besoin d'une ambulance.

Il rit et va chercher sa trousse de secours pour mettre un pansement sur mon genou qui saigne abondamment.

— On fait une bonne paire, toi et moi, me dit Ben lorsque nous montons dans le bus.

— Ah bon ?

— Oui. Je suis premier chez les garçons et toi première chez les filles.

— Tu es arrivé combien de temps avant moi ?

— Cinq minutes environ. Pourquoi ?

— Parce qu'on est parties dix minutes après vous. Donc, je suis plus rapide que toi !

Il semble abasourdi.

— Super, déclare-t-il en retrouvant son sourire. Il me fallait une bonne raison pour m'entraîner davantage, je l'ai trouvée !

Il regarde mon Nivo : 8,1, et me montre le sien : 7,9.

— Là aussi, tu me bats, constate-t-il.

Le bus démarre et il se penche vers moi.

— J'ai fait quelques recherches. Tori n'est pas la première à avoir disparu. Il y en a eu d'autres, au lycée. Un beau jour, on ne les voit plus, c'est tout. Personne ne donne la moindre explication… En plus, il n'y a pas que des Effacés. Personne n'a revu les élèves que les

Lorders ont mis à l'écart à la réunion de vendredi. Et ce n'est pas la première fois que ça arrive.

Les naturels aussi disparaissent ? Je n'en reviens pas.

— Mais pourquoi ?

— Pour les garçons, je peux comprendre. J'ai entendu dire que l'un d'eux s'était fait prendre avec un téléphone portable. Et l'autre est toujours en train de chercher la bagarre. Il faisait peut-être partie d'un gang...

— Et la fille ?

— Elle n'a jamais rien fait de mal. En fait, elle est très intelligente. Elle posait toujours des questions embarrassantes aux profs. En histoire, par exemple.

Lui aussi pose des questions embarrassantes.

— Ben ! Il faut absolument que tu cesses ta petite enquête. Sinon, tu pourrais disparaître aussi.

— Et Tori ? Si personne ne s'intéresse à son sort, que deviendra-t-elle ? Ça pourrait arriver à n'importe qui ! Il faut que je sache ce qui s'est passé.

— Je ne veux pas qu'ils te prennent, chuchoté-je.

Il me serre plus fort contre lui. J'entends son cœur battre contre ma joue. Quelques garçons font des bruits de baisers moqueurs, et Ferguson se tourne vers nous.

— Pas de mamours dans le bus ! s'écrie-t-il.

Nous nous redressons, mais Ben me tient toujours la main.

Comme il tenait celle de Tori.

Surprise : mes deux parents sont venus me chercher. Lorsque le bus arrive devant le lycée, mon corps est tellement raide que j'ai du mal à mettre un pied devant l'autre. En me voyant couverte de boue, avec ce gros pansement au genou, maman bondit de la voiture.

— Kyla ! Que t'est-il arrivé ? s'exclame-t-elle, horrifiée.

— Ce n'est rien, je t'assure. Regarde !

Je lui montre mon Nivo : 6,6.

— Mais dans quel état tu es ! proteste maman, qui se dirige droit sur Ferguson pour le sermonner.

Papa sort à son tour de la voiture.

— Tu t'es bien amusée ? me demande-t-il en souriant.

— Oh, oui !

Je dois m'adosser à la portière de crainte de m'écrouler.

Comme il est toujours en voyage, je n'ai pas vu mon père depuis qu'il m'a fait peur dans l'obscurité de la cuisine. Mais maintenant il a l'air heureux, détendu. Rien à voir avec l'expression dure qu'il avait pour m'interroger, ce soir-là.

— Qui est arrivé premier ?

— Moi.

Il a un sifflement admiratif et lève la main en l'air, me regardant comme s'il attendait que je réagisse.

— Lève ta main, comme moi…

Il frappe sa paume contre la mienne.

— Compliments, Kyla ! Et sois patiente avec ta mère si tu veux continuer à courir… Elle déteste la boue et le sang…

Ce soir, Jazz vient dîner. Amy le fixe toute la soirée avec un sourire jusqu'aux oreilles. Maman fait de son mieux pour être un bon dragon et papa raconte des blagues idiotes. Il se trompe, appelle Jazz, Jason, mais celui-ci ne proteste pas. D'ailleurs, il n'ouvre la bouche que pour dire « oui, s'il vous plaît » ou « merci ». Moi, je me concentre sur mon repas.

— Tu as faim, aujourd'hui ! s'exclame maman, étonnée que je tende mon assiette pour reprendre du rôti et des pommes de terre sautées.

— J'ai couru pendant dix kilomètres, ce matin…

— N'oublie pas de manger tes brocolis, réplique-t-elle.

Elle doit parler des trucs verts qui ressemblent à de petits arbres et que j'ai tout de suite repoussés sur le côté.

— Je ne sais pas si j'aime ça…

— Tu n'en as jamais mangé ? Goûte, alors.

Comme tout le monde me regarde, je pique ma fourchette dans un de ces petits bouquets et le porte à ma bouche. Je dois le mastiquer longtemps, mais je n'arrive pas à l'avaler. C'est fade et caoutchouteux…

Je manque de m'étouffer en l'ingurgitant.

Puis dès que maman ne regarde pas, je flanque le reste du brocoli dans ma serviette en papier. Ni vu ni connu !

Chapitre 23

— Aujourd'hui, tu n'iras pas voir ton prof principal. Tu es convoquée chez le Dr Winston, m'annonce Mrs Ali à mon arrivée au lycée.

— Pourquoi ?

— Elle te le dira, j'imagine. Monte, et attends qu'elle t'appelle.

Malgré son sourire chaleureux, je commence à paniquer.

Je grimpe l'escalier et m'assieds, les mains étroitement croisées. Ils ont peut-être découvert que Ben et moi parlions des jeunes qui disparaissaient. Y avait-il des micros, dans le bus ? Si ça se trouve, les Lorders sont en train d'expulser Ben de son cours, en ce moment même…

La porte de la psychologue s'ouvre sur un garçon sans expression.

— Suivant !

Je me lève et entre dans le bureau, passe ma carte dans la machine, ferme la porte et m'assieds.

— Bonjour, Kyla !

— Bonjour, docteur.

La psychologue m'adresse son sourire écarlate, qui se change rapidement en moue contrariée.

— Un professeur m'a parlé de toi. Tu sais à quel propos, n'est-ce pas ?

Je réfléchis. J'ai fait une bêtise ?

— Non, je ne vois pas…

— Ne prends pas cet air paniqué. Tu ne le connais pas encore. Il s'agit de Mr Gianelli, le directeur du département d'arts plastiques. On lui aurait montré un de tes dessins et il insiste pour que tu sois dans sa classe.

— Vraiment ? murmuré-je, soudain follement heureuse.

— C'est très embarrassant d'être sollicitée de la sorte. Ton programme était déjà bien établi.

— Je suis désolée… Mais, euh, je peux quand même aller dans sa classe ?

— Oui, oui… Voici ton nouvel emploi du temps, me répond-elle en me tendant un papier. Nous avons dû déplacer ton cours de maths. Tu devras suivre un cours de rattrapage au Service Spécial à l'heure du déjeuner deux fois par semaine.

— Merci beaucoup, je…

— Disparais, maintenant.

Elle n'a pas besoin de me le dire deux fois. Je glisse ma carte dans la machine quand elle me rappelle :

— Kyla…

— Oui ?

— Ne prends pas cet air satisfait. Je ne veux plus être dérangée de cette façon, c'est clair ?

Elle dit cela avec un grand sourire qui rend sa déclaration encore plus menaçante. Je n'ai pas besoin de me forcer pour prendre une mine de circonstance.

— Oui, docteur Winston, murmuré-je avant de filer comme si je fuyais un incendie.

Mr Gianelli, mon sauveur, ne correspond pas du tout à ce que j'avais imaginé.

— Qui es-tu ? me demande-t-il d'un ton irrité en me voyant entrer dans la salle de dessin.

— Kyla Davis.

— Qui ça ?

— Vous avez parlé de moi au Dr Winston pour m'intégrer à votre classe.

En entendant le nom de la psychologue, il semble encore plus contrarié.

— Ah oui ! J'ai dû aller voir cette harpie plus de trois fois, à cause de toi… Va t'asseoir.

Je jette un coup d'œil à la classe et mon cœur bondit dans ma poitrine. Au secours ! Phoebe est ici !

Mr Gianelli tire mon dessin de la chouette d'une pile de feuilles et la tient bien haut pour que tout le monde la voie. Mais ce n'est pas pour chanter mes louanges. En fait, il explique comment je pourrais faire pour l'améliorer. Et il a raison.

— Et maintenant, annonce-t-il ensuite, prenez des tubes de peinture, et au travail. Sujet libre.

Le matériel est disposé sur une longue table. Je reste un instant perplexe, puis décide de peindre mon Petit Paradis. Peut-être que ça me permettra de l'imaginer encore plus facilement…

Je commence par le ciel et mélange plusieurs nuances sur une palette pour obtenir un bleu tendre. Puis j'ajoute les nuages : des touches de blanc appliquées au couteau. Je suis si concentrée qu'il me faut quelques secondes pour prendre conscience de ce qui se murmure derrière moi.

— Je me demande ce qu'elle a fait pour être Effacée.

— Je suis sûre que c'était grave.

— Pourtant, elle est minuscule…

— Peut-être qu'elle a torturé des petits enfants, justement.

— Peut-être qu'elle a mis le feu à sa maison et a fait brûler ses parents.

Je fais volte-face.

— Peut-être que j'ai tranché la gorge de quelqu'un avec un couteau à peindre, murmuré-je en balançant mon outil comme si je cherchais comment le lancer.

Les amies de Phoebe reculent, mais elle se contente d'éclater de rire.

— Vous savez bien qu'elle ne peut plus faire de mal à personne ! Elle en mourrait. Son cerveau se grillerait tout seul. Ah ah.

Je me remets à peindre.

Arbres verts ciel bleu nuages blancs arbres verts ciel bleu nuages blancs

— Tu apprécies ton nouvel emploi du temps ? me demande Mrs Ali à la récréation.

Je me tais, ne sachant que répondre.

Malgré Phoebe et ses méchancetés, j'ai adoré cette classe. Mais je crains d'avoir des ennuis si je montre ma joie. Elle va avoir l'impression que j'ai gagné grâce à mes manigances…

— Oh ! Kyla ! Si tu voyais ta tête ! s'écrie-t-elle en riant.

— Hum… Oui, j'aime beaucoup ma classe d'arts plastiques, risqué-je. Je crois que ça m'aidera beaucoup à réaliser mon potentiel.

À en croire le directeur, c'est ce qu'on attend de nous, non ?

Mrs Ali soupire.

— Il ne suffit pas de répéter les mots comme un perroquet, Kyla. Il faut faire de son mieux pour remplir le contrat.

— Je peux vous poser une question ?

— Bien sûr.

— Que se passe-t-il, justement, si quelqu'un comme moi ne remplit pas son contrat ? On peut nous renvoyer ?

Elle plonge son regard dans le mien, et j'y lis quelque chose que je ne comprends pas.

— Kyla, si tu veux un bon conseil, fais profil bas jusqu'à ce que le Dr Winston oublie à quel point tu l'as contrariée.

Elle m'accompagne à mon cours suivant et je réfléchis à ses paroles. Elle n'a pas répondu à ma question. Et cela est une réponse en soi.

Chapitre 24

Peut-être qu'elle a torturé de petits enfants... Peut-être qu'elle a mis le feu à sa maison et a fait brûler ses parents... ou tranché la gorge de quelqu'un avec un couteau à peindre.

Je cours vite, de plus en plus vite.

Je vois mes mains tenir un couteau. Il est pointu, comme un couteau de cuisine.

Je vois mes mains lancer une allumette sur de l'essence que je viens de répandre avec un bidon. Ou bien approcher une flamme d'un tissu inséré dans le goulot d'une bouteille de verre remplie d'un liquide transparent... et jeter le tout par la fenêtre.

Si j'ai provoqué l'explosion du bus, pourquoi serais-je restée pour entendre les cris ? C'est absurde.

J'ai beau accélérer l'allure, je n'arrive pas à arrêter le flot de mes pensées, ni les images qui me traversent l'esprit.

Je suis incapable de torturer des enfants, j'en ai la certitude.

Mais suis-je capable de tuer ? Je revois les corps dispersés dans la carcasse du véhicule.

Ai-je vraiment pu faire des choses pareilles ?

Quelqu'un se rapproche derrière moi. J'accélère encore, mais lui aussi. Je jette un coup d'œil par-dessus mon épaule. Ouf ! C'est Ben.

— Salut, Kyla ! T'es cap de me suivre ?

J'acquiesce, incapable de parler, mes poumons entièrement mobilisés pour fournir de l'oxygène à mon corps.

Une fois le cours d'arts plastiques terminé, les paroles de Phoebe n'ont cessé de me hanter. Je suis venue tout droit sur la piste d'athlétisme à la fin de la matinée. C'est le premier jour où je ne suis pas obligée de rattraper des maths à l'heure du déjeuner.

Ben souffle près de moi à un rythme régulier. Lorsqu'il ralentit l'allure, je l'imite.

Nous nous arrêtons un peu plus loin.

Il passe son bras sous le mien et m'entraîne sur le sentier.

— Tu vas me dire ce qui ne va pas ? Tu courais comme si tu avais le diable à tes trousses !

Je hausse les épaules.

— C'est à cause de ce que m'a dit une fille. C'est idiot.

Je lui prends la main et l'entraîne vers le mémorial.

— Parfois, je me demande si j'ai été terroriste, expliqué-je. Si c'est moi qui ai jeté une bombe sur leur bus.

— Écoute… ça ne sert à rien de se torturer. On ne peut pas le savoir. Je ne crois pas qu'on ait pu faire des choses aussi horribles, et de toute façon, c'est le passé. Nous devons vivre notre vie telle qu'elle est désormais. On n'a pas le choix.

Je ne suis pas convaincue. Il est vrai que je ne peux pas imaginer Ben en criminel, et Amy non plus. Mais en ce qui me concerne, je suis moins sûre.

— Ben, comment savoir qui je suis à présent si j'ignore qui j'étais avant ?

— Moi, je sais qui tu es, Kyla. Une cinglée de la course à pied ! Et mon amie, ajoute-t-il en passant un bras autour de mes épaules. Kyla au sourire timide et aux expressions qui révèlent tout ce qu'elle pense. Que faut-il savoir d'autre ?

Je plonge mon regard dans ses yeux dorés.

— J'aime dessiner et peindre.

— Kyla, l'artiste. Bon. Quoi d'autre ?

— Je déteste les brocolis. Et j'aime les chats.

C'est déjà un début, comme personnalité, non ?

Ben sourit et resserre son étreinte. Mon cœur bat la chamade et je me remémore la chanson : « *T'as qu'seize ans, t'es jolie et rien qu'à moi...* »

Une lueur dans ses yeux me dit qu'il va m'embrasser. Il n'a pas l'air de se soucier de Tori en ce moment. Et moi non plus.

Mais quelque chose attire mon œil, sur le mémorial, et je m'écarte. Le nom gravé au sommet me fascine, comme si on venait de l'éclairer.

Robert Armstrong.

Amy m'a dit que maman avait un fils nommé Robert. Et qu'avant de se marier avec papa, son nom de famille était Armstrong...

Est-ce le fils que maman a perdu ? Mon propre frère ?

— Kyla, qu'est-ce qui ne va pas ?

— Non, non, rien...

Il semble déçu, mais j'ai promis à Amy de ne jamais parler de Robert, alors je me tais...

L'après-midi, mon Nivo se stabilise aux alentours de 5, grâce à mes tours de piste, mais mes pensées sont agitées. Comment maman a-t-elle pu nous adopter, Amy et moi, alors que son fils a été tué par des terroristes, ainsi que ses propres parents ?

Ce soir, le dîner est bizarre.

Maman n'arrête pas de me reprendre : « Tiens-toi droite », « Mange tes brocolis » (j'ai beau essayer, ça m'étouffe)... Et elle me bombarde de questions sur le lycée.

Peut-être guette-t-elle le moment où je ne respecterai pas mon contrat. Comme ça, elle pourra me « retourner », comme Tori. Retour à l'envoyeur...

Aussitôt son repas terminé, Amy monte dans sa chambre pour réviser ses maths. Elle a un contrôle le lendemain matin. Moi, je me précipite pour faire la vaisselle.

J'empile les assiettes, essuie le comptoir. Lave chaque assiette avec un soin extrême. Je dois être exemplaire, parfaite, irréprochable...

— Kyla, qu'est-ce que tu as, ce soir ?

Je pivote et renverse un verre qui se brise par terre. Il y a des débris partout. Maman soupire et je détale pour chercher la pelle et la brosse dans le placard.

— Je suis désolée, marmonné-je, au bord des larmes, en m'agenouillant pour ramasser les fragments épars.

— Kyla, ce n'est qu'un verre. Ce n'est pas grave. Maintenant, tu vas me dire ce qui ne va pas ?

En ce moment, maman n'a rien d'un dragon. Elle semble inquiète et me tend la main pour que je me relève.

— Qu'y a-t-il ? insiste-t-elle.

— Je déteste les brocolis, lancé-je en éclatant en sanglots.

Mais ce n'est pas pour cela que je pleure.

En fait, à peine en avais-je mis dans ma bouche, l'autre jour, que j'ai reconnu leur goût. Donc, cela veut dire que je les détestais avant d'être Effacée et que je m'en souviens. Que j'ai une mémoire…

Je ne suis pas une nouvelle personne, quoi qu'ils en disent. Et ce que j'ai pu faire dans le passé, c'est encore en moi, caché quelque part.

Pendant que mon cerveau bouillonne ainsi, je ne cesse de pleurer comme un bébé. J'en ai le hoquet, comme si mon corps et mon cerveau n'étaient pas reliés, comme s'ils n'allaient pas ensemble.

Puis mon Nivo se met à vibrer. Maman lâche un juron et m'entraîne vers le canapé du salon. Puis elle va chercher Sebastian et me prépare un chocolat chaud. Ensuite, elle s'assied près de moi et me frotte l'épaule pendant que le chat ronronne sur mes genoux. Je vois à son expression qu'elle attend mes explications, mais elle ne dit rien.

— Je vous cause trop d'ennuis, murmuré-je enfin. Vous allez me ramener à l'hôpital.

— Quoi ? Bien sûr que non. Pourquoi dis-tu ça ?

Je lui raconte alors que Tori a été retournée.

Elle ne semble pas du tout surprise ! Là, mon sang se glace dans mes veines.

— C'est la jolie fille qui était avec Ben à la foire ? murmure-t-elle.

— Oui… Que lui est-il arrivé, maman ?

Elle hésite.

— Dis-le-moi, je t'en prie !

— Franchement, je n'en sais rien.

Pourtant, je vois qu'elle pense la même chose que Ben et moi : Tori a été punie.

— Je ne crois pas qu'elle ait été retournée à la demande de sa mère, poursuit-elle. Tori avait la langue bien pendue. Quelqu'un l'a sans doute entendue et a décidé qu'elle ne remplissait pas son contrat. Elle n'était pas assez *reconnaissante*, alors qu'on lui avait donné une deuxième chance. Tu comprends ?

Oui, je comprends même trop bien !

— Alors, moi aussi, on m'espionne ?

Je regarde autour de moi comme si j'allais voir arriver une armée d'agents secrets.

— N'exagère pas, Kyla. Simplement, certaines personnes font des rapports : vos professeurs, ton infirmière. Le Dr Lysander aussi, je suppose.

— Et toi, tu en fais ? Et papa ?

— Bien sûr. Cela fait partie de ce que nous avons accepté lorsque nous vous avons prises, Amy et toi. Mais ne t'inquiète pas : je ne dirai jamais rien qui puisse vous faire du tort.

Était-ce mon imagination, ou bien avait-elle accentué le « je » de sa phrase ?

— Écoute-moi, Kyla. Je ne vais pas te renvoyer à l'hôpital. D'accord ?

— Même si je ne suis pas comme tu veux ?

— Même dans ce cas-là. Et je ne te servirai plus de brocolis.

Plus tard, cette nuit-là, je suis allongée dans mon lit, avec Sebastian qui ronronne contre mon dos. Il rayonne de chaleur.

Je me sens apaisée. J'ai du mal à me rappeler pourquoi j'ai tant pleuré. Sauf que j'ai des réactions anormales pour une Effacée : je ne devrais pas me rappeler que je n'aime pas les brocolis, ni que je sais conduire, ni que je dessine mieux de la main gauche…

Même ma façon de pleurer m'a surprise : je sais qu'autrefois, je ne pleurais jamais.

Il y a une autre personne en moi. Et c'est d'elle que j'ai peur.

Tout d'abord, il y a le bruit.

Un grattement puis un bruit mat. Comme une pelle qu'on enfonce dans le sable, qu'on soulève et dont on jette le contenu. Un bruit régulier et dérangeant.

J'ouvre les yeux.

Ce n'est pas une pelle mais une truelle. Elle se charge de mortier, le lâche sur le sommet d'une haute rangée de briques.

Recommence.

Recommence encore.

Les briques forment un cercle autour de moi. Si je tends les mains, je touche un mur qui ne cesse de monter. La seule clarté que je perçois est un rond pâle, tout en haut, qui devient de plus en plus faible.

Je suis dans une tour, sans fenêtres ni portes.

Soudain, le cercle de lumière disparaît complètement. Le bruit cesse.

La panique m'envahit et se transforme en colère. Je frappe les murs, à coups de pied et de poing, encore et encore, jusqu'à ce que je m'effondre.

Mais il m'est impossible de m'asseoir dans l'espace confiné. Je suis pieds nus, les mains et les genoux meurtris et ensanglantés.

— *Laissez-moi sortir ! hurlé-je.*

J'ouvre soudain les yeux, et découvre deux prunelles lumineuses. Sebastian ?

Je me redresse et allume la lampe de chevet. Le chat est près de moi sur le lit, le poil hérissé, la queue ébouriffée. Il y a de longues traces de griffure sur mon bras droit.

— Tu m'as réveillée, Sebastian ? chuchoté-je en tendant doucement la main pour le caresser.

Il m'a peut-être sauvée en m'empêchant de m'évanouir. A-t-il senti que je partais, ou bien m'a-t-il griffée parce que je l'ai frappé pendant mon rêve ?

Il se détend et se laisse tomber en ronronnant. Mon cœur ralentit. Mon Nivo remonte de 3,5 à 5, mais je ne ferme pas les yeux. Et je n'éteins pas la lampe non plus.

J'ai peur de l'obscurité.

Chapitre 25

— Milady, votre carrosse ! déclare Jazz en s'inclinant cérémonieusement devant moi.

Maintenant que Jazz est officiellement le petit copain d'Amy, je dois leur servir de chaperon. Plus question de prendre le bus avec Ben pour rentrer du lycée…

Je m'installe sur la banquette arrière, toujours dépourvue de ceinture de sécurité, et me prépare à un démarrage en trombe. Ça ne rate pas !

Au bout de quelques minutes, nous quittons la route principale pour une allée privée. On ne rentre pas directement à la maison ?

— J'ai une surprise pour toi, Kyla, me dit Jazz en m'adressant un clin d'œil dans le rétroviseur.

J'aimerais mieux qu'il regarde la route…

— Attention ! s'écrie Amy.

Il freine brutalement, évitant de justesse un troupeau de moutons qui traverse la voie. Le fermier qui les accompagne lui jette un regard noir. Même le chien semble montrer les dents. Les moutons, eux, continuent leur avancée, imperturbables.

— Euh… Désolé, marmonne Jazz à l'intention du fermier.

— C'est quoi, la surprise ? s'enquiert Amy lorsque nous redémarrons.

— Mac a trouvé une ceinture de sécurité qu'on va pouvoir installer derrière.

— Enfin ! m'écrié-je avec un enthousiasme sincère.

Je me détends un peu et sens mes paupières se fermer. Je suis épuisée, après le rêve de la nuit dernière et l'effort que j'ai fait toute la journée pour rester éveillée. Chaque fois que le sommeil me gagnait, j'avais l'impression d'être encerclée de murs. À présent, des images tournoient dans mon esprit : le mémorial, le nom de Robert Armstrong gravé dans la pierre, la tour de briques…

— Eh, ne t'endors pas, Kyla ! lance Amy.

Je me redresse en sursautant.

— Tu vois, je ne conduis pas si mal, triomphe Jazz. Kyla se sent assez en confiance pour s'assoupir.

Dès que Mac s'apprête à démonter la banquette arrière, Jazz glisse son bras sous celui d'Amy.

— On va se promener ? propose-t-il. Kyla, je suppose que tu es trop fatiguée ?

— Oui, tu as l'air vannée, renchérit Amy. On ne sera pas longs.

Ils s'éloignent sans plus attendre vers un sentier en contrebas.

— Si vous ne voulez pas de moi, pourquoi ne pas le dire franchement ? lancé-je, agacée.

Mac éclate de rire.

— Va te chercher à boire, si tu veux.

— Non, merci.

Pas question d'avaler son affreux breuvage !

— Il y a des sodas dans le frigo, ajoute-t-il avec un petit sourire narquois, comme s'il avait deviné mes pensées. Tu peux même manger un morceau et regarder la télé. Ils ne vont pas revenir tout de suite, à mon avis !

Traduction : inutile de rester là à me regarder bricoler mon tas de ferraille…

Très bien. J'entre dans la maison, ouvre le frigo. En effet, les boissons y semblent plus innocentes que celles du placard… Et j'ai faim, après plusieurs tours de piste à l'heure du déjeuner pour maintenir mon Nivo à une bonne hauteur. Ben m'a accompagnée, mais il ne m'a pas demandé pourquoi je courais. Il a peut-être renoncé à me poser des questions auxquelles je ne réponds pas.

Je trouve du fromage et une miche de pain – apparemment faite maison – sur le comptoir.

— Mac, tu veux une tartine ? crié-je.

— Oui ! J'ai bientôt terminé…

Je confectionne deux grosses tartines de fromage et allume la télé, même si ce n'est pas trop mon truc. Je tombe sur BBC 1 : une série avec des rires enregistrés. Je zappe sur BBC 2 qui propose une émission de jardinage puis sur BBC 3. Il n'y a pas d'autre chaîne. Je mords dans ma tartine et regarde le bulletin d'informations. Il va pleuvoir durant toute la semaine. La production agricole est en hausse. Un bref reportage sur les quartiers de Londres montre l'avenue aux abords de l'hôpital, mais on ne voit ni les bâtiments brûlés, ni les gardes.

— Tu as l'air songeuse, remarque Mac en entrant dans la pièce.

— En fait, c'est bizarre… Je connais cette avenue et elle ne ressemble pas du tout à ça. C'est une vieille séquence, tu crois ?

— Aux infos, ils ne montrent que des lieux bien propres ou des gens heureux.

— Alors ce ne sont pas vraiment des infos ! Les gens ne sont pas toujours heureux. Et ce bâtiment, là… tu vois ? C'était une coquille vide quand nous sommes passés devant, la semaine dernière. Ils n'ont pas pu le restaurer en si peu de temps !

— Bienvenue dans le meilleur des mondes de la télé, Kyla !

Décidément, Mac ne se comporte pas comme les autres adultes. Mais sans doute n'est-il pas si vieux…

— Tu penses à quoi, là ? fait-il d'un air amusé.

— C'est toi qui as fait ce pain ?

— Oui.

— Et tu te coupes toi-même les cheveux ?

— Oui.

— Et… quel âge as-tu ?

— Vingt-deux ans.

Il est encore plus jeune que je ne croyais : nous n'avons que six ans de différence ! Puis, soudain, une idée m'envahit : le mémorial de l'école date d'il y a six ans…

— Tu as été au lycée Lord William ? m'exclamé-je.

— Oui, comme tout le monde ici, pratiquement.

— Et tu connaissais Robert Armstrong ?

Il me dévisage avec une expression étrange. Il a perdu son air joyeux. Puis il va prendre une bouteille brune dans le placard avant de se rasseoir.

— C'était un de mes amis, marmonne-t-il en faisant sauter la capsule de sa bière.

— Et c'était aussi… mon frère, c'est ça ?

Il hausse les épaules et boit une gorgée à même le goulot.

— En tout cas, c'était le fils de la mère que tu as maintenant.

La mère que j'ai maintenant. Pas ma mère d'origine. Jusqu'ici, personne n'a jamais fait cette différence.

— À mon tour de poser des questions, reprend-il. Pourquoi tu me parles de Robert ?

Je ne sens plus la fatigue, soudain. Et j'ai un peu peur. Qu'est-ce qui m'a pris ?

— Dis-moi…, insiste-t-il. Tu n'as rien à craindre.

Quelque chose en lui m'inspire confiance. À ma grande surprise, je lui raconte tout : ma découverte du mémorial, mon émotion en apprenant la mort de ces élèves à peine âgés de quinze ou seize ans. Je lui parle même de mon cauchemar, puis du nom de Robert Armstrong qui m'a interpellée sans que je sache vraiment de qui il s'agissait.

— Toi, tu es une fille intéressante, murmure-t-il.

— Pardon ?

— Pour une Effacée, tu raisonnes. Tu n'es pas comme cette jeune écervelée que Jazz est en train d'essayer de séduire au fond d'un pré…

— Amy n'est pas une écervelée ! Et elle…

Je me tais, réalisant que j'ignore ce qu'Amy fait avec Jazz, en ce moment précis. En plus, j'ai la désagréable impression de trahir ma mission, qui consiste à les suivre partout.

— D'accord, fait Mac en riant. Elle n'est pas idiote, ce n'est pas ce que je voulais dire. Mais elle ne remet rien en question. Toi, oui… Seulement, je me demande ce que tu feras avec ce que tu découvriras.

— Je cherche simplement à comprendre.

— Fais bien attention à qui tu t'adresses. Les questions dérangent, dans notre monde. Tu me promets d'être prudente ?

— Promis.

Il se laisse aller sur le dossier de son siège et avale une gorgée de bière.

— Bon, alors, que veux-tu savoir ?

— Comment était Robert ?

— Sérieux, un peu timide. Intelligent. Il était doué en sciences, en maths, ce genre de truc. Et sa petite amie était la plus belle fille du lycée. J'ai jamais compris ce qu'elle lui trouvait, d'ailleurs.

— Ils ont parlé de l'attentat aux informations, à l'époque ?

— Oui, à leur façon. Toujours pour dire à quel point les TAG sont inhumains, qu'ils massacrent des enfants innocents pour semer la terreur.

— C'était vrai ?

— Pas exactement. En fait, la charge n'était pas destinée à les frapper. Les TAG voulaient faire exploser la Chambre des Lorders. Les élèves ont été victimes d'un mauvais timing.

— Peu importe qu'ils se soient trompés ou non ! m'écrié-je, indignée. Ils avaient pour but de tuer des gens, c'est impardonnable.

— Robert n'est pas mort dans l'explosion du bus, Kyla.

— Quoi ? Mais son nom est sur le mémorial… Et puis d'abord, comment le sais-tu ?

— J'y étais.

Je le regarde, horrifiée. J'aurais dû y penser, à cause de son âge…

Mon Nivo vibre.

— Ça ne va pas, Kyla ?

Je consulte mon poignet. 4,3.

— Tu as du chocolat ?

Il fouille dans un tiroir et me tend une plaquette. Je prends deux carrés, tente de calmer ma respiration. Mon Nivo remonte pratiquement à 5.

— Merci, fais-je dans un soupir.

— Hé, pas de quoi ! Je n'aimerais pas avoir ce truc collé à mon poignet.

— Si je m'énerve contre mon Nivo, ça empire. Tu peux me dire ce qui s'est passé, ce jour-là ?

— Ce n'était pas joli joli… Tu veux vraiment le savoir ?

J'acquiesce. J'apprends donc qu'il était assis à l'avant du bus et que c'est surtout l'arrière qui avait été touché. Il se rappelle le bruit, la fumée, les cris qui s'arrêtaient brusquement, comme dans mon rêve. Légèrement blessé à la tête, il s'est retrouvé dehors. Robert était là aussi, et des hommes le maintenaient car il hurlait sans cesse « Cassie ! Cassie ! ». C'était le nom de sa petite amie. Il semblait indemne. Puis Mac s'était évanoui.

Plus tard, à l'hôpital, on lui avait demandé ce qu'il avait vu ce jour-là. Il avait répondu qu'il ne se rappelait de rien – alors qu'il n'avait perdu connaissance que plus tard. Apparemment, on l'avait cru. Une fois rentré chez lui, il avait appris que Cassie et Robert étaient sur la liste des morts.

— Mais si Robert n'était pas blessé, où est-il passé ?

— Je n'en sais rien et j'ai trop peur de le demander.

Il détourne les yeux et je vois la culpabilité sur son visage, la honte d'avoir survécu, de ne pas avoir cherché la vérité sur Robert. Et il me cache encore autre chose, je le jurerais.

Il se lève, ouvre un tiroir et me tend une photo.

— C'est eux : Robert et Cassie.

Il ressemble à maman : même mâchoire, mêmes cheveux bouclés. Un adolescent ordinaire, entourant de son bras les épaules d'une fille d'une grande beauté. Peau parfaite, visage aux traits fins, cheveux soyeux d'un blond vénitien.

— Je l'ai cherché, à l'époque, je t'assure, reprend-il. J'ai même regardé sur les sites qui recensent les disparitions de jeunes. C'est idiot, puisqu'il était déclaré mort.

Il hésite un instant.

— Je crois qu'il a été Effacé, Kyla.

Je suis tellement abasourdie que j'en ai le souffle coupé.

— Mais c'est impossible ! C'est seulement pour les grands délinquants.

— Alors comment expliquer que tant d'enfants disparaissent ? À mon avis, Robert a été si traumatisé que, pour en faire un bon citoyen, ils ont décidé de lui ôter sa mémoire. En fait, ils ont voulu l'aider.

Mac n'a pas vraiment l'air convaincu. Et moi, je ne sais pas quoi penser. Il y a des enfants qui disparaissent ? Je l'ignorais. Je ne comprends pas. Est-ce qu'on Efface des enfants qui ne sont coupables de rien ?

— C'est quoi, ces sites d'enfants disparus ? Je n'en ai jamais entendu parler.

— C'est top secret. Tu garderas ça pour toi, d'accord ?

J'acquiesce, médusée, et le suis dans une pièce du fond. C'est un fouillis de vêtements et d'objets divers dont il fait soudain émerger un ordinateur.

— Cette machine est complètement illégale, avoue-t-il. Pas du tout approuvée par le gouvernement, si tu vois ce que je veux dire. Alors motus, d'accord ?

Il se connecte sur Internet et me montre toutes sortes de sites clandestins que les Lorders ne peuvent contrôler parce qu'ils sont administrés en Europe et aux États-Unis. Les sites de personnes disparues pullulent. De tous les âges… et surtout des enfants.

— Quel âge as-tu, Kyla ?

— Seize ans.

Il remplit un questionnaire sur l'écran : seize ans, sexe féminin, blonde, yeux verts.

— Pourquoi ? m'étonné-je.

— Je veux juste te faire une démonstration.

Des images arrivent en masse sur la page, avec les dates où on a vu ces personnes pour la dernière fois, leur nom, leur âge. L'ordinateur en dénombre trente-trois. Mac fait défiler les visages. La plupart sont des filles disparues à l'adolescence. Que sont-elles devenues ?

— Oh, merde alors ! s'écrie Mac.

— Qu'est-ce qu'il y a ?

— Regarde le numéro trente et un.

Je fais descendre l'ascenseur et clique sur la photo, qui s'agrandit. C'est une jolie fillette, avec un sourire édenté.

Elle a de grands yeux verts, des cheveux fins d'un blond très pâle, et porte un jean avec un T-shirt rose. Elle tient un chaton gris dans les bras. Je lis la légende : « Lucy Connor, dix ans, disparue de son école à Keswick, en Cumbrie. »

— Elle me ressemble un peu, murmuré-je.

— Elle te ressemble beaucoup, tu veux dire.

Il clique sur un lien marqué « apparence probable aujourd'hui ».

Sur l'écran, apparaît un portrait de Lucy adolescente. C'est impossible.

Je regarde Mac, puis l'écran, clignant des yeux pour m'assurer que j'ai tout imaginé. Mais le visage est bien là, un peu plus rond que le mien, avec des cheveux plus longs. À part ces détails, j'ai l'impression de voir mon reflet dans un miroir.

— Elle ne te ressemble pas, Kyla. *C'est* toi.

Sans doute en raison du choc, mon Nivo reste à 5 tandis que je contemple le visage sur l'écran. Je commence à trembler.

Si j'ai disparu à dix ans, où étais-je passée durant toutes ces années ?

Je suis vaguement consciente que Mac ferme l'ordinateur, me prend la main et me ramène dans le salon.

— Assieds-toi, m'ordonne-t-il, et bois ça.

Il place un petit verre dans ma main. Je le bois d'un trait. Ça brûle et me fait tousser.

— Qu'est-ce que c'est ?

— Du whisky. C'est bon pour les émotions violentes.

Je sens l'alcool répandre sa chaleur dans mon corps. Puis nous entendons des voix sur le sentier.

— Pas un mot, Kyla. Nous en parlerons une autre fois. Promis ?

— Promis.

Il me reprend mon verre juste avant l'arrivée des deux amoureux. Amy a l'air plutôt heureuse, mais rien n'indique qu'elle s'est roulée dans le foin avec Jazz. Elle n'est même pas décoiffée, et ils se tiennent la main, c'est tout.

— Désolés d'avoir été si longs, déclare-t-elle lorsque nous nous dirigeons vers la voiture. Tu ne t'es pas ennuyée, j'espère ?

Je marmonne une vague réponse et me glisse à l'arrière, où je boucle la ceinture flambant neuve.

Puis Mac sort et nous adresse un signe d'adieu. La voiture s'élance sur le chemin, et, bientôt, Mac et la maison disparaissent.

Arbres verts ciel bleu nuages blancs arbres verts ciel bleu nuages blancs…

Ce soir, sous prétexte de faire mes devoirs, je m'enferme dans ma chambre.

D'habitude, Sebastian monte avec moi après dîner, mais je ne l'ai pas vu depuis mon retour du lycée.

Il me manque. Je revois le chaton de Lucy, sur la photographie. Elle semblait si heureuse… Qu'est-ce qui l'a arrachée à cette vie ?

Je ne peux que penser à elle à la troisième personne. Elle n'est pas moi… Ce n'est pas possible. Elle me ressemble, mais l'image de synthèse n'a pas de réalité. Peut-être qu'aujourd'hui Lucy est complètement différente.

Comme ses yeux rieurs restent gravés dans mon esprit, j'attrape un carnet de croquis et commence à dessiner de la main gauche. Je suis dans une sorte de transe, essayant de matérialiser Lucy pour qu'elle cesse de me hanter.

Peut-être qu'elle détestait les brocolis, elle aussi. Et qu'elle aimait les chats.

En tout cas, quelqu'un, quelque part, veut savoir où elle est, ce qui lui est arrivé. Ses parents, sans doute. Peut-être qu'ils l'aiment, et voudraient désespérément savoir si elle va bien.

Dans ce cas, si je suis… si j'étais Lucy, cela ne servirait à rien de les contacter, n'est-ce pas ? Lucy ne va pas bien et il vaudrait mieux pour tout le monde qu'elle soit morte. Elle n'existe plus. Elle a été Effacée.

Voilà, j'ai terminé.

Je l'ai dessinée sans son chaton. Je vais me regarder dans le miroir, puis reviens au portrait. Ce sont mes yeux. Mais les siens ne sont pas seulement plus jeunes, ils sont heureux.

Le dessin est excellent. On dirait que Lucy va sortir de la feuille et se promener dans ma chambre, ou bien se détourner et se promener sur…

Un frisson glacé me parcourt le dos. Derrière elle, j'ai dessiné une chaîne de montagnes qui n'était pas sur la photo.

Chapitre 26

Le lendemain matin, Sebastian n'est toujours pas rentré.

D'habitude, il est sur mon lit quand je me réveille. Mais cela fait deux jours, maintenant, que je tends la main sans le trouver. Sans même sentir l'endroit chaud où il aurait pu se pelotonner.

Aucun signe de lui non plus lorsque Amy et moi descendons prendre notre petit déjeuner. Je suis étonnée de trouver papa dans le salon, plongé dans un tas de papiers. Dans la cuisine, maman s'agite pour terminer son thé et préparer nos sandwichs en même temps.

La gamelle de Sebastian est encore remplie de la pâtée de la veille.

— Maman, où est Sebastian ? demandé-je.

— Je n'en sais rien. Je n'ai pas le temps de chercher cet idiot de chat. Il est probablement en train de chasser une souris ou bien il est allé voir un de ses amis.

Amy lève le nez de son bol de céréales.

— Moi non plus, je ne l'ai pas vu depuis plusieurs jours. Papa, tu es allé dans la remise ? Parfois, Sebastian va s'y cacher et il se fait enfermer.

Papa délaisse un instant sa lecture.

— J'irai faire un tour après le petit déjeuner, promet-il.

Je finis mes céréales en silence. Comment ne pas m'inquiéter ? Si des enfants disparaissent et que personne ne fait rien, il y a peu de chances qu'on recherche un simple chat !

Je cours me préparer pour le lycée, puis vais voir si je ne le trouve pas dans le jardin. La remise est fermée à clé et n'a pas de fenêtre, mais j'appelle Sebastian et écoute, l'oreille collée à la porte. Puis j'entends un bref coup de Klaxon.

Je contourne la maison. Amy est déjà devant la voiture.

— Dépêche-toi, Kyla ! Si on arrive en retard, on est bonnes pour reprendre le bus tous les jours !

Jazz démarre et je continue à fouiller du regard le jardin et les sentiers, espérant y apercevoir Sebastian. Je regarde aussi sur la route. Il passe tellement de voitures dans les deux sens, à toute heure, et à fond de train... S'il était blessé, ou pire ?

Mais je ne remarque rien.

Amy me surprend en train de scruter les fossés.

— Ne t'angoisse pas ! À tous les coups, il sera rentré quand on reviendra du lycée.

— C'est quoi le problème ? demande Jazz.

— Notre chat a disparu.

— Les chats, c'est des explorateurs, comme moi. Ils aiment vagabonder de par le monde, voir ce qu'il y a à voir.

— Je n'ai pas trouvé la clé de la remise, dis-je. Tu sais où elle est, Amy ?

— Non. Il n'y a que papa qui s'en sert.

— C'est probablement plein de trucs de mec, suggère Jazz. Genre râteaux et tondeuse à gazon.

— Non. Ça, c'est rangé dans la petite cabane sur le côté de la maison.

Je le sais parce que j'ai ratissé les feuilles il y a quelques jours, et Sebastian jouait à poursuivre le râteau. Depuis que je suis ici, ce chat me suit comme mon ombre. Où a-t-il pu passer ? Je suis angoissée, à présent.

Nous arrivons bien avant le bus, et j'en profite pour filer au centre de documentation. Je voudrais faire une recherche sur Keswick, là où vivait Lucy avant de disparaître. Il faut absolument que je sache : les montagnes de mon dessin existent-elle en vrai ?

Je m'installe devant l'ordinateur, mais songe soudain à celui de Mac. Jusqu'à hier, je ne connaissais que des appareils comme celui-ci. Nous avons le même à la maison, et je suppose qu'ils sont identiques dans tout le pays. Pour la première fois, je remarque deux C entrelacés sur l'écran de recherche, dans le coin supérieur gauche. Ce sont les initiales de Coalition Centrale : le gouvernement. Je n'ai pas vu ce logo sur l'écran de Mac.

Or, hier, Mac m'a recommandé de ne pas consulter les sites de personnes disparues ou quoi que ce soit de délicat sur d'autres ordinateurs. Ils sont tous surveillés, m'a-t-il dit. Je me déconnecte. Heureusement que je n'ai pas cherché « Keswick » ! Cela paraît anodin, mais quelqu'un, à la Coalition, pourrait faire le rapprochement entre Kyla Davis et une certaine Lucy Connor, disparue il y a six ans. Qui sait ce qui m'arriverait, ensuite ?

Quelques minutes plus tard, je consulte un vieil atlas illustré du Royaume-Uni, que j'ai pris sur l'étagère des ouvrages de référence. Je tombe sur la copie conforme du paysage que j'ai dessiné hier soir. Ce sont les Catbells, une *chaîne de montagnes appréciées des randonneurs, facilement accessibles depuis Keswick, sur les rives du Derwentwater.* Peut-être ai-je déjà vu une photo des Catbells quelque part et que cela m'est revenu ?

Ou peut-être qu'une partie de moi se souvient d'avoir vécu là-bas. Une partie de Lucy.

Je plisse les yeux pour regarder la photographie, puis ferme les paupières. J'essaye de m'y transporter en pensée. Mais cela ne sert à rien. L'image reste en deux dimensions, et j'ignore ce qu'on peut éprouver quand on se trouve dans cet endroit.

De l'autre côté de la pièce, une bibliothécaire m'observe avec air intrigué. Je me dépêche de refermer le livre et de le remettre en place sur l'étagère, puis me dirige vers la sortie.

***

Mr Gianelli nous fait sortir en plein air avec nos carnets de croquis. La météo de BBC 3 s'est trompée : aucun signe de la « pluie incessante » qu'ils avaient annoncée. Au contraire, le soleil brille. Notre prof nous précède d'un pas énergique pour gagner le bois près du ruisseau.

Là, il se laisse tomber sur un banc et sort un Thermos de thé de son sac.

— Allez ! Ouste ! Revenez dans une heure et montrez-moi du bon travail.

La classe se disperse, souvent en groupes de deux ou trois élèves. Les sentiers s'élancent dans toutes les directions. Je regarde où se dirige Phoebe et prends le chemin opposé, arrivant ainsi dans la partie du bois la plus dense. Je cours une dizaine de minutes, afin de laisser le plus d'espace possible entre moi et les autres. Puis je trouve un rocher où m'asseoir et commence à dessiner les arbres. Ils ont perdu presque toutes leurs feuilles à présent. À leur pied, de longues herbes semblent vouloir suivre le courant du ruisseau.

Personne dans les alentours. Je prends mon crayon dans ma main gauche. Que se passera-t-il si je dessine ce qui me vient à l'esprit, sans projet particulier ?

Je pense au chaton de Lucy. Je ne sais pas pourquoi, mais je suis sûre que c'était une petite chatte. Je la dessine en train de bondir sur un bout de ficelle. En équilibre sur ses pattes arrière, elle se cabre, prête à sauter. Puis c'est Sebastian qui apparaît sur ma page. Plus vrai que nature, lui aussi… Avec un soupir, je ferme mon carnet de croquis et avance sur les feuilles mortes.

D'après notre prof de biologie, ces arbres ont été plantés il y a plus de cinquante ans pour former une réserve naturelle. Incendiés durant les émeutes des années vingt, une partie a repoussé depuis et la nature a retrouvé ses droits. Les oiseaux volettent autour de moi tandis que j'entends des bruissements et des passages précipités dans les buissons. Au bout d'un moment, je quitte l'allée principale pour m'engager sur un sentier qui s'enfonce dans l'ombre verte.

Soudain, au sortir d'une courbe, j'aperçois une silhouette immobile. C'est Phoebe. Elle est assise par terre, adossée à un arbre, un carnet de croquis sur les genoux. Un rouge-gorge sautille sur le sol et elle semble en grande conversation avec lui. Il gazouille, elle lui répond en chuchotant et il se rapproche peu à peu, se perche sur sa basket.

Elle sourit, ce qui transforme son visage. D'habitude, elle est maussade, et on ne remarque que ses cheveux mal peignés et ses petits yeux écartés dans un visage criblé de taches de rousseur. Mais là, face au rouge-gorge, elle apparaît douce et jolie.

Je recule en silence. Cependant, elle a dû sentir mon mouvement car elle sursaute. Le rouge-gorge s'envole aussitôt.

— Zut !

Elle se tourne pour voir qui est venu la déranger, m'aperçoit et gronde :

— Tu m'espionnes ?

— Pas du tout ! Comment tu fais pour parler au rouge-gorge ?

— Tu délires. Et tu m'espionnais, sinon je t'aurais entendue arriver.

Elle a raison. D'instinct, j'ai évité de marcher sur des brindilles qui auraient pu craquer sous mes pas. Pourquoi ? Quel instinct est-ce là ?

— Tu sais parler aux oiseaux ? insisté-je.

— Chut !

Il est revenu… Elle lui sourit à nouveau. Si je bouge, il va s'envoler, et si je reste, je la contrarie. Que faire ?

Elle semble m'avoir oubliée et dessine. Je tends le cou pour voir. Ce n'est pas mal du tout. Bizarre… en cours, elle est assez maladroite.

Finalement, l'animal penche la tête de côté et s'envole. Elle referme son carnet.

— Ne dis à personne ce que tu as vu, tu as compris ? Sinon, tu le regretteras.

Je hausse les épaules. Pourquoi le dirais-je ? Et à qui ? Je tourne les talons pour rebrousser chemin mais quelque chose me retient et je fais volte-face, traversée par une pensée : pour une fois, elle n'a pas ses copines pour la soutenir. Et elle m'a assez tapé sur les nerfs…

— C'est quoi, ton problème, Phoebe ? Je ne t'ai jamais rien fait.

— Tu es vraiment si bête que ça, espèce de moucharde ?

Je serre les poings et m'oblige à respirer profondément. Puis je jette un coup d'œil à mon Nivo : 4,8. Ça va, pour l'instant.

— Y a personne ici pour t'aider si tu exploses ! ricane-t-elle.

— Pourquoi tu m'as appelée comme ça ?

— Parce que c'est la vérité. Tu es une espionne du gouvernement, avec cette puce dans ta tête qui enregistre tout ce que tu fais et tout ce que tu dis. Personne ne peut plus te faire confiance. Vous, les Effacés, vous faites des rapports sur les gens, et ils disparaissent.

Elle s'avance vers moi d'un air menaçant et me frappe durement sur l'épaule pour que je la laisse passer sur l'étroit sentier. Je m'écarte, pétrifiée.

Mon Nivo se met à vibrer.

Je ne suis pas une espionne.

Ce n'est pas possible… À moins qu'on m'ait caché quelque chose ?

Je rejoins la classe de Gianelli juste au moment où il est en train de sélectionner les meilleurs dessins. Il a déjà choisi le rouge-gorge de Phoebe. Comme je n'ai pas fait grand-chose, je tente de me cacher derrière le groupe, mais en vain. Il me prend mon carnet des mains, découvre les arbres à demi dessinés, les herbes longues, la petite chatte de Lucy et Sebastian.

Il me rend mes œuvres avec un grognement de mépris.

— J'imagine que vous n'avez pas trouvé vos amis félins sous un arbre !

— Euh, non…

— Je vous ai emmenés en forêt pour dessiner ce que vous voyez autour de vous. En général, c'est Phoebe que je dois empêcher de reproduire sa ménagerie personnelle.

— Excusez-moi, marmonné-je.

Gianelli reprend la direction du lycée. Les élèves le suivent, mais soudain une main s'empare de mon carnet de croquis. Phoebe !

— Rends-le-moi ! protesté-je.

Elle esquisse un pas de danse en tenant mon bloc très haut, puis l'ouvre. Bizarrement, son expression change lorsqu'elle voit Sebastian. Elle me rend mes dessins sans mot dire et file rejoindre les autres.

Ce soir, le téléphone sonne pendant le dîner.

— Ah non ! s'exclame maman, mécontente. Pas au moment du repas ! Ils n'ont qu'à laisser un message.

Mais papa va répondre.

Je continue à picorer le contenu de mon assiette. Je n'ai pas faim : il n'y a toujours aucun signe de Sebastian et cela fait deux jours, maintenant ! Même maman commence à s'inquiéter.

Papa revient en tenant son manteau.

— Qui veut venir avec moi chercher le chat ?

Je bondis de joie.

Une fois dans la voiture, il m'explique que quelqu'un a amené Sebastian chez un vétérinaire, à plusieurs kilomètres d'ici. Il était blessé. Sans doute s'est-il battu avec un renard ou un autre chat. Mais il va bien.

— Comment ont-ils su qui appeler ?

— Il a une puce intégrée. Il suffit de la scanner pour savoir qui sont ses maîtres et où il habite.

Tiens ? Sebastian aussi a une puce électronique ? Comme moi ? Sommes-nous des mouchards à notre insu, tous les deux ?

— Si quelqu'un ne l'avait pas ramené, est-ce qu'on aurait pu savoir où il était grâce à cette puce ?

— Ça dépend du type de matériel, répond papa en me jetant un regard étrange. Pas avec celle de Sebastian. Mais on sait en fabriquer pour retrouver les chiens des Lorders, par exemple. Pourquoi cette question ?

Je me contente de hausser les épaules.

— Dis-le-moi, Kyla.

Il y a quelque chose dans la voix de papa, une certaine inflexion, qui m'oblige à lui répondre.

— En fait, quelqu'un, au lycée, prétend que je suis une espionne du gouvernement parce que j'ai une puce dans le cerveau.

Il éclate de rire.

— Une espionne ? Ma foi… Je ferais mieux de faire attention à ce que je raconte devant toi, alors.

— Mais c'est vrai ? Ma puce enregistre tout ce que je fais et tout ce que je dis ?

— Bien sûr que non !

Je devrais me contenter de cette réponse, et pourtant je reste mal à l'aise. Comment savoir quel « matériel » on m'a mis dans le cerveau ?

***

Chez le vétérinaire, en dépit de la pancarte « Fermé » sur la porte, on nous fait entrer au premier coup de sonnette.

— Salut, David, comment ça va ? s'exclame le vétérinaire en voyant mon père.

— Bien bien.

Ils échangent un regard et le vétérinaire pousse une porte battante derrière le comptoir.

— Miss Best, vous pouvez amener le chat, s'il vous plaît ?

— Est-ce qu'il est blessé ? demandé-je. Où l'avez-vous trouvé ?

— La jeune fille qui nous aide le week-end l'avait recueilli chez elle. Il va bien. Je lui ai fait quelques points de suture et une piqûre d'antibiotiques, par sécurité.

— Combien vous dois-je ? demande papa.

— Rien, c'est offert par la maison. Venez une seconde, David, je voudrais vous parler.

Ils entrent dans un bureau au moment où la porte s'ouvre derrière le comptoir, laissant passer Phoebe avec Sebastian dans les bras. Même de l'autre côté de la salle d'attente, j'entends mon ami ronronner. Sa fourrure est rasée d'un côté, et les fils des points dépassent de sa peau nue. Pauvre Sebastian !

Ma grande surprise, c'est de voir Phoebe ici. Ainsi, c'est elle qui l'avait recueilli ? J'en reste bouche bée.

— Tu vas gober les mouches, moucharde, raille-t-elle.

— Je n'en reviens pas… Alors quand tu as vu mon dessin, tu as reconnu mon chat ! Comment l'as-tu trouvé ?

— C'est quelqu'un qui l'a recueilli dans les bois. Il me l'a apporté et j'ai dit au véto à qui il était. Mais de toute façon, ils l'ont scanné pour vérifier.

— Merci… vraiment !

Elle fait glisser Sebastian sur mes bras tendus.

— Ne va pas t'imaginer qu'on est amies à cause de ça. Rien n'est changé, moucharde, ajoute-t-elle en tournant les talons.

Je regarde la porte du bureau, qui vient de s'ouvrir. Papa semble perplexe.

— Viens, Kyla, m'ordonne-t-il. Il est temps de rentrer.

Peu avant d'arriver à la maison, il me demande :

— C'était elle, n'est-ce pas ?

— Qui ?

— La fille qui t'a traitée d'espionne.

Je ne réponds pas. Si je dis oui, je serai vraiment une moucharde, non ?

Chapitre 27

Le lendemain matin, la première chose que j'entends est le ronronnement bienheureux de Sebastian. Apparemment, il a décidé que mon oreiller était l'endroit idéal pour dormir, et il s'y est pelotonné. Pour une fois, je le laisse rester où il veut.

Il ne semble pas affecté par sa mésaventure. Hier soir, en rentrant, il a accepté de bons morceaux de rôti que lui a donnés maman, puis est monté se coucher sur mon lit.

Je n'arrive pas à comprendre Phoebe. Elle est méchante, et pourtant le rouge-gorge avait confiance en elle. Elle m'a rendu Sebastian, qui ronronnait dans ses bras. J'ai vu son expression, à ce moment-là : elle aurait aimé le garder. Elle doit préférer les animaux aux gens.

Et moi, j'aime mieux Sebastian que la plupart des gens… Qui suis-je donc pour la juger ?

Aujourd'hui, Amy et moi sommes obligées de prendre le bus parce que Jazz est en voyage scolaire.

En montant à bord, je m'avance pour donner des nouvelles de Sebastian à Phoebe. Mais lorsque j'essaye d'attirer son attention, elle fronce les sourcils et secoue la tête. Ce n'était pas une bonne idée…

Je m'installe à l'arrière près de Ben.

— Salut, Kyla. Ça va ?

— Sebastian est revenu !

Je baisse la voix, dans le brouhaha du bus, et lui raconte ce que Phoebe a fait.

— Tu comprends, à présent ? réplique-t-il.

— Je comprends quoi ?

— Que les gens ne sont pas toujours comme tu le penses. C'est gentil, ce qu'elle a fait pour toi. Qui l'aurait cru ?

Il sourit.

Moi, je sais qu'elle l'a fait pour Sebastian, pas pour moi. « Rien n'a changé », m'a-t-elle dit hier soir.

Le lendemain matin, Mrs Ali m'attend devant le lycée.

— Accorde-moi un instant, Kyla, m'ordonne-t-elle avant de m'entraîner dans un bureau vide, dont elle referme la porte derrière nous.

— Il y a un problème, Mrs Ali ?

— Ne prends pas cet air inquiet, Kyla. Tu n'as rien à te reprocher. Mais tu sais que je suis là pour t'aider, n'est-ce pas ?

— Euh, oui… bien sûr.

— Alors écoute-moi. Si quelqu'un t'embête ou te crée des problèmes, tu dois m'en parler. Je n'aime pas apprendre les choses par d'autres personnes, cela donne l'impression que je ne fais pas mon travail.

Je la dévisage sans comprendre. La seule personne qui m'embête, c'est Phoebe. Pourtant nul ne sait ce qui s'est passé dans les bois, hier. Nous étions seules quand elle m'a traitée de moucharde.

— Je ne vois pas de quoi vous parlez, Mrs Ali…

— Pauvre Kyla, marmonne-t-elle avec un sourire crispé. Ce monde doit être bien déroutant, pour toi. C'est pour cela que je suis ici, pour t'aider à comprendre ce qui se passe. Mais je ne peux pas t'aider si tu ne m'aides pas aussi. Alors, y a-t-il quelque chose que tu voudrais me dire, ma petite Kyla ?

— Merci… mais non, ça va.

Je ne suis pas une moucharde, quoi qu'en dise Phoebe. Et puis, c'est grâce à elle que j'ai retrouvé Sebastian. J'ai une dette envers elle.

Mrs Ali continue à me dévisager et secoue la tête.

— Je suis désolée, Kyla. Tu n'as peut-être pas encore conscience que tu as besoin de moi. Pourtant, je suis la seule à pouvoir t'épargner des… des « possibilités » très désagréables. Fais donc bien attention à toi. Maintenant, file en cours.

Sur ce, elle ouvre la porte et sort d'un pas vif.

Elle m'a menacée, ma parole ! Et de quelles « possibilités désagréables » parle-t-elle ? Tremblante, les jambes en coton, je reste un moment dans le bureau pour imaginer mon Petit Paradis, avec ses nuages.

Enfin, un peu calmée, je vais tourner la poignée de la porte lorsque j'entends des bruits de pas. Je laisse retomber ma main. Le plafonnier n'est pas allumé, mais celui du hall, oui… et il y a une petite vitre découpée dans la porte. Les pas se rapprochent. Je regarde à travers le carreau. Deux hommes apparaissent, vêtus de gris. Des Lorders !

Ils ouvrent la porte de mon cours d'anglais, où je devrais être en ce moment même. Sont-ils venus me chercher ? C'est cela, les « possibilités désagréables » ? Je frémis, et les regarde ressortir quelques instants plus tard, encadrant Phoebe.

À la fin de la journée, lorsque je prends le bus, il y a des chuchotements et des visages livides. Je sens des regards sur moi tandis que je m'avance dans l'allée pour rejoindre Ben. Ils pensent que j'ai dénoncé Phoebe, et que c'est ma faute si les Lorders l'ont emmenée !

Ben me prend la main.

— Ça va, Kyla ?

Il voit les élèves qui se détournent dès que je les regarde.

— Que se passe-t-il ? insiste-t-il.

Je secoue la tête. Que puis-je dire avec toutes ces oreilles hostiles qui écoutent ?

Ce soir, je veux courir. Je voudrais même filer tout de suite, mais je suis coincée dans le bus. Je serre la main chaude de Ben, ferme les yeux.

— Enfin, Kyla, explique-moi…

— Je… Je ne peux pas parler ici. Tu vas t'entraîner, ce soir, avant le Groupe ?

— Oui, comme d'habitude.

— Tu peux passer me chercher ?

— Bien sûr.

— Bon, alors je te raconterai tout là-bas.

Il me serre la main. Il a compris qu'il se passe quelque chose de grave, si je dois courir pour être capable d'en parler.

Chapitre 28

Maman ne m'aurait jamais laissée m'entrainer avec Ben, mais papa est sur le point de partir pour un autre voyage d'affaires. Et lui, il a l'air de me comprendre. En tout cas, il parvient à convaincre maman.

Lorsque Ben vient frapper à la porte, papa est déjà parti.

— Kyla, on dirait qu'il va pleuvoir ! remarque maman en scrutant le ciel obscurci par de gros nuages. Tu tiens vraiment à sortir ?

— Mais oui ! Et puis, ma veste est imperméable.

Sans parler du gilet jaune phosphorescent qu'elle m'oblige à porter. Les voitures me verront de loin, avec ça. Je ne cours aucun danger !

— Vous resterez sur les routes principales ?

Ben promet de veiller sur moi et maman semble rassurée.

Nous partons d'un pas tranquille. Nous avons une heure devant nous pour faire huit kilomètres. Facile. Nous accélérons peu à peu, en silence. De temps en temps, Ben me regarde d'un air intrigué. Il a entendu les rumeurs... Mais que lui dire ? Je ne sais rien d'autre : Phoebe a été méchante avec moi ; les Lorders sont venus la chercher en plein cours ; elle n'était pas dans le bus ce soir.

Soudain, je m'élance à toute vitesse et Ben s'adapte sans difficulté, grâce à ses longues jambes.

— Hé ! Tu veux arriver en avance, ou quoi ? s'étonne-t-il. On ralentit, d'accord ?

— D'accord...

Au bout de quelques minutes, nous marchons simplement à vive allure.

— Kyla, quand je suis descendu du car, cet après-midi, quelqu'un a dit que les Lorders ont emmené Phoebe. Mais personne ne les a vraiment vus.

— Moi, si. Ils sont entrés dans la classe, ce matin. Ils en sont ressortis avec elle, et ils sont passés par la grande porte du hall. Ils étaient deux.

— Mais pourquoi ils l'ont arrêtée ?

— J'allais te poser la même question.

Il hésite.

— Y en a qui disent que tu l'as dénoncée. Que tu lui as attiré des ennuis.

— Moi ? Jamais de la vie !

— Je sais. Surtout qu'elle t'a rendu ton chat.

Je reste perplexe. L'arrestation de Phoebe a-t-elle quelque chose à voir avec Sebastian ? Les deux événements sont si proches...

— Phoebe m'a dit que nous, les Effacés, nous serions des espions pour le gouvernement à cause des puces dans nos cerveaux.

— Hein ? s'écrie-t-il. C'est absurde !

— Et si c'était vrai et qu'on ne le sache pas ? Peut-être que je l'ai trahie sans même m'en rendre compte. Il a suffi que quelqu'un me scanne le cerveau, et pan ! Ils l'ont embarquée parce qu'elle a dit des choses qui ne plaisent pas au gouvernement.

— Kyla, non… ce n'est pas possible.

— Comment tu peux en être aussi sûr ?

— Parce que dans ce cas, ils nous auraient coffrés d'abord.

Je m'immobilise, choquée. Il a raison : nous avons parlé de Tori et des élèves arrêtés à la réunion. C'est bien pire que ce que Phoebe a fait ou dit.

Par habitude, je consulte mon Nivo. Comme j'ai couru, il est encore à 6,8. Mais j'ai la chair de poule. Et si, finalement, tout cela était de ma faute ?

— J'ai appris autre chose, reprend Ben. Phoebe s'occupe d'un tas d'animaux blessés pour les gens qui n'ont pas les moyens de payer le vétérinaire. Elle a un don pour les soigner.

Une nouvelle vague de remords m'inonde. Qui va s'occuper de ces bêtes, à présent ?

— Viens, Ben ! On court ! m'écrié-je en m'élançant.

Nous dépassons le bâtiment où la réunion de Groupe ne va pas tarder à commencer. Cependant, j'ai beau foncer, je n'arrive pas à chasser mes pensées. J'ai caché tant de choses à Ben… Sur Lucy Connor, la fillette disparue. Sur Robert – Robby – qui a survécu à l'attentat mais dont le nom figure sur le mémorial parmi les victimes décédées.

Finalement, nous faisons demi-tour.

— On va être en retard, remarqué-je.

Ben hausse les épaules. Il a l'habitude, évidemment. Mais Miss Penny risque d'être beaucoup moins indulgente avec moi !

Nous arrivons à 19 h 15.

— J'allais appeler ta mère ! me déclare Miss Penny, l'air sévère, tout en se gardant bien de gronder Ben.

— Désolé, c'est ma faute, dit ce dernier. On est venus ensemble et j'ai voulu prendre le chemin le plus long.

Elle se détend aussitôt et lui sourit.

— Bon, bon, alors asseyez-vous. Ce soir, chacun va annoncer quels sont ses objectifs pour les mois à venir.

Les miens, c'est de rester aussi loin que possible des Lorders et de ne pas m'attirer d'ennuis. *Et aussi de découvrir ce qui est arrivé à Phoebe*, murmure une voix insistante dans ma tête. Je n'écoute plus le groupe et, lorsque vient mon tour de parler, Ben me donne un léger coup de coude.

— Kyla ! tempête Miss Penny. Essaie de rester avec nous ! Ce n'est peut-être pas une bonne idée de courir si longtemps avant de venir. Alors, tu veux bien nous dire quels sont tes objectifs ?

Hum… Difficile d'être sincère.

— Bien travailler au lycée, marmonné-je. Et me tenir tranquille.

Pour l'instant…

À la fin de la réunion, Ben me presse la main.

— À bientôt, Kyla.

Il rentre chez lui à pied. Il a de la chance… J'aimerais bien le suivre ! Je me dirige vers la porte pour rejoindre maman quand Miss Penny me rappelle.

— Une minute, Kyla, j'ai un mot à te dire.

— Oui ? fais-je en pivotant.

— Tout va bien ?

— Pourquoi tout le monde me pose cette question ?

Je regrette aussitôt mes paroles et deviens cramoisie.

— Excusez-moi, Miss Penny. Je n'aurais pas dû dire ça.

Qui sait si elle n'espionne pas chacun de mes mots et de mes gestes, elle aussi ?

— Assieds-toi, Kyla.

Je m'exécute, et elle ferme son ordinateur avant de s'asseoir près de moi.

— Je suis de ton côté, tu sais.

Ça ressemble tellement à l'attitude de Mrs Ali que je recule d'instinct. Elle semble peinée.

— Kyla, il ne faut pas avoir peur de moi. Ce que nous nous disons reste entre nous, je t'assure. Je ne rapporte pas nos conversations à qui que ce soit. Tu peux me faire confiance.

Elle semble sincère. Mais qui sait ce qu'elle est capable de faire pour mon bien ?

— Quelque chose te tourmente, poursuit-elle. Cela se voit sur ton visage. Qu'est-ce que c'est ?

La seule raison qui me pousse à me confier, c'est l'espoir d'obtenir une information sur Phoebe.

— Les Lorders sont venus chercher une élève au lycée, ce matin. Je la connaissais.

À en croire son visage surpris, Miss Penny n'est pas au courant.

— Tu sais pourquoi ils l'ont emmenée ?

— Pas vraiment. Enfin, ça pourrait être à cause de trucs qu'elle a dits.

— Quel âge a-t-elle ?
— Je ne sais pas. Elle était dans ma classe.
— La 2nde 11 ?
— Oui.
— Écoute-moi, Kyla. C'est très important. Je crois que tu me caches encore une chose ou deux mais quoi qu'il en soit, surtout ne pose aucune question à personne et reste en dehors de ça.

Elle me saisit par les épaules et plonge le regard dans le mien.

— C'est pour ta sécurité, tu comprends ?
— Oui…
— Alors à jeudi prochain ! me lance-t-elle en me lâchant. Passe une bonne semaine, surtout !

Maman m'attend à la porte et me regarde d'un air perplexe.

— Tout va bien, Kyla ?
— Oui oui… En fait, on était un peu en retard, Ben et moi, alors Miss Penny m'a grondée, ajouté-je, prise d'une soudaine inspiration.
— Elle a raison ! soupire maman. La ponctualité, c'est important.

Et j'ai droit à un sermon durant tout le chemin jusqu'à la maison.

L'après-midi suivant, les élèves de 2nde se réunissent pour la réunion hebdomadaire, comme tous les vendredis. Cette semaine, il règne un silence électrique. Le directeur n'est pas encore arrivé mais tout le monde est au courant, pour Phoebe, et tout le monde a peur.

J'ai entendu des bribes de conversations ici et là, entre les cours. La disparition de Phoebe a jeté le trouble dans les esprits. Bien plus que celle de Tori ou des élèves de seconde, la semaine dernière. Autant il était facile de comprendre pourquoi on punissait ces rebelles, autant personne ne comprend pour Phoebe. Elle n'était méchante envers personne – sauf moi –, ne faisait rien d'illégal et ne disait jamais rien contre l'ordre établi.

Lorsque Rickson entre, suivi de deux Lorders, il balaye la foule du regard et prend la parole d'un ton satisfait.

Aujourd'hui, la réunion ne dure pas longtemps, et les Lorders se positionnent à la sortie, comme la dernière fois.

Au soulagement général, ils n'arrêtent personne.

Lorsque je rejoins Jazz dans le parking, Amy est encore sur le sentier. Jazz lui adresse un signe de la main et se tourne vers moi.

— Kyla, déclare-t-il à voix basse, Mac veut te voir. Il me dira quand la semaine prochaine. Pas un mot de tout ça à personne, tu as compris ?

Amy arrive avant que j'aie le temps de répliquer.

Mac et son ordinateur illégal… Son site Internet de personnes disparues. Il a fait des choses bien pires que Phoebe et les autres élèves arrêtés par les Lorders, et il est trop vieux pour être Effacé. Que lui arrivera-t-il s'il se fait prendre ?

J'aimerais mieux qu'il n'ait pas confiance en moi. Je ne veux pas non plus savoir ce qu'il veut me montrer.

Chapitre 29

Plus nous approchons de l'hôpital, et plus ma panique grandit. Si seulement je pouvais courir ! C'est mon deuxième rendez-vous avec le Dr Lysander. Aujourd'hui, la circulation est fluide. Maman a emprunté un itinéraire différent, plus long mais sans doute plus rapide. Je m'efforce de calmer ma respiration et me concentre sur la route. J'en mémorise chaque détail, afin de ne pas penser à l'interrogatoire que je vais subir.

Ce n'est pas seulement pour moi que j'ai peur mais pour Mac, pour Ben, et aussi pour Lucy. Oui, Lucy existe, je la sens. C'est une ombre, un fantôme qui me suit tout le temps, met ses pas dans les miens.

Bientôt, nous arrivons en vue de l'arrière de l'hôpital. Ce côté ressemble aux autres avec ses hautes clôtures et ses tours à intervalles réguliers. Machinalement, j'enregistre les dimensions, le nombre de miradors, l'emplacement des sorties et des portails de sécurité. Nous contournons le bâtiment pour gagner la deuxième grille, comme la dernière fois. Il y a déjà une file d'attente. Les Lorders regardent sous les voitures avec des miroirs, font descendre les passagers et les passent au détecteur pendant qu'ils fouillent les voitures.

— Il a dû y avoir une alerte, explique maman devant cet excès de précautions.

Elle n'a pratiquement pas dit un mot de tout le trajet et semble fatiguée. Je prête soudain attention à ses cernes, à ses traits tirés. Je me rappelle maintenant que le téléphone a sonné, hier soir. Il était très tard mais je ne dormais pas. J'ai entendu des pas au-dessus de ma chambre, et le murmure de sa voix.

— Ça va ? lui demandé-je.

— C'est moi qui devrais te demander ça, non ? réplique-t-elle en esquissant un sourire.

Devant nous, une voiture repart. Il en reste encore deux avant notre tour.

— J'ai posé la question la première, maman.

— C'est vrai... On reprendra cette conversation en rentrant, d'accord ?

Donc, il y a un problème, et maman ne veut pas me dire de quoi il s'agit devant des Lorders.

— Ne me confie aucun secret, murmuré-je précipitamment. Je ne suis pas certaine de pouvoir en garder.

— D'accord ! fait-elle en riant. J'essayerai de ne pas l'oublier.

Enfin, c'est à nous. Cette fois, les gardes ne semblent pas reconnaître la fille de Wam le Grand. Je n'en ai jamais vu autant. Et ils sont en noir, donc en opération spéciale. Ils portent des gilets pare-balles et ont l'arme au poing. Il règne une tension extrême.

Nous descendons et ils nous passent au détecteur, de la tête aux pieds, pendant que d'autres fouillent la voiture.

Je suis terrifiée. Heureusement, ils n'ont pas l'air de le remarquer, et nous pouvons remonter en voiture pour pénétrer dans le parking.

— Ne t'inquiète pas, Kyla, murmure maman en me voyant très pâle. Ils redoutent sans doute une autre attaque, mais ils feront le nécessaire. Comme toujours.

Elle a dit ça d'une drôle de façon. Comme si les Lorders ne faisaient *jamais* ce qu'il fallait, justement.

C'est ton imagination, Kyla. Maîtrise-toi.

Comme d'habitude, je suis seule dans la salle d'attente. Maman est partie prendre un thé avec une infirmière qu'elle connaît.

Deux Lorders sont postés dans le couloir, l'air pas commode.

— Bonjour, Kyla.

Le Dr Lysander apparaît à la porte de son bureau. Elle est très calme, à la différence de ma mère et des Lorders, comme si ce qui se passait autour d'elle lui était indifférent. Comme si elle demeurait stable en dépit de la tempête qui s'annonce.

Je me sens étrangement soulagée, et lui souris.

Attention, danger. Méfie-toi de l'eau qui dort, me rappelle ma petite voix intérieure.

— Tu as l'air contente de me voir, aujourd'hui, Kyla.

— Oui, fais-je en m'asseyant en face d'elle.

Son visage se radoucit, mais ses yeux sombres demeurent impénétrables.

— Eh bien, c'est gentil. Puis-je savoir pourquoi ?

— Vous ne changez pas, vous.

— Hum… Je ne sais pas comment prendre ça. Mais c'est bien observé.

Elle jette un coup d'œil à son ordinateur et tapote l'écran.

— Donc, reprend-elle, tu es rassurée par la continuité. Y a-t-il des changements ou des possibilités de changement qui te posent problème ?

Elle me regarde intensément et je me sens piégée.

Dis-lui la vérité, mais une partie seulement, murmure ma petite voix.

— J'ai eu peur, aujourd'hui, en entrant dans l'hôpital.

— Peur de quoi ?

— Des vigiles. La dernière fois que nous sommes venues, il y avait des barrages routiers, et cette fois les gardes ont fouillé les voitures.

Elle penche la tête de côté comme si elle écoutait sa voix intérieure, elle aussi.

— C'est sans doute raisonnable d'avoir peur, dans ce cas précis. Tu sais qui sont les TAG ? Les Terroristes Anti-Gouvernement ?

— Oui, maman m'a expliqué.

— Nous avons reçu des informations laissant penser qu'ils planifient un attentat sur l'hôpital. Donc le service de sécurité redouble de prudence.

— Mais vous, vous n'avez pas peur ? m'étonné-je.

— Non. J'ai confiance… Voyons, Kyla, que crains-tu exactement ?

Les terroristes, les bombes, les cris et le sang…

— Kyla ? insiste-t-elle.

— Il y a un mémorial, au lycée. Il y a six ans, un bus rempli d'élèves a été victime d'un attentat terroriste. La plupart sont morts.

— Ah, je vois. Tu commences à comprendre les relations de cause à effet. Qui dit « terroriste » dit « mort » !

— Mais comment ont-ils pu faire ça ? Ces jeunes n'avaient rien fait…

— Ils étaient au mauvais endroit au mauvais moment, reconnaît-elle avec un haussement d'épaules.

— Je ne comprends pas… On dirait que vous n'êtes pas en colère, murmuré-je, comprenant soudain que moi aussi, je peux la percer à jour.

Cette fois, elle a un regard plein de surprise.

— Très bien observé, Kyla.

— Mais pourquoi ?

— Sans doute parce que je suis médecin. Je ne peux pas soigner tout le monde, alors je dois me contenter de faire de mon mieux là où je suis utile. La colère est une perte d'énergie.

Elle a dit « sans doute » : donc, ce n'est pas l'entière vérité.

Mais je ne peux pas inverser les rôles et continuer à la questionner.

Elle consulte à nouveau son écran.

— Je vois que tu as de bons résultats au lycée et aux réunions de Groupe. Tu t'es fait de nouveaux amis, tu n'as plus eu d'évanouissement… Et les cauchemars ?

Emmurée dans une tour… je donne des coups de poing contre les pierres…

— Eh bien ? insiste-t-elle.

Sans savoir pourquoi, je lui raconte un autre rêve. Celui de l'explosion du bus. Je lui parle des cris et du sang sur les fenêtres, de l'odeur d'essence et de chair brûlée.

Elle a tressailli. C'est rare qu'elle ne se contrôle pas parfaitement.

— Tu as trop d'imagination, Kyla ! Maintenant, je comprends pourquoi tu as peur des gardes. Sache qu'ici, tu es en sécurité. C'est un des lieux les plus sûrs qui soient.

Avec un Lorder devant chaque porte ? En fait, elle aussi est prisonnière…

— Vous ne sortez jamais ? lui demandé-je à brûle-pourpoint.

— Que veux-tu dire ?

— Vous ne prenez pas de congés, pour aller à la campagne ou ce genre de trucs ?

— Décidément, tu poses des questions surprenantes, aujourd'hui ! Mais si, je prends des congés toutes les quatre ou cinq semaines. Demain, par exemple. Je vais faire une balade avec mon cheval, Heathcliff…

Elle s'interrompt soudain comme si elle en avait trop dit.

— Hum ! Revenons à ton rêve. Cesse de penser aux terroristes, les Lorders s'en occupent. Tu as commencé une nouvelle vie dans une nouvelle famille, et à présent il faut que tu te construises un projet. Qu'est-ce qui t'intéresse ?

— Les arts plastiques.

Elle sourit.

— Je savais que tu répondrais ça. Tu vois, toi aussi, tu peux être prévisible… Alors concentre-toi sur tes dessins et tes peintures. Fais-en ta raison de vivre, et le reste ne sera pas si important.

— Comme vous avec votre cheval ?

— Exactement.

Elle m'autorise enfin à m'en aller.

Cependant je reste étonnée par sa réponse : ce devrait être ses patients, sa raison de vivre, non ?

Sur le chemin du retour, maman demeure aussi silencieuse qu'à l'aller, en dépit de sa promesse, et je ne lui pose pas de questions.

Je repense à ce que m'a dit le Dr Lysander, et aussi à ce qu'elle ne m'a pas dit. Elle n'a mentionné ni Mrs Ali ni Phoebe. Comme ce n'est pas le genre à fuir les sujets difficiles – au contraire ! –, j'en conclus que Mrs Ali n'a pas fait de rapport négatif sur moi. Et que si Phoebe a été arrêtée, je n'y suis pour rien.

— *Aide-moi.*

Lucy me tend les mains. La droite est intacte, avec cinq doigts aux ongles réguliers. Ce sont mes doigts, mais plus petits que maintenant. En revanche, sa main gauche saigne et ses doigts sont fléchis dans des angles anormaux.

Je recule.

Des yeux verts – mes yeux – brillent. Des larmes en débordent.

— *S'il te plaît, aide-moi…*

— Réveille-toi, Kyla !

Je sursaute et ouvre les yeux, désorientée. Maman est en train de défaire sa ceinture de sécurité.

La voiture est arrêtée.

Nous sommes arrivées chez nous.

Chapitre 30

Il fait froid, et nous avons droit à la pluie que la météo nous promettait depuis une semaine. Même si ce n'est pas le déluge, elle réussit à pénétrer l'épais feuillage des arbres.

J'en ai assez de cette humidité qui me fait frissonner.

— Saleté de temps, lâché-je dans un souffle.

— Typique du mois d'octobre, répond Ben.

Comment le saurais-je ? C'est le premier mois d'octobre dont je me souvienne.

Ce matin, lorsque nous sommes arrivés à l'entraînement, Ferguson a fait partir garçons et filles selon leur performance de la dernière fois. Aussi Ben et moi sommes partis ensemble.

Ou plutôt, nous nous sommes élancés comme des flèches.

Nous traversons le bois et nous nous lançons à l'assaut de la colline. Nous sommes à découvert, à présent, et il pleut plus fort. Le sol est glissant, boueux et couvert de feuilles imbibées d'eau, si bien que nous sommes obligés de ralentir.

— C'est génial, non ? lance Ben, couvert de boue de la tête aux pieds.

— Oui, merveilleux, raillé-je.

Puis j'éclate de rire. C'est vrai que c'est merveilleux de courir au-delà de mes forces, de sentir que je suis vivante.

J'ai l'impression de suivre le cheminement des gouttes depuis le ciel jusque sur mon corps. Mes perceptions sont décuplées. Pour un peu, j'oublierais Tori et Phoebe. Même Lucy, qui est là dès que je ferme les yeux, les mains tendues, mendiant de l'aide.

— Arrêtons-nous une seconde ! souffle Ben lorsque nous arrivons au sommet de la colline.

Il s'accroupit pour renouer un de ses lacets, et s'adosse au tronc d'un énorme chêne. Je me pelotonne à côté de lui. D'ici, nous voyons toute la vallée. Les nuages sont de plus en plus nombreux et sombres. Aucun coureur n'est en vue.

— Je te parie qu'ils ont fait demi-tour, murmure Ben. Quelles mauviettes !

Il rit à son tour.

— On ferait mieux de rentrer, alors, non ?

— Ah, non ! On est à mi-chemin, maintenant.

J'ai hâte de continuer. De tout oublier. Ben me dévisage d'un air étonné.

— Qu'est-ce que tu as ? Tu as l'air bien énervée !

Je hausse les épaules et il me prend dans ses bras.

Je plonge le regard dans ses yeux pleins de douceur. Je voudrais lui faire confiance mais en ai-je le droit ?

— Écoute, je veux courir, c'est tout, répliqué-je.

— D'accord, mais dis-moi ce qui te tourmente.

Je me mets à trembler et enfouis le visage contre sa poitrine pour me libérer de son regard.

J'ai tellement de raisons de me taire. D'abord, j'ai promis le secret à Mac. Et puis, je pourrais mettre Ben en danger s'il savait lui aussi des choses interdites. D'ailleurs, est-il capable de garder le silence ?

— Nous n'irons nulle part tant que tu ne m'auras pas confié ce qui ne va pas.

Je soupire, ferme les yeux et me laisse aller contre lui. Je suis si bien… Pourquoi parler ? Mais Ben place une main sous mon menton pour m'obliger à lever la tête. Mon cœur palpite follement, comme l'autre jour lorsque j'ai cru qu'il allait m'embrasser, alors qu'il voulait juste parler de Tori.

Oui, Tori…

Elle, Phoebe et Lucy : cela fait beaucoup de fantômes entre nous ! Néanmoins je peux au moins en exorciser un en disant la vérité.

Je m'écarte un peu et cherche mes mots.

— Tu ne t'es jamais demandé pourquoi tu as été Effacé ?

— Oui, ça m'est arrivé. Mais ça ne sert à rien puisqu'on ne peut pas savoir qui on était avant.

— Moi je sais.

Pendant un instant, je n'entends plus que la pluie sur le feuillage. Les yeux de Ben s'emplissent de doute.

— Que veux-tu dire, Kyla ?

— Je m'appelais Lucy Connor. J'ai disparu quand j'avais dix ans. J'avais une petite chatte grise. Quelqu'un m'a cassé les doigts et… quelqu'un pense encore à moi.

Je frissonne à chaque mot que je prononce, comme s'ils me tordaient les entrailles. Je pleure et me niche dans les bras de Ben. Il me tient en me caressant les cheveux, pendant que la pluie redouble d'intensité et que le vent se lève.

La tempête, c'est autant au-dehors qu'en nous-mêmes…

— Comment peux-tu savoir tout ça ? me demande enfin Ben.

Lorsque mes sanglots se calment un peu, je lui parle de l'ordinateur illégal de Mac, des sites de personnes disparues.

— Je ne comprends pas, murmure-t-il. Des gens disparaissent ?

— Oui, beaucoup. Ils ne sont ni arrêtés ni jugés, et personne n'entend plus parler d'eux. Ce ne sont même pas des criminels ou des délinquants, si ça se trouve.

— Mais le gouvernement n'a pas le droit !

— Ben, peut-être que nous n'avons rien fait de mal, nous non plus. Peut-être que le gouvernement a décidé qu'il n'aimait pas notre attitude, comme Phoebe… Tu veux savoir si tu as été enlevé, toi aussi ?

Le visage de Ben passe par toute une variété d'expressions.

Je l'interromps au moment où il va parler :

— Attends !

Il est difficile d'identifier les bruits, avec la pluie et le vent, mais j'ai l'impression d'entendre quelqu'un approcher.

Une silhouette apparaît sur la crête de la colline, en effet. Je veux m'élancer mais Ben me retient. En nous voyant enlacés, le garçon nous adresse un petit sourire narquois et file sur le sentier, dégoulinant et rouge.

Dès que Ben me relâche, je bondis.

— Pourquoi tu m'as retenue ? explosé-je.

— Il vaut mieux qu'il pense qu'on faisait un câlin, tu ne crois pas ?

Un câlin ? J'ai les joues brûlantes malgré le froid. Je me tourne encore en entendant un bruit. Quelqu'un d'autre va nous dépasser ?

— Viens ! s'exclame Ben, en partant sans m'attendre. Je tente en vain de le rattraper. Il se donne à fond, et bientôt je le perds de vue. On dirait qu'il fuit un ennemi invisible.

Pourtant, il n'y a que moi.

Chapitre 31

Dans la salle de dessin, le rouge-gorge de Phoebe est accroché, seul, au beau milieu du panneau du fond. Il n'est pas signé. Personne d'autre que nous ne peut savoir qui l'a fait.

Au lieu de grommeler comme à son habitude, Mr Gianelli nous regarde passer un à un nos cartes dans la machine. C'est notre premier cours avec lui depuis qu'ils ont emmené Phoebe, et tout le monde regarde son œuvre sans mot dire.

Je jette un coup d'œil vers la porte. Mrs Ali est déjà là, à me surveiller derrière la vitre… Elle me suit comme une ombre, même s'il est évident que je sais me repérer dans l'établissement, désormais. Quand va-t-elle me lâcher ? Ben et Amy n'ont personne sur leur dos comme ça !

Mrs Ali balaye la salle du regard. Elle sent qu'il se passe quelque chose, scrute chaque visage…

— Bonjour, lance Mr Gianelli. Aujourd'hui, nous allons aborder une chose importante : le fait d'être profondément concerné par ce qu'on dessine. Prenez notre ami le rouge-gorge, ici présent. Voyez le soin avec lequel chaque détail est noté, la façon dont la main a cherché à comprendre le sujet. Le trait a saisi un instant ordinaire et lui a donné une qualité extraordinaire. En étant très attentif à la personne ou l'être que vous dessinez, vous accédez au meilleur de vous-même, à l'artiste à l'intérieur de vous. Il faut privilégier la « communication » entre vous et votre sujet, vous comprenez ? Il faut montrer votre sujet avec tout votre cœur, pour révéler ce que personne d'autre ne voit.

Il recule légèrement. Je me remémore la petite créature, confiante, qui s'approchait de plus en plus de Phoebe, souriante, heureuse. Une minute s'écoule, puis deux. Tout le monde semble fasciné par cet oiseau, comme s'il allait s'animer et nous parler de Phoebe.

Puis Mr Gianelli hoche la tête d'un air triste et reprend sa place devant son bureau.

— Donc, aujourd'hui, vous allez dessiner quelque chose ou quelqu'un qui vous tient à cœur. Qui vous fait « ressentir » quelque chose. De positif ou de négatif, cela m'est égal. Allez-y, commencez !

Les élèves se mettent au travail, sans hâte. Ils choisissent un crayon ou un fusain, comme s'ils se réveillaient d'un rêve ou sortaient d'un état de transe. Moi aussi, je suis lente. Je me penche sur ma feuille, observant Mrs Ali du coin de l'œil. Elle semble perplexe et s'en va enfin.

Gianelli semble plus vieux, aujourd'hui. Les rides autour de ses yeux ont l'air plus profondes et sa peau aussi grise que ses cheveux. Ce qu'il vient de faire est très risqué pour lui : il a protesté à sa façon contre la disparition d'une élève. Sous le nez de Mrs Ali, en plus !

Il tire une flasque d'une des poches de son veston et verse une gorgée de liquide dans son thé. Puis il se met à dessiner lui aussi.

D'instinct, je travaille de ma main gauche. Dès que j'en prends conscience, je me place de trois quarts sur ma chaise de façon à voir la porte, au cas où Mrs Ali reviendrait.

Dessiner quelqu'un qui me tient à cœur, qui me fait « ressentir » quelque chose.

Par petites touches rapides, ses yeux pensifs prennent vie, ainsi que son menton volontaire, ses cheveux bruns plus ondulés que bouclés. Ben… Il n'était pas en cours de biologie, ce matin. Je suis si inquiète que je me fais mal en me mordant la lèvre. Aurait-il commis une imprudence ?

J'ai demandé de ses nouvelles à Miss Fern, mais elle n'a pas su me répondre. Elle ne semblait ni inquiète ni distante, juste sincère. Je commence à comprendre qu'il y a différents types de professeurs. Fern, Gianelli, et Ferguson, l'entraîneur de cross-country, me grondent à l'occasion et ne sont pas toujours gentils, mais ils me traitent avec bienveillance. En revanche, Rickson, le directeur, le Dr Winston, la psychologue, et Mrs Ali ont beau sourire et répéter qu'ils sont là pour m'aider, en réalité ils guettent la moindre de mes erreurs, la plus petite faille au règlement.

Lorsque la sonnerie retentit, je sursaute. Je n'ai pas vu le temps passer. Je pose mon crayon au moment où Mrs Ali apparaît à la porte. Gianelli s'avance dans l'allée pour ramasser les dessins, qu'il épingle au fur et à mesure autour du rouge-gorge. Lorsqu'il arrive à ma hauteur, je proteste :

— Attendez, il n'est pas terminé…

Il regarde ma feuille et, sans commentaire, tend la main vers ma voisine.

Je contemple les dessins exposés. Ce sont presque tous des visages : une mère, un père, un frère, une sœur, des amis… Il y a même un chien.

Mrs Ali apparaît soudain derrière moi.

— Fais-moi voir, exige-t-elle en ouvrant mon carton à dessins.

Je deviens cramoisie.

— On reconnaît Ben sans problème, déclare-t-elle enfin.

Sauf que là, c'est un Ben que je ne veux pas partager. J'ai dessiné le regard qu'il a eu pour moi hier, juste avant que je pense qu'il allait m'embrasser. Avant que je lui parle des personnes disparues et de Lucy. Avant qu'il ne coure loin de moi…

Je m'avance vers la porte juste au moment où Mr Gianelli accroche son propre dessin avec les autres. C'est la première fois qu'il nous montre une de ses œuvres. Tous ceux qui sont encore dans la salle retiennent leur souffle. Il a fait le portrait de Phoebe, saisissant un aspect d'elle que je ne connais pas. Son visage, son attitude, tout en elle est tellement triste… Elle est seule. Désespérément.

Mrs Ali pose sur Gianelli un regard glacial et tourne les talons.

***

À l'heure du déjeuner, je file vers la piste d'athlétisme, la peur au ventre. Si je ne trouve pas Ben, que ferai-je ?

Normalement, il vient toujours ici à cette heure. Il y a quelques coureurs disséminés, maintenant que la pluie a cessé. La plupart participent à l'entraînement de cross-country, mais il n'y a pas celui que je cherche. Je les regarde quelques instants, le cœur serré. Où est Ben ?

Au moment où je fais volte-face pour partir, je me heurte à lui.

— Attention ! s'écrie-t-il en me retenant par les épaules, m'évitant de perdre l'équilibre.

— Où avais-tu disparu ?

— Nulle part !

— Tu n'es pas venu en biologie.

— Non, j'étais en retard parce que j'avais rendez-vous chez le médecin, et maman a eu un pneu crevé en me raccompagnant.

— Tu aurais dû me prévenir !

Je le repousse, furieuse. Je me suis rongé les sangs alors qu'il avait un rendez-vous !

— Kyla, je pouvais difficilement prévoir qu'on aurait une crevaison ! insiste-t-il d'un ton raisonnable qui m'agace encore plus.

Comme je tourne les talons, il me rattrape et me saisit la main, avant de crocheter mon petit doigt au sien.

— Hé ! Qu'est-ce que tu as ?

Ma colère me quitte d'un coup et mes yeux s'emplissent de larmes. Je cligne des paupières pour les chasser.

— J'ai cru qu'il t'était arrivé quelque chose.

— Tu t'inquiétais pour moi ?

Il sourit, apparemment très content. Mais avant que j'aie eu le temps de décider si j'allais lui donner un coup de poing ou le serrer dans mes bras, j'entends une vibration familière.

Je soupire, exaspérée, et consulte mon Nivo.

3,9.

— Viens ! lance Ben en m'entraînant vers la piste. On va voir si tu peux tenir l'allure, aujourd'hui. Hier, tu étais plutôt lente.

Moi, lente ?

Je suis sur la piste avant lui et fonce comme si ma vie en dépendait. Ben me rattrape peu à peu, sans parvenir à me dépasser. À moins qu'il ne se retienne, par gentillesse ? J'accélère, les poumons en feu.

Cette fois, je le distance pour de bon.

Cependant, ma colère s'estompe avec mon triomphe. Pourquoi me suis-je mise dans cet état ? Ce n'était pas raisonnable.

D'accord, j'étais encore désorientée à cause d'hier, parce qu'il s'est enfui lorsque je lui ai parlé de Lucy. Mais sa réaction est normale. Il lui a fallu du temps pour digérer l'information.

Et il n'avait aucune raison de me prévenir pour ce matin.

J'ai presque envie de rire de moi.

Presque… Car je suis face à un autre problème tout aussi sérieux : que représente Ben pour moi ?

Lorsque nous nous arrêtons, j'aperçois Ferguson près du gymnase, son chronomètre à la main. Nous passons devant lui en partant.

— Un sacré record…, marmonne-t-il dans sa barbe. Quel dommage…

— Que veut-il dire ?

Je cherche à gagner du temps, avant que Ben ne me pose des questions auxquelles je ne voudrais pas répondre.

— À mon avis, on a battu le record sur cette piste.

— Mais c'est super !

— Ouais. Si ça te plaît de pulvériser des records.

— Pourquoi dit-il que c'est dommage ?

— Parce que nous n'avons pas le droit de participer aux compétitions.

Je me fige.

— Kyla, tu sais bien que les Effacés ne sont pas autorisés à intégrer les équipes scolaires !

J'avais beau être prévenue de notre statut spécial, je n'avais pas fait le rapprochement avec la course à pied.

— Dans ce cas, pourquoi nous laissent-ils nous entraîner ? À quoi ça sert ? m'étonné-je.

Je suis de nouveau en colère, mais mon Nivo ne bouge pas, sans doute grâce à la course effrénée que je viens de faire.

— L'an dernier, explique Ben, j'ai demandé si je pouvais m'entraîner avec eux. Une fois qu'ils m'ont vu courir, ils ont dit oui. Je suppose qu'ils ont fait la même chose pour toi. Ça les stimule, j'imagine.

— Et toi, ça ne te rend pas furieux ? Tu es le meilleur – enfin, après moi… Ce n'est pas juste !

— Eh, peut-être que je te laisse gagner… comme aujourd'hui, par exemple.

Il me taquine. En fait, tout cela ne le dérange pas. Il s'accommode de son sort, en bon Effacé.

Soudain, je me sens comme Phoebe sur le dessin de Gianelli : isolée et complètement seule.

Ben me propose de passer me chercher, jeudi, pour aller à la réunion du Groupe. J'accepte pour le simple plaisir de courir.

Puis la sonnerie des cours retentit. Déjà ! Je suis dans un état épouvantable, avec mes cheveux trempés et mes vêtements collés à ma peau. Et je n'ai pas le temps d'aller prendre une douche dans le vestiaire. Bah, tant pis... Personne ne viendra s'asseoir à côté de moi !

Mrs Ali me coince à la fin de mon cours d'anglais, le dernier de l'après-midi.

Elle m'adresse son grand sourire gentil, et je sens un frisson glacé me parcourir le dos.

— Ma petite Kyla, il faut que nous ayons une conversation.

Nous restons dans la salle après le départ des derniers élèves. Mon professeur marmonne quelque chose à propos d'une tasse de thé, et sort.

— Comment ça va, Kyla ?

— Très bien, dis-je, mal à l'aise dans mes vêtements encore humides.

— As-tu des problèmes, ou un problème, quel qu'il soit ?

— Non.

— Eh bien, moi, je vois un problème potentiel : ton ami Ben.

Je gigote sur mon siège.

— Que voulez-vous dire ?

— Voyons, Kyla, tu viens de sortir de l'hôpital. Combien de temps cela fait, au juste ? Trois semaines ?

— Vingt-deux jours.

— C'est bien ce que je disais… Je reconnais que Ben est beau garçon, et très convenable, aussi, au dire de tout le monde.

Je rougis car je commence à comprendre où elle veut en venir.

— Mais tu dois te concentrer sur tes études et ta vie de famille. Tu n'as pas de temps à consacrer à un garçon.

— D'accord. Je peux y aller, maintenant ?

Elle soupire d'un air de martyre.

— Non, une dernière chose. Je sais que des exercices excessifs sont une façon de contrôler les écarts de ton Nivo. Cependant, tu ne dois plus courir sur la piste de l'école avec Ben à l'heure du déjeuner. Est-ce clair ?

— Absolument.

— Tu peux partir.

En état de choc, je me dirige vers le parking comme une automate. Je verrai donc si peu Ben, désormais ? Je ne pourrai plus m'entraîner avec lui ?

D'ailleurs, si je ne peux pas entrer dans l'équipe du lycée, à quoi bon continuer à courir ?

Un petit espoir renaît soudain en moi. Mrs Ali n'a pas parlé de l'entraînement du dimanche ! Peut-être n'est-elle pas au courant.

C'est parce que je suis avec Ben que ça lui pose un problème ? Ou bien elle réprouve les « exercices excessifs » ? Elle veut que je m'effondre, juste pour mieux me contrôler ?

La voiture de Jazz n'est pas garée à l'endroit habituel, mais je l'aperçois un peu plus loin. Il est déjà sorti du parking des élèves pour prendre la file de la sortie car la circulation semble arrêtée.

Lorsqu'ils me voient approcher, ils descendent chacun de leur côté.

— Où étais-tu ? me lance Amy.

— Mrs Ali m'a retenue.

— Ah, bon… Et tout va bien ?

— Super bien…, marmonné-je.

Je vais poursuivre, quand je vois Jazz fixer quelque chose derrière nous. Son sourire s'est figé. Puis, brusquement, il nous prend chacune par l'épaule et nous pousse vers la voiture.

— Montez ! ordonne-t-il en ouvrant la portière passager.

J'obéis et me tortille pour regarder ce qui se passe. Gianelli marche sur le sentier qui longe le parking, encadré par deux Lorders, et un autre qui le suit. Ils se dirigent vers un fourgon noir garé près des bus scolaires, bloquant la sortie. Soudain, Gianelli trébuche. Un Lorder le tire par le bras, sans ménagement, et le redresse.

Il y a des Lorders éparpillés un peu partout, en gilets noirs, et armés. Je les compte. Ils sont une douzaine.

Nous regardons le vieil homme d'ordinaire si fier et majestueux. Arrivés devant le fourgon, le Lorder le projette rudement vers la porte latérale. Gianelli se cogne la tête au toit, tombe, et le Lorder le pousse du pied pour le faire entrer dans le véhicule. Puis il claque la portière.

Personne ne bouge, personne ne dit rien.

Moi non plus.

Chapitre 32

Une fois de retour à la maison, je dois continuer mon rôle de chaperon car Amy et Jazz veulent se promener. « Pas sans Kyla », leur rappelle maman.

Hélas !

J'aurais mille fois préféré rester seule dans ma chambre !

Une fois en chemin, Amy reparle de l'arrestation de Gianelli.

— Kyla, ce n'était pas ton prof d'éducation artistique ?

— C'*est* mon prof.

— Oublie-le. Vu la façon dont ils le traitent, il n'est pas prêt de revenir. Il a dû faire un truc grave, non ?

— J'en sais rien.

— Allez, tu as dû entendre quelque chose ! Dis-nous…

— Ça suffit, Amy, gronde Jazz.

— Qu'est-ce qui te prend ?

Amy semble surprise par la réaction de Jazz, mais pas par la mienne. Elle n'est même pas bouleversée par le sort du vieux professeur !

Je fonce sans les attendre. Rien ne m'oblige à les suivre comme une ombre, après tout ! J'ai besoin de courir, de sentir mon corps en mouvement.

C'est le même sentier que nous avons emprunté lorsque j'ai été autorisée à explorer les alentours. Comme le temps passe vite ! Ce jour-là, tout était sujet d'étonnement : les bois, les arbres, les odeurs de verdure si fraîches. Je ne savais pas que les Lorders existaient, alors, et je n'avais pas rencontré Ben. J'ignorais qu'il y avait des personnes disparues.

La liste de choses que j'ignorais était tellement longue... Maintenant, elle a dû se réduire comme une peau de chagrin !

Je revois la tête de Gianelli qui heurte le toit du fourgon noir et son corps qui s'affaisse. Ce Lorder l'a poussé à l'intérieur comme un vulgaire sac de pommes de terre. Tout cela parce qu'il avait dessiné un portrait de Phoebe !

Je cours jusqu'au sommet, et comme cela ne me suffit pas, je fais demi-tour jusqu'à mi-chemin puis remonte jusqu'en haut. En dépit de mes sombres pensées, mon Nivo reste stable, grâce à mes allées et venues.

C'est donc un crime, de dessiner quelqu'un qui a disparu ?

J'essaye de comprendre pourquoi les Lorders se sont montrés si violents envers une fillette et un vieil homme. Pourquoi ils ne cachent même plus leur brutalité...

C'est peut-être voulu, murmure ma voix intérieure. *Pour vous faire peur...*

Gianelli a été puni parce qu'il n'était pas d'accord avec les actions du gouvernement. C'est donc un avertissement pour toute personne qui se mettrait en travers de leur route, même pacifiquement.

— Salut, l'écervelée !

J'étais tellement plongée dans mes pensées que je n'ai pas prêté attention à ce qui m'entourait. Un homme est adossé à un arbre, à moitié dans l'ombre, à l'entrée du sentier. Je suis passée devant lui plusieurs fois sans le remarquer. Et maintenant, il se tient entre moi, Jazz et Amy.

— Alors, on dit pas bonjour ?

Son sourire n'a rien de gentil. Il a des cheveux gras, un teint blême avec un nez et des joues couperosés. *A priori*, ce n'est pas le genre à aimer se promener dans la nature. Que fait-il ici ?

Son visage m'est vaguement familier.

Je fouille mes maigres souvenirs. Ah, oui… le maçon ! Je l'ai regardé monter un mur, au village, et après j'ai eu des cauchemars peuplés de tours de briques.

— Super, comme coïncidence, hein ? Ça fait un moment que je veux te parler. Viens t'asseoir !

À la façon dont il prononce « coïncidence », je comprends qu'il n'est pas là par hasard. Il m'a suivie ?

Il traverse le sentier pour aller s'asseoir sur la souche où Amy et Jazz se sont reposés, la dernière fois que je suis montée avec eux. Je ne bouge pas et scrute le sentier.

— Hé, je mords pas, reprend-il. Je veux juste te parler de ma nièce. Je crois bien que tu la connais. Phoebe West, qu'elle s'appelle.

— Phoebe ? Savez-vous où elle est ?

— Viens t'asseoir, je vais te le dire ! insiste-t-il en tapotant le bois près de lui.

J'hésite puis me perche au bout de la souche, laissant autant d'espace que possible entre nous.

— Hé, faut que tu soies plus près, pour qu'on cause. Je peux pas crier, figure-toi. P't-être ben que les arbres ont des oreilles.

Il éclate de rire et crache par terre.

Je me déplace d'un ou deux centimètres.

— Comment va Phoebe ?

— Ah ben, ça dépend. C'était ton chat, l'autre fois, hein ?

— Que voulez-vous dire ?

— Le jour avant qu'elle disparaisse, j'ai laissé Phoebe chez le véto avec un chat qu'elle avait ramassé. Elle était toujours en train de soigner des bêtes. Elle soignait tout ce qui avait des pattes ou des plumes… Une cinglée, qu'elle était, ma nièce.

Pourquoi parle-t-il d'elle au passé ? Je ne dis rien et scrute à nouveau le sentier, vaguement inquiète. Que font ma sœur et Jazz, bon sang ?

— Phoebe m'a dit que c'était le chat d'une Effacée. Une souillon d'écervelée qu'elle avait remise à sa place. Mais avec son bon cœur, elle voulait lui rendre son chat. Et tiens-toi bien, le lendemain, ma nièce, elle est pas rentrée du lycée. Alors, qu'est-ce que t'en dis, hein ? Tu peux m'expliquer ça ?

Je bondis vers le sentier.

— Où tu vas ? Tu veux plus parler de Phoebe ?

Je lutte contre la panique. Quelque chose en moi me pousse à m'enfuir, et quelque chose d'autre me retient, me dit d'attendre, de ne pas bouger. D'écouter ce qu'il a à dire.

— L'était gentille avec moi, Phoebe. Maintenant, ils l'ont emmenée et c'est ta faute. Tu as dit quelque chose aux Lorders, petite garce !

— Non ! C'est faux ! crié-je en m'élançant sur le sentier.

Je l'entends courir derrière moi et quelques secondes plus tard, des voix me parviennent : Amy et Jazz sont tout près. Enfin !

Ils émergent dans le tournant, bras dessus bras dessous. Apparemment, ils ont pris le temps de se réconcilier.

Pour un peu, je leur rentre dedans. Jazz me retient par l'épaule.

— Hé ! Kyla ! Que se passe-t-il ? me demande-t-il, devant mon air terrorisé.

— C'est…

Je pivote.

Personne.

Mieux vaut me taire, sinon les questions vont fuser…

Amy me touche la main.

— Kyla, excuse-moi d'avoir parlé comme ça de Gianelli. Jazz m'a expliqué que sa disparition te faisait de la peine.

Malgré ses paroles, je vois qu'elle ne comprend pas.

Jazz m'observe d'un air intrigué, mais laisse Amy continuer son bavardage. Nous redescendons le sentier jusqu'au village.

Un fourgon est garé sur le côté, à l'endroit où le sentier rejoint la route, avec l'inscription Maçons & Co sur le côté. Il y a un homme assis au volant : l'oncle de Phoebe. La vitre est baissée. Il cligne de l'œil, puis siffle lorsque nous passons devant lui.

— Qui est-ce ? demandé-je.

— Wayne Best, répond Jazz. Un bon à rien. Garde tes distances avec lui, il n'est pas normal.

Je compte bien suivre son conseil !

Lorsque nous arrivons à la maison, Amy se précipite pour demander si Jazz peut rester dîner. Jazz me retient.

— Quoi ? marmonné-je, embarrassée.

Il va me questionner sur ce qui m'a fait peur, tout à l'heure. Dois-je lui dire la vérité ?

— Mac veut te voir, répond-il à voix basse. Nous irons chez lui lundi après les cours. J'emmènerai Amy se promener, comme la dernière fois. D'accord ?

Avant que j'aie pu lui répondre, ou même y réfléchir, Amy réapparaît à la porte.

— Maman n'est pas d'accord pour ce soir, fait-elle, maussade.

Jazz semble soulagé, mais ma sœur ne s'en rend pas compte. Comment fait-elle pour ne pas voir l'évidence ?

— Alors, ça c'est bien passé, au lycée, aujourd'hui ? demande maman en remplissant nos assiettes près de la cuisinière.

Comme papa ne va pas au lycée, je présume qu'elle s'adresse à ma sœur et à moi.

Je jette un coup d'œil à Amy, espérant qu'elle va répondre. Mais elle se contente de hausser les épaules, contrariée que Jazz ne soit pas resté.

Papa se lève pour apporter les assiettes pleines sur la table.

— Eh bien, vous n'avez rien à raconter ? C'était une bonne journée ou non ? Il ne s'est rien passé d'intéressant ? Rien d'inhabituel ?

Il me sert, et j'ai une étrange impression, comme s'il était au courant des événements de l'après-midi. Je regarde

Amy d'un air suppliant pour qu'elle dise quelque chose, n'importe quoi…

Elle fuit mon regard.

Je soupire. Pas question de compter sur elle, ce soir !

— Mon prof d'arts plastiques a été arrêté par des Lorders.

Maman pousse une exclamation étouffée et se laisse tomber sur sa chaise.

— Bruno Gianelli ?

— Oui… Tu le connais ?

— C'était mon professeur, au lycée. Un grand artiste. Nous l'admirions beaucoup. Mais c'était il y a longtemps… Qui sait ce qu'il est devenu, maintenant ?

— Que va-t-il lui arriver ? demandé-je.

Nos parents échangent un regard. Maman se lève et tourne une cuillère dans une casserole en prenant beaucoup trop de temps.

— Ça dépend de ce qu'il a fait, sans doute, répond papa. Ne t'inquiète pas.

Plus tard, pelotonnée dans mon lit avec Sebastian contre moi, je continue à ressasser les moments de cette affreuse journée : l'arrestation de mon professeur, l'agression de Wayne West… J'ai l'impression d'un cauchemar éveillé.

Puis je songe à mon dernier cours avec Gianelli : *Dessiner quelqu'un ou quelque chose qui vous tienne à cœur.* Sans attendre, je prends mon carnet de croquis et me mets à l'œuvre. De la main gauche, sans m'arrêter, heure après heure.

Au petit matin, les disparus sont tous là : Tori, Phoebe, Lucy, Gianelli, et même Robert – ce frère que je n'ai jamais rencontré.

Le chauffeur appuie à fond sur le Klaxon, mais ça ne sert à rien. La circulation est complètement arrêtée.

Dans un siège du fond, une jolie blonde repose sa tête sur l'épaule d'un garçon. Il a passé un bras autour d'elle. Ils sont calmes au milieu du brouhaha. Personne ne semble s'apercevoir que nous n'avançons pas. Certains passagers lisent, d'autres chahutent les plus jeunes. Il y a des filles qui parlent de garçons, et des garçons qui parlent de filles. D'autres encore, solitaires, regardent par la fenêtre.

— Faites quelque chose ! Ouvrez les portes ! Laissez-les sortir ! lancé-je au chauffeur.

Mais il ne sait pas ce qui va se passer. Il ne m'entend pas.

La jolie fille a froid. Le garçon se lève pour prendre sa veste dans le compartiment de rangement, au-dessus de leurs têtes.

Et soudain, ça arrive : un sifflement strident, suivi d'un éclair de lumière et d'une explosion.

Puis, les cris.

Dans la fumée étouffante, des mains ensanglantées frappent les vitres qui ne descendent pas. Au fond, le garçon assis près de la jolie fille ne crie pas. Il la serre dans ses bras mais il est trop tard pour lui dire qu'il l'aime. Elle est morte.

Puis ça recommence. Un autre sifflement. Un éclair de lumière. Une explosion.

Maintenant, il y a un trou béant sur le côté du bus, mais la plupart des passagers restent silencieux. Quelqu'un tire le garçon loin de la fille, pour sa sécurité, et l'entraîne vers les rares survivants. C'est à ce moment-là qu'il se met à hurler.

Je me bouche les oreilles avec mes mains, mais la clameur continue, incessante.

Il me faut un moment pour comprendre : en fait, c'est moi qui crie.

— Chut ! Ce n'est qu'un rêve.

J'ouvre les yeux.

Au début, je ne reconnais rien. Puis je me rappelle. Je suis dans mon lit, chez moi – enfin, mon chez-moi actuel. Et ce n'est pas Amy qui me réconforte dans ses bras mais maman. Ma sœur apparaît en bâillant dans l'embrasure de la porte, puis s'en va, voyant que je suis prise en charge.

Maman devait être réveillée, et m'a entendue la première.

Mon Nivo vibre.

4,4. Pas très bas, mais je sens encore l'odeur du sang. Je revois encore tout très nettement. Le garçon du bus, c'était Robert, avec la jolie Cassie. Mon inconscient a dû se rappeler leurs visages d'après la photo que Mac m'a montrée.

Il y a des feuilles de papier partout sur le lit. Mes dessins ! Je me suis endormie sans songer à les cacher. Maman les rassemble un à un, jusqu'à ce qu'elle arrive au portrait de Gianelli, debout devant son dessin de Phoebe.

Maman paraît soudain très triste. Moi, j'ai enfin la présence d'esprit de ranger mes œuvres avant qu'elle reconnaisse Robert et Cassie. Elle touche le visage du professeur.

— Qu'avez-vous fait pour qu'on vous traite ainsi ? murmure-t-elle avant de se tourner vers moi. Kyla, ça restera entre nous. Tu sais quelque chose sur Gianelli, n'est-ce pas ? Je le vois sur ton visage. Tu es tellement expressive ! Il faut que tu apprennes à cacher ce que tu penses, comme nous tous. Mais dis-moi ce qui s'est passé, je t'en prie.

Alors je lui raconte le rouge-gorge de Phoebe, et ce que Gianelli a dit dans le cours, avant de dessiner Phoebe à son tour.

— Le cher homme ! s'exclame maman. C'était courageux mais cela n'a servi à rien… Ainsi, ils l'ont emmené juste pour ça ! Kyla, je sais à quel point c'est bouleversant pour toi. Mais tu dois apprendre à dissimuler tes pensées, sinon, tu ne dureras pas. Je ne veux pas qu'on t'emmène. Promets-moi que tu essaieras.

Je promets. Que puis-je faire d'autre ?

— Je vais détruire tout cela, dit-elle, ça vaut mieux. Il y en a d'autres ?

Je me sens piégée. Si elle voit le visage de Robert, je vais devoir lui parler de Mac…

— Fais-moi voir, exige-t-elle en tendant la main.

À ce moment-là, des pas lourds descendent l'escalier, et elle glisse le dessin de Gianelli et les autres sous les couvertures.

La porte s'ouvre quelques instants plus tard. Il était temps !

— Comment ça va, ici ? demande papa.

— Ce n'est rien, répond maman. Un petit cauchemar vite passé. N'est-ce pas, Kyla ?

— Oui, je me sens bien, maintenant.

Papa reste immobile. Il attend maman ?

Sebastian entre et saute sur le lit, où il tourne et retourne sur la couverture, faisant craquer les feuilles en dessous. Puis il s'allonge. Je le caresse et il ronronne. *Où étais-tu passé quand j'avais besoin de toi, petit traître ?*

Maman éteint la lampe de chevet et se retourne sur le seuil.

— Essaye de dormir, maintenant, murmure-t-elle.

Mais ses yeux m'envoient un message bien différent. Ils me demandent de détruire mes dessins.

Je réfléchis un moment, puis les cache sous une fente de la moquette, près de la fenêtre.

Chapitre 33

— Ce n'est pas juste ! lance Amy, campée devant maman, les mains sur les hanches.

La terreur m'envahit. Sait-elle ce qu'elle risque avec son insolence ? « Tais-toi », dis-je à Amy avec mes yeux. Mais elle ne capte pas.

Je renoue mes lacets. Ben ne va pas tarder à arriver.

— Pourquoi Kyla a le droit de sortir seule avec Ben, et moi j'ai pas le droit de sortir avec Jazz ?

— On va juste courir, et après on a la réunion du Groupe, protesté-je. Et puis, Ben n'est qu'un ami.

Vraiment ? me dit ma petite voix intérieure.

— Le raisonnement d'Amy n'est pas faux, remarque maman.

Mais elle se détourne et m'adresse un clin d'œil d'un air espiègle.

— Voilà ce qu'on va faire, reprend-elle. Pourquoi n'iriez-vous pas courir avec eux, Jazz et toi ?

— Hein ? fait Amy d'un air dégoûté. Tu plaisantes ?

Vexée, elle nous tourne le dos et monte l'escalier.

— Sois prudente, m'ordonne maman en remontant la fermeture Éclair de ma veste.

— Bien sûr.

— Hum… Tu as envie de me demander quelque chose !

— Comment tu le sais ?

— Kyla, entraîne-toi devant un miroir à rester de marbre. On lit sur ton visage comme dans un livre ouvert.

— Ça veut dire quoi, rester de marbre ? lancé-je, histoire de lui faire oublier sa première question.

— Le marbre est un matériau très dur. Rester de marbre, c'est ne montrer aucune émotion, comme si on était une statue.

J'écarte le rideau pour regarder par la fenêtre. « Allez, Ben, sois à l'heure, pour une fois… »

— Et pour répondre à la question que tu n'as pas posée, continue maman, tu es différente d'Amy, et par conséquent je te traite différemment. C'est étrange, mais j'ai confiance en toi quand tu me dis que tu cours avec Ben. En revanche, je n'ai pas confiance dans le jugement que ta sœur porte sur Jazz. Tu comprends ?

À cet instant, le téléphone sonne et elle va répondre.

Finalement, maman voit beaucoup plus de choses que je ne croyais. C'est vrai qu'Amy et Jazz n'arrêtent pas de se toucher, de se tenir par le bras, de s'embrasser. Mais ils ne le font pas devant elle, alors comment le sait-elle ?

Mrs Ali n'est pas si tolérante. Depuis qu'elle m'a interdit de courir avec Ben à l'heure du déjeuner, j'ai à peine parlé à mon ami, et il me manque.

Je scrute à nouveau la rue, et cette fois Ben apparaît en haut de la côte. Enfin !

— Au revoir, maman ! crié-je avant de filer.

Comme d'habitude, nous courons très vite tout de suite. Il nous faut de l'excès ! J'adore le bruit de mes pas sur le macadam, la fuite vers un univers où rien ne compte que la vitesse.

Avec ses longues jambes, Ben va à une allure plus lente pour rester à mon rythme, et les bruits de nos pas se mêlent dans une sorte de musique apaisante.

L'atmosphère est très bizarre, au lycée, depuis le départ de Gianelli. Et personne n'a fait le moindre commentaire sur son arrestation, contrairement à ce qui s'est passé pour Phoebe. Peut-être parce que tout le monde a vu ce qui est arrivé au vieil homme ?

Gianelli n'a pas été remplacé. Les cours d'arts plastiques sont annulés jusqu'à nouvel ordre. Pour moi, cela veut dire une heure d'études obligatoire au Service Spécial.

Je commence à ralentir afin d'entamer la conversation. J'avais réfléchi à ce que je voulais dire, mais quand je lève les yeux vers lui, j'oublie tout.

— Tu es fâché contre moi, Ben ?

— Quoi ? Ne sois pas stupide. Bien sûr que je ne suis pas fâché.

Pourtant, il en a l'air.

Je m'immobilise.

— Mais dis-moi ! J'ai fait quelque chose ? On s'est à peine vus, cette semaine, et chaque fois tu me parles à peine.

Il se passe la main dans les cheveux.

— Kyla, tout ne te concerne pas, figure-toi.

Je recule comme s'il m'avait giflée.

Il soupire, entrecroise ses doigts aux miens, et laisse une voiture nous dépasser avant de regarder des deux côtés de la route : personne en vue.

— Viens ! m'ordonne-t-il en m'entraînant vers un sentier qu'on distingue à peine dans la demi-pénombre. Il borde une clôture en bois épais, dont le portail en métal brille faiblement dans le clair de lune, et des champs de chaque côté. De temps en temps, lorsqu'une voiture passe sur la route, la lumière des phares balaye le paysage dans un grondement de moteur.

Ben s'arrête et s'adosse à la clôture, le visage dans le demi-jour.

— Ici, on est tranquilles, chuchote-t-il.

Il m'attrape par la taille, me soulève et m'assied sur la barrière, en me soutenant d'un bras solide. Maintenant nos visages sont à la même hauteur.

Ben a un drôle d'air. Comme l'autre jour, sous la pluie, quand j'ai cru qu'il allait m'embrasser. C'est cette expression que j'ai dessinée quand j'ai fait son portrait au cours de Gianelli.

Soudain, il se penche et m'embrasse doucement sur la joue.

— Je ne suis pas fâché contre toi, Kyla, me murmure-t-il à l'oreille.

Je frissonne, le cœur battant, et touche son visage, ses lèvres, pour…

Il secoue la tête, les yeux pleins de regrets, et s'écarte.

— Il faut qu'on parle, Kyla. On n'a pas beaucoup de temps.

Je laisse retomber ma main.

Il est complètement dans l'ombre, maintenant, et se tait. Les feuilles bruissent sous la brise, la barrière est glacée sous moi, et j'ai la chair de poule.

Puis il se rapproche et prend mes mains dans les siennes.

— Ça me manque de courir avec toi tous les midis, avoue-t-il.

J'avais réussi à le prévenir que la piste du lycée m'était désormais interdite.

— Moi aussi.

— Je t'ai manqué, c'est vrai ?

— Je parle de courir !

Il hausse les sourcils.

— Et de toi, avoué-je.

À son grand sourire triomphant, je comprends qu'il le savait ! En fait, il voulait juste que je le dise.

— C'est merveilleux, murmure-t-il. C'est seulement à ce moment, quand je suis à bout de forces, que je peux me concentrer et réfléchir. Je n'ai pas arrêté de penser à ce que tu m'as raconté, dimanche.

Soudain, une évidence s'impose à moi : Ben n'a pas son sourire béat d'Effacé lorsqu'il a couru. Comme si cet effort lui permettait de redevenir lui-même. Voilà pourquoi Mrs Ali se méfie des « exercices excessifs » !

Il me lâche les mains, qui redeviennent froides et vides.

— Je ne peux pas m'empêcher de penser à ce qui est arrivé à Tori, avoue-t-il.

Je lutte contre la douleur qui me traverse le cœur. Tori est un fantôme qui se dresse constamment entre nous. Puis je secoue la tête pour chasser cette pensée : non, pas un fantôme ! Pourvu que non ! Pourvu qu'elle soit encore en vie…

— Je pense aussi à Phoebe, reprend-il. Et à ton prof d'arts plastiques. À tous ceux qui ont disparu, au lycée et sur les sites dont tu m'as parlé. J'ai fait ma petite enquête : il y a de plus en plus de disparitions. C'est inquiétant.

— Tu devrais venir avec moi, lundi après le cours, et tu verras ces sites par toi-même. Tu pourras même savoir si tu as été porté disparu, toi aussi.

J'ai obéi à une impulsion, oubliant que j'avais promis la plus grande discrétion. D'accord, Ben est spécial, et j'ai confiance en lui. Cependant, je me sens coupable.

— Mais Kyla, justement, je ne veux pas savoir !

— Je ne comprends pas.

— Dans ton cas, une personne a signalé ta disparition parce qu'elle t'aime et veut que tu reviennes. Mais si personne ne me réclame ? Si c'était justement pour ça que je suis ici ? Regarde ce qui est arrivé à Tori. Sa nouvelle mère a décidé qu'elle n'en voulait plus. Mes vrais parents m'ont peut-être rejeté !

— Mais voyons, ça ne marche pas comme ça. Tu as forcément été arrêté et jugé pour avoir fait quelque chose de mal, puisque tu as été Effacé.

Je me tais, soudain consciente que ce raisonnement ne tient plus. Si ces sites Internet sont bien réels, pourquoi une fillette aussi inoffensive que Lucy aurait été arrêtée ?

J'enrage. Comme on nous a supprimé notre mémoire, nous ne pouvons pas savoir si nous avons été Effacés pour une bonne ou une mauvaise raison. Nous sommes donc obligés de croire ce qu'on nous dit.

— Tu commences à comprendre ? murmure Ben. Quel intérêt y a-t-il à connaître la vérité, puisqu'on ne peut pas revenir en arrière ? De toute façon, j'ai oublié mon passé. Je ne suis plus la même personne. Et ma nouvelle famille est très bien. Mieux que bien, même.

Je réalise aussi que je ne sais rien de la vie de Ben, finalement, en dehors du lycée. Je l'interroge. Son père est instituteur et adore le piano, et sa mère fait des sculptures en métal. Ils n'ont pas pu avoir d'enfants, et l'ont pris chez eux il y a trois ans. Il les aime beaucoup. Pourquoi bouleverser les choses ?

Je l'écoute en songeant à sa première réaction : il a peur d'avoir été rejeté, peur que personne ne veuille de lui. Mais moi, c'est lui que je veux !

Évidemment, je n'en dis rien.

Chapitre 34

Aujourd'hui encore, les Lorders fouillent les voitures qui veulent entrer dans l'enceinte de l'hôpital. Deux autres montent la garde devant le bureau du Dr Lysander et je frissonne de peur lorsque je passe devant eux. Je les observe depuis la salle d'attente. Ils sont en alerte, ça se voit. Ils guettent le moindre son et le moindre mouvement, mais ne s'intéressent pas plus à moi que si j'étais un insecte. Pour eux, une personne Effacée n'est pas une menace.

— Entre, Kyla ! dit enfin le Dr Lysander.

Je file dans son bureau, heureuse de mettre une porte entre les Lorders et moi.

— Tu as quelqu'un à tes trousses ? me demande-t-elle en souriant d'un air amusé.

— Non, mais… Enfin, c'est les Lorders dans le couloir. Ils me donnent la chair de poule.

— Tu sais, Kyla, ils me donnent la chair de poule à moi aussi.

— Vraiment ? m'exclamé-je en ouvrant de grands yeux.

— Vraiment. Mais je les ignore, je prétends qu'ils ne sont pas là. Si je ne leur prête pas attention, alors ils n'existent pas.

Elle dit cela avec calme, comme si elle avait le pouvoir de faire disparaître ces gardiens. Disparaître… Le mot me fait frissonner !

Je lève les yeux pour voir si elle l'a remarqué. Mais elle est occupée à taper sur son écran.

— La semaine dernière, tu as décidé de te concentrer sur les arts plastiques. Comment ça se passe ?

— Pas très bien.

— Ah ? Et pourquoi ?

— Il n'y a plus de cours d'arts plastiques. Le prof a été emmené par les Lorders devant tout le monde.

Un éclair de surprise passe sur son visage et elle retient une exclamation choquée, mais cela dure si peu que j'aurais pu l'imaginer. Elle est à nouveau distante et neutre.

— Que ressens-tu à ce propos ?

— Je dessine à la maison, mais ce n'est pas pareil.

— Tu interprètes mal ma question. Que ressens-tu à propos de l'arrestation de ton professeur ?

Voilà qui est intéressant. J'ai bien compris, d'après les réactions de tout le monde, qu'il est tabou de parler des Lorders. Et pourtant, elle me demande carrément ce que j'en pense ! *Attention, Kyla.* Ils sont dans le couloir. Qui sait ce qu'ils peuvent entendre ?

— Ils ont sûrement de bonnes raisons, marmonné-je.

— Allons, Kyla, il est évident que cela te touche beaucoup. Tes yeux sont le miroir de ton âme.

Ça, c'est vraiment embêtant. Je me suis entraînée, pourtant, devant un miroir, comme maman me l'avait conseillé. Mais dès que je songe à quelque chose, de bien ou de mauvais, je vois mes pensées dans le miroir.

— J'ai une âme ?

— Kyla, tu as l'art de détourner la conversation. Ce n'est qu'un proverbe, une façon de parler.

— Mais..., docteur, une personne Effacée peut avoir une âme ?

Elle se renfonce dans son fauteuil et un sourire à demi amusé se dessine sur son visage.

— Eh bien, si on croit à l'existence des âmes, je ne vois pas en quoi la procédure d'Effacement peut les modifier ou non.

— Et vous, vous croyez aux âmes ?

— Kyla, c'est moi qui pose les questions. J'attends toujours ma réponse.

Dois-je mentir sur Gianelli pour me protéger ? Non... Il mérite mieux. Il mérite la vérité.

— C'était un bon professeur. Il s'intéressait à nous, et maintenant il est parti. Que croyez-vous que je ressente ?

Elle fronce les sourcils.

— Tu réponds à une question par une question ? Tu sais pourtant que...

BANG !

Une onde de choc nous déchire les tympans. Le bâtiment tremble, le sol gronde sous mes pieds et la peur m'envahit. Des cris résonnent au loin.

Les terroristes ont attaqué l'hôpital ?

La porte s'ouvre d'un coup derrière moi, et je fais volte-face. Ce sont les Lorders du couloir. Pour une fois, je suis heureuse de les voir. L'un parle dans un micro relié à son oreille.

— Suivez-nous, maintenant, ordonne l'autre en regardant le Dr Lysander.

Mais elle semble figée sur place, le visage blême.

— Maintenant ! répète le Lorder.

Elle tressaille, se lève et ils se dirigent vers la porte. Dois-je les suivre ?

Le Dr Lysander se retourne à demi vers moi.

— Kyla, va au bureau des infirmières ! Ne t'inquiète pas, on va te…

Les Lorders la poussent dans le couloir. Elle a à nouveau cette expression de surprise, comme si elle était étonnée de ne pas réussir à les faire disparaître.

Il y a encore des cris et des rafales de coups de feu, comme dans les vieux films. D'où viennent-ils ? De l'étage en dessous ? De dehors ? Je traverse la pièce pour regarder par la fenêtre. Elle n'a pas de barreaux et donne sur la cour intérieure, plusieurs étages en contrebas. Il y a des plantes et des arbres, des bancs. Des infirmières s'y sont réfugiées, pelotonnées dans un coin. Mais personne ne les menace avec des armes.

Au moment de sortir, mon regard tombe sur l'ordinateur du Dr Lysander. Il est encore ouvert.

BANG !

Cette fois, tout le bâtiment semble osciller. Les bombes se rapprochent !

J'ai peur, mais la curiosité l'emporte sur la panique. Quand aurais-je une occasion pareille ? Et pourquoi serais-je davantage en sécurité dans un autre bureau ?

Tremblante, je me laisse tomber dans le fauteuil du Dr Lysander.

Ma photo est à droite de l'écran, avec l'inscription « Kyla 19418 ». C'est le même numéro que sur mon Nivo. À gauche, il y a les notes du Dr Lysander : un très bref compte-rendu de la conversation interrompue d'aujourd'hui, sans aucune mention de Gianelli. Plus loin, je vois une liste de dates sur le côté : celle de la semaine dernière est au sommet. Je clique dessus. Là aussi, il y a tout ce que nous avons dit ce jour-là et ses observations.

Je reviens à l'écran.

Sous mon nom, une barre décline plusieurs onglets : « Admission », « Chirurgie », « Post-opératoire », « Recommandations ».

Je clique sur « Admission » et, aussitôt, une photo en couleur s'affiche. C'est moi et ce n'est pas moi… Je suis allongée sur un lit d'hôpital, mains et pieds attachés par des sangles. Mes cheveux sont plus longs et complètement emmêlés. Je suis plus maigre que maintenant. Mon visage est sans expression, mon regard vide. Pas de fenêtres pour mon âme…

Des cris résonnent encore, puis des tirs éclatent. Hypnotisée, je jette un regard rapide sur mon dossier d'admission, cherchant un indice sur les raisons qui m'ont amenée ici. Mais ce ne sont que des termes techniques sur des scanners et des images de mon cerveau.

Les cris se rapprochent. Des pas retentissent non loin.

Je clique sur le lien « Recommandations », ignorant le vacarme qui s'intensifie.

File, cache-toi, maintenant ! lance la voix dans ma tête.

Mais où me cacher ? Je jette un regard vers la porte, puis me retourne vers l'écran afin de fermer les fenêtres que j'ai ouvertes. À cet instant, le lien « Recommandations » s'ouvre avec un tableau, des dates et un résumé :

« Le Conseil scientifique de l'hôpital recommande de mettre un terme à la procédure. Le Dr Lysander rejette la décision et recommence le traitement, mais des signes de régression apparaissent. La surveillance redouble. Le conseil recommande la fin de la procédure si cela se reproduit. » La dernière remarque date de la semaine avant ma sortie de l'hôpital.

File, maintenant ! Cache-toi ! reprend la voix dans ma tête.

La porte s'ouvre.

Trop tard.

Un homme me dévisage. Ses cheveux sont hirsutes, son regard fou, et même s'il est vêtu de noir, de près il ne fait pas illusion. Ce n'est pas un Lorder ! Mais il a une arme qu'il pointe sur moi.

Un autre visage apparaît derrière lui.

— Laisse-la ! Elle a un Nivo. Elle a été Effacée.

Mais l'autre ne lâche pas son arme.

— Ce serait lui rendre service, non ? dit-il.

Je recule contre le mur. Je voudrais protester, supplier, seulement les mots restent bloqués dans ma gorge.

— Ne gaspille pas tes balles ! crie le deuxième homme en lui prenant le bras.

Ils sortent enfin dans le couloir.

Je me laisse glisser sur le sol, en proie à de violents tremblements. Pourtant mon Nivo est à 5,1 !

Au bout de quelques secondes, l'instinct de conservation prend le relais, m'incite à me relever. Je ferme les différentes fenêtres sur l'écran, jusqu'à celle d'aujourd'hui. Puis je vais jeter un coup d'œil dans le couloir. Il est vide. Des cris s'élèvent vers la droite, dans la direction où les hommes ont couru. Je file de l'autre côté.

Les lumières vacillent plusieurs fois, puis s'éteignent. Soudain, l'obscurité est totale dans ce couloir sans fenêtre. J'ai envie de hurler.

Reprends-toi. Tu connais le chemin, rappelle-toi.

Je tente de calmer ma respiration, de me remémorer le plan de l'hôpital. Nous sommes au huitième étage. Je me guide à la paroi et avance d'un pas tremblant, le plus silencieusement possible. J'arrive au bout du couloir, reconnais les doubles portes… Je dois tourner à gauche.

C'est là, le bureau des infirmières.

On dirait qu'il est désert. J'avance, les mains tendues pour trouver le bord du bureau, mais glisse sur quelque chose et m'étale par terre.

Le sol est mouillé. Poisseux. Une drôle d'odeur métallique me gratte la gorge et manque de m'étouffer.

Du sang ?

Je recule à quatre pattes, paniquée, et heurte quelque chose – ou quelqu'un – sur le sol. Je tâtonne, sens une main, puis un bras. C'est une femme, en uniforme d'infirmière. Elle ne dit rien, ne bouge pas, au milieu de la grande flaque visqueuse… Je me force à la toucher jusqu'au cou. Elle est encore chaude, mais déjà morte.

C'est donc elle que j'ai entendu crier, avant que les deux hommes arrivent. Ils l'ont tuée. Oui, c'est sûrement eux.

Je me relève en toute hâte et reviens dans le couloir. Je suis passée devant l'infirmière, tout à l'heure, mais je n'arrive pas à me rappeler son visage. Si je la connaissais, cela ne m'aurait pas échappé, non ?

Pas sûr... J'étais tellement préoccupée, après avoir laissé maman...

Maman !

Où est-elle allée prendre le thé ? Maman, où es-tu ?

Calme-toi. Contrôle-toi, Kyla !

Je me force à respirer jusqu'à ce que les battements de mon cœur se calment, et que ma panique s'estompe. Il règne un silence sinistre dans tout l'hôpital. Je n'ai jamais connu ça.

Puis je repars comme une automate. Mes pieds me conduisent vers l'escalier de secours, vers mon ancienne chambre, au dixième étage. Me guidant toujours au mur, je grimpe marche après marche. De temps en temps, je m'arrête pour écouter. Le seul bruit est le battement de mon cœur. Finalement, lorsque j'atteins la porte du dixième étage, une autre peur me saisit. Et si elle était fermée à clé ?

Ouf, elle s'ouvre.

C'est peut-être à cause de la panne d'électricité.

J'entre dans le couloir. Ici, les petites veilleuses au ras du sol sont allumées.

Il y a des voix, des gens qui se déplacent – mais personne ne crie. J'avance.

Puis une lumière m'éclaire le visage.

— Ça alors ! C'est Kyla...

Je reconnais Miss Sally, une des infirmières du dixième étage, et suis ridiculement heureuse de voir un visage familier.

Elle me saisit par l'épaule.

— Kyla, mon petit, tu es venue pour une visite de contrôle, n'est-ce pas ? Suis-moi, nous devons tous aller dans la cafétéria. Tu veux bien nous aider avec les nouveaux ? Ils sont désorientés…

Elle me fait prendre deux Effacés par la main. Ils ont du mal à marcher mais sourient béatement comme si c'était le plus beau jour de leur vie.

Miss Sally, elle, pousse une chaise roulante, pour un Effacé tout neuf, qui ne tient pas encore debout. Nous avançons dans le couloir, où se rassemble de plus en plus de monde.

— Dépêchez-vous ! dit une voix impatiente au fond du couloir.

C'est un Lorder qui dirige les opérations.

Nous entrons dans la cafétéria – le seul endroit assez grand pour contenir autant d'infirmières et de patients – et les Lorders barricadent la porte de l'extérieur.

Ici, la lumière du jour pénètre par de hautes fenêtres, qui paraissent éblouissantes après la demi-pénombre du couloir. Je cligne des yeux.

— Kyla ! Tu es blessée ! Que s'est-il passé ?

Miss Sally me fait asseoir et inspecte mon bras et mon épaule.

— Non, je n'ai rien, protesté-je. Ce n'est pas mon sang. Je suis tombée sur quelqu'un… Oh, Miss Sally, qu'est-ce qui s'est passé ?

— Ne t'inquiète pas, tout va rentrer dans l'ordre. Les TAG nous ont attaqués, mais c'est fini. Les Lorders pourchassent les derniers terroristes. Nous allons attendre ici qu'ils nous disent de sortir.

— Ça va, ma puce ?

Une autre infirmière me sourit. Elle fait le tour de la pièce avec sa cargaison de seringues remplies de Liquide du Pur Bonheur.

— Oui, ça va, dis-je en tentant de prendre un visage de marbre.

Et ça marche, parce qu'elle passe à quelqu'un d'autre. Ouf !

Miss Sally la suit et l'aide à traiter tous les Effacés.

Je vais m'asseoir à une table. Près de moi, il y a une fille sanglée dans un fauteuil roulant. Ses cheveux bruns tombent en cascade sur son visage. Soudain son Nivo vibre. J'aperçois Miss Sally et lui fais signe de venir, mais elle ne me voit pas. Sans lever la tête, la fille tend la main vers le sol.

Je me penche et ramasse ce qu'elle désigne : une peluche. C'est un lapin aux longues oreilles.

— Tiens ! lui dis-je en le mettant dans sa main.

Elle relève la tête et sourit. Un beau grand sourire parfaitement heureux.

Je recule, stupéfaite, terrifiée.

— Phoebe ? murmuré-je.

Chapitre 35

Quelque chose de pointu s'enfonce dans mon épaule, et une chaleur se répand aussitôt dans mes veines.

Presque instantanément, mon cœur cesse de battre la chamade. Il n'y a pas que du Liquide du Pur Bonheur, dans cette seringue ! Ils ont mis quelque chose de plus fort pour que je flotte à ce point.

Je suis là, et je ne suis pas là.

L'électricité est rétablie. Je le vois aux lumières dans la salle. À présent, on m'emmène dans un fauteuil roulant mais je ne sais pas où. Je n'arrive pas à redresser la tête et regarde le sol défiler sous mes pieds.

Puis on me met sous une douche chaude. Une infirmière me tient tandis qu'une autre me frotte le corps. Le sang s'en va si facilement quand il appartient à quelqu'un d'autre… Ma peau est parfaite, maintenant. Toute blanche. Très jolie.

Des serviettes douces me sèchent. On me met des vêtements propres.

Mais pourquoi des vêtements d'hôpital ? J'essaye en vain de comprendre.

Ensuite on me couche dans un lit qui n'est pas le mien. Les draps sont frais, ma peau semble brûlante à leur contact. Je voudrais garder les yeux ouverts, réfléchir… Impossible.

— Kyla ! Réveille-toi, Kyla !

Laissez-moi… Je suis au chaud, je suis heureuse.

Je flotte loin de mon corps.

Je glisse sur des vagues sombres, qui me roulent, m'emportent.

Les voix s'éloignent.

Des briques tout autour de moi et de tous côtés. Je gratte le mortier et il commence à s'effriter. Je continue avec acharnement. Il n'y en a plus pour longtemps, maintenant.

Bientôt, je serai libre.

Une autre voix me parvient, dynamique et impérieuse.

— Allez, Kyla. Il faut rentrer à la maison.

Maman ?

Cette fois, j'ouvre grand les yeux.

Elle a fini par me retrouver. J'étais déjà bien partie dans le pays du Bonheur lorsqu'elle est arrivée. On lui a dit que je souffrais d'une « réaction différée suite à un choc », réaction qui avait fait dégringoler mon Nivo. Heureusement, ils avaient eu le temps de me faire une injection avant que je m'évanouisse.

En regagnant la voiture dans le parking, maman m'a raconté sa version des événements. Elle se trouvait dans le bureau de son amie lors de la première explosion. Les terroristes avaient visé l'étage où je me trouvais et celui d'en dessous, qui abritent les bureaux des médecins et les salles de réunion. Ils avaient tous été évacués, comme le Dr Lysander. Mais lorsque j'ai insisté, maman a admis que plusieurs infirmières étaient mortes, ainsi que des Lorders et tous les TAG.

Comme j'avais été mise sous calmant, l'hôpital ne voulait pas me laisser sortir avant d'avoir passé un bilan complet. Alors maman avait téléphoné en haut lieu. Finalement, l'hôpital avait donné son accord, sans doute pour qu'elle leur fiche la paix. Ils avaient aussi d'autres chats à fouetter, en ce moment.

Je somnole dans la voiture et, quand je me réveille, je fais semblant de dormir. L'effet de la piqûre s'est estompé et la mémoire me revient par bribes.

Ainsi, en dépit de toutes les précautions des Lorders, des terroristes ont pu pénétrer dans l'hôpital, et y lancer des bombes !

Ils ont tué des gens innocents.

Ne gâche pas tes balles, avait dit le compagnon du terroriste qui avait pointé son arme sur moi.

S'ils en avaient eu davantage, je serais sans doute morte, à l'heure qu'il est…

Je me rappelle le sang, dans le bureau de l'infirmière, son corps inerte.

Je dois l'oublier…

Je me concentre à présent sur les informations glanées sur l'ordinateur du Dr Lysander. Je revois cette phrase : « Le conseil de l'hôpital recommande de mettre un terme à la procédure. Le Dr Lysander rejette la décision, et recommence la procédure. » Qu'est-ce que cela signifie ?

Le plus étrange, c'est que, durant cet épisode, mon Nivo est resté stable. C'est seulement en reconnaissant Phoebe que j'ai perdu pied…

Maman aussi a une sorte de réaction différée. Elle est restée imperturbable jusqu'à ce que nous soyons entrées dans la maison et là, d'un coup, elle s'effondre sur le canapé et éclate en sanglots.

Amy est aussi désemparée que moi.

— On devrait appeler papa, suggère-t-elle.

Mais maman fait non de la tête.

— Tante Stacey, alors ?

Cette fois, maman approuve, et Amy lui téléphone.

Vingt minutes plus tard, Amy joue avec Robert tout en m'expliquant comment préparer le dîner. Pendant ce temps, maman et Stacey sirotent un verre de vin.

J'ai expliqué à ma sœur ce qui s'est passé à l'hôpital, mais sans dire que j'ai vu deux terroristes dans le bureau du Dr Lysander, et que l'un d'eux a failli me tuer. Je n'ai pas non plus parlé de l'infirmière morte.

Évidemment, Amy réclame des détails. « Tous les détails », même… Raison de plus pour ne pas satisfaire sa curiosité !

Aux informations, ce soir, le présentateur se contente d'une brève annonce : « Cet après-midi, des terroristes armés ont tenté d'attaquer brutalement le personnel médical dans un grand hôpital londonien. Ils ont échoué. »

Je songe à l'infirmière qui baignait dans son sang. Sa mort est donc passée inaperçue ? Quelle cruauté envers sa famille, s'ils écoutent les nouvelles, eux aussi !

Chapitre 36

— Kyla, tu as eu une drôle d'aventure, hier ! remarque papa, un œil sur moi et un sur la route. Tu as eu peur ?

— Oui.

— Bien.

Comme je lui jette un regard étonné, il ajoute :

— Il faudrait être complètement fou pour ne pas avoir peur… Tu as bien dormi ?

— Oui.

— Pas de cauchemars ?

— Non.

J'avais eu peur de fermer les yeux, mais si j'ai rêvé, je n'en garde aucun souvenir.

— Intéressant. Pourtant, tu avais de bonnes raisons d'en avoir. Et tu as dormi comme un bébé.

Il semble fasciné, comme si c'était une énigme qu'il tentait de résoudre.

— C'est peut-être à cause de la piqûre qu'ils m'ont faite à l'hôpital.

— Peut-être.

Mais il a l'air de savoir que leur effet ne dure pas si longtemps.

— Qu'as-tu pensé des terroristes ?

Je tressaille. Il ne peut tout de même pas deviner que j'en ai vu deux, que je me suis retrouvée nez à nez avec eux… Non, c'est impossible.

— Eh bien ? insiste-t-il.

Ils ont fait exploser un bus plein de lycéens et tué des infirmières.

— Ils sont malfaisants, dis-je enfin.

— Oui, mais des gens trouvent qu'ils ont en partie raison. Que les Lorders vont trop loin, que ce sont eux qui font le mal. Ils critiquent ce qui se passe dans cet hôpital et dans d'autres du même type.

J'écarquille les yeux, choquée qu'il ose dire cela.

— Mais les TAG tuent des gens innocents ! m'exclamé-je. Quelles que soient leurs raisons, ce n'est pas bien.

Il semble réfléchir.

— Donc, ce que tu désapprouves, ce n'est pas tant leur point de vue que leurs méthodes, qui, elles, t'indignent. Intéressant.

Il s'arrête devant le lycée. J'avais eu l'intention de lui demander d'attendre un instant, ne sachant pas si Mrs Ali avait demandé à Ferguson de m'exclure aussi de l'entraînement du dimanche. Mais soudain, j'ai hâte de fuir papa et ses questions. En plus, il me glace, avec sa façon de répéter « intéressant » à chacune de mes réponses, comme s'il y voyait un sens caché.

Heureusement, Ferguson est déjà là. Il me salue d'un signe de tête et n'a pas l'air surpris de me voir. Papa m'adresse un geste d'adieu et s'en va.

Hier soir, après le départ de tante Stacey, maman avait retrouvé son calme. Lorsque papa est rentré en fin de soirée, personne n'aurait pu deviner qu'elle avait été si bouleversée.

Sauf qu'aujourd'hui, elle voulait que je reste à la maison. C'est papa qui a pris mon parti. Il a dit qu'elle ne pouvait nous surveiller vingt-quatre heures sur vingt-quatre, Amy et moi.

Décidément, papa est très contradictoire.

— Je sais où est Phoebe.

— Quoi ?

Ben s'adosse à un arbre, essoufflé. J'ai couru comme si les Lorders me poursuivaient, sans un instant de répit, jusqu'au sommet de la colline. Il a eu du mal à me suivre. Mais je voulais être sûre que nos Nivos ne bougeraient pas quand je lui raconterais ma journée d'hier.

— Je l'ai vue, Ben.

— Où ça ?

— À l'hôpital. Ils l'ont Effacée.

Je lui résume les événements de la veille, omettant le pire parce que je tiens à refouler ces horreurs au fond de ma tête. Hier soir, j'ai visualisé cette image avant d'aller dormir : je poussais mes souvenirs derrière une porte que je fermais à clé. Peut-être est-ce pour cela que je n'ai pas fait de cauchemars ?

— Les terroristes sont vraiment rentrés dans l'hôpital ? insiste Ben. Je n'arrive pas à y croire. Et tu es certaine que c'était Phoebe ?

— Absolument.

— Ça ne colle pas. Les Lorders l'ont emmenée il y a une dizaine de jours, tout au plus. Elle n'a pas pu avoir un procès en si peu de temps. Et sans procès, on n'a pas pu l'Effacer.

— Tu as raison.

Aujourd'hui, il n'y a pas eu de pluie pour nous ralentir. Lorsque nous arrivons au rocher – l'endroit où nous nous étions assis la dernière fois – Ben s'installe et m'attire dans ses bras. Les autres ne vont pas arriver avant un bon moment.

— Je suis tellement content que tu n'aies rien eu, murmure-t-il dans mes cheveux. Je ne sais pas ce que je ferais si tu disparaissais aussi…

Aussi ? Comme Tori ?

Évidemment, il ne parle pas de la même disparition. C'est une chose de mourir dans une explosion et une autre d'être emmenée par les Lorders. Au moins, dans le premier cas, tout est clair.

Sauf si personne n'est prévenu, dit la petite voix dans ma tête. *Dans ce cas-là, cela revient au même, quasiment…*

Nous restons assis sans bouger dans le matin d'octobre glacial. Mais le soleil me chauffe le dos, et la tiédeur du corps de Ben me pénètre. J'ai le visage contre sa poitrine, je respire l'odeur de sa sueur, je sens son souffle sur mes cheveux, son cœur qui bat contre le mien.

Je voudrais rester ici pour l'éternité.

Mais il finit par s'écarter et me dévisage d'un air grave.

— Écoute… Phoebe avait quinze ans, je l'ai vérifié auprès d'une de ses copines. Donc ils ont pu l'Effacer. Mais Tori avait dix-sept ans, et Gianelli était vieux. Tu vois, ça ne colle pas non plus… Il faut qu'on fasse quelque chose.

— Quoi au juste ? murmuré-je, soudain glacée de peur.

— Prévenir les gens, au moins pour Phoebe. C'est illégal, ce qu'ils ont fait !

— Voyons, Ben, on ne peut pas s'en mêler ! Sinon, nous serons les prochains sur leur liste.

— Je ne vois pas d'autre solution. Comment les choses peuvent-elles changer si personne n'est au courant ?

— Non, c'est trop dangereux !

— Kyla...

— Promets-moi de ne rien dire !

Nous discutons un long moment et, finalement, il me promet de ne rien faire sans m'en parler d'abord. Puis nous reprenons la course. Le rythme sourd de mes pas chasse peu à peu mes pensées, jusqu'à ce que j'aperçoive la ligne d'arrivée.

— Ben ! dis-je en haletant. Viens avec moi demain après les cours... pour voir les sites Internet dont je t'ai parlé. Après, on pourra décider quoi faire.

Il sourit, satisfait, et nous déboulons ex aequo devant Ferguson médusé.

Chapitre 37

Jazz semble vraiment contrarié.

— Mais enfin, Kyla, je t'avais recommandé de n'en parler à personne !

— Ben n'est pas n'importe qui. On peut lui faire confiance.

— Ça n'a rien à voir.

— Je suis désolée.

— Je me demande si je dois quand même t'emmener chez Mac !

Je hausse les épaules.

En fait, je n'ai pas vraiment envie d'y aller. J'ai réfléchi. Mieux vaut que j'ignore ce que fait Mac sur son ordinateur illégal. J'ai beau m'entraîner à rester de marbre, je le trahirais sûrement si on m'interrogeait à son propos. Ben aussi, peut-être…

— C'est toi qui vois, Jazz.

— Très bien, soupire-t-il. Il n'a qu'à venir. Mac peut toujours décider de ne pas te parler, après tout.

Je fais signe à Ben, qui attendait de l'autre côté du parking. Il arrive en même temps qu'Amy.

— Tiens ! s'exclame Amy d'un air moqueur. Monsieur Ben !

Ils échangent un sourire, et soudain je me demande si Jazz n'est pas vaguement jaloux de Ben. Après tout, il est bien plus beau que lui...

Comme si j'avais deviné juste, Jazz enlace Amy et dépose un baiser sur sa joue. Chasse gardée !

— En voiture ! annonce-t-il. Ben, tu montes à l'arrière avec Kyla.

— Accroche-toi au siège, ajouté-je. Il n'y a qu'une ceinture.

En voyant Ben, Mac paraît surpris. Mais il repère tout de suite le Nivo à son poignet et semble moins contrarié que Jazz.

Ce dernier fait les présentations, puis prend le bras d'Amy.

— On va faire un tour, explique-t-il avant d'interroger Mac du regard.

Je comprends sa question muette : « Faut-il emmener Ben, aussi ? »

Mac fait non de la tête.

— Allez-y, les amoureux ! Profitez du soleil. On n'aura guère de belles journées comme ça avant le printemps.

Comme ma sœur et Jazz s'éloignent sur le sentier, Mac se tourne vers moi.

— Alors, que me vaut le plaisir ? me demande-t-il.

— Mais... je croyais... tu m'as fait dire par Jazz...

Devant son expression, je comprends soudain qu'il parle de Ben et rougis.

— Oh, Ben est une personne sûre. Tu garderas le secret, n'est-ce pas, Ben ?

— Évidemment. Je suis venu parce qu'on s'inquiète beaucoup de voir tous ces gens disparaître, et…

Mac l'interrompt d'un geste.

— Désolé, c'est pas mon problème. D'ailleurs, je suis même pas au courant. Vous voulez pas regarder la télé ? Enfin, faites ce que vous voulez. Moi, j'ai une voiture à terminer.

Sur ce, il regagne le jardin.

Médusée, je regarde Ben avec une grimace signifiant « je ne sais pas ce qui lui prend », quand la porte du couloir s'ouvre derrière nous.

Nous faisons volte-face. Un jeune inconnu, roux, le visage criblé de taches de rousseur, s'avance en souriant. Il doit avoir une vingtaine d'années.

— Bonjour, Lucy. Je m'appelle Aiden. Et vous êtes…

Il regarde Ben d'un air interrogateur.

— C'est Ben. Mais ne m'appelez pas Lucy. Mon nom est Kyla.

— J'ai vu les photos, Lucy. Il n'y a aucun doute.

— C'est possible, mais je suis devenue Kyla. Et en quoi ça vous concerne, au juste ?

— Oui. Vous êtes qui, bon sang ? s'exclame Ben.

C'est la question que je me posais mais l'audace de Ben me surprend.

Aiden éclate de rire.

— Officiellement, un technicien du téléphone. Sinon, je travaille pour le SPD.

— Le quoi ? s'enquiert Ben.

— Le Service des Personnes Disparues, murmuré-je. C'est le nom du site. Ils essayent de trouver ce qui est arrivé à des gens comme moi…

— Exact, dit Aiden. Venez, faut montrer ça à Ben.

Nous allons dans la chambre, où l'ordinateur est déjà sorti de sa cachette et allumé.

— Montrez-moi Lucy, demande Ben.

Aiden tapote sur le clavier, et la photo apparaît. Je vois Ben fixer le visage souriant sur l'écran, sous l'inscription « Lucy Connor, 10 ans ». Puis il me regarde, regarde l'écran.

— Oui, c'est bien toi, reconnaît-il.

Mon cœur se serre. Voir Ben aussi convaincu me sidère. Il n'y a donc plus de doute possible…

— Bien, dit Aiden. Donc que va-t-il se passer pour Lucy ?

Il fait tourner ma chaise vers lui et se penche vers moi. Il a des yeux d'un bleu profond, qui ne cillent pas.

— Cette question est pour toi, Lucy – ou Kyla, si tu préfères. Que vas-tu faire de cette information ?

— Je ne comprends pas…

Il prend la souris et déplace le curseur sur un bouton marqué « retrouvé », sous la photo de Lucy.

— Dois-je appuyer ? me demande Aiden.

— Mais pour quoi faire ?

— C'est simple. Cela avertira la personne qui t'a déclarée disparue, et lui dira que tu vas bien. Puis tu entreras des informations pour entrer en contact.

— Non, dis-je.

Aiden me fixe d'un air déçu.

— Pense à eux. Ils se demandent ce que tu es devenue et n'ont cessé de s'inquiéter pendant des années. C'est peut-être ta mère, ou ton père, et ils ne se sont jamais remis de ta disparition. Tu as peut-être des sœurs et des frères à qui tu manques, aussi. Peut-être le chaton que tu tiens dans tes bras est-il maintenant un gros chat assis sur le perron de ta maison, attendant que tu apparaisses au coin de la rue.

— Non ! C'est complètement fou ! Je ne sais absolument rien sur cette Lucy, ni d'où elle vient. Ce n'est plus moi !

Aiden a toujours le curseur sur le bouton « retrouvé », et je repousse sa main.

— Réfléchis, Lucy, soupire-t-il. Le SPD tente de mettre le gouvernement en face de ses responsabilités. Pour cela, il faut que le monde entier soit au courant. Si personne ne proteste et ne dénonce ce procédé, on ne pourra jamais rien arrêter. Nous devons le combattre par tous les moyens.

Je le dévisage avec stupeur :

— Vous êtes avec les terroristes, alors ?

— Non.

— Je ne vois pas la différence.

— Nous ne sommes pas d'accord avec le gouvernement, mais nous essayons de trouver un autre moyen pour changer les choses que des actes de violence.

Ben me prend la main.

— Kyla, c'est exactement ce que je te disais, hier.

Je commence à trembler et mon Nivo vibre intensément.

4,3.

— Laissez-nous seuls une minute, reprend Ben.

Aiden sort et ferme la porte derrière lui.

— Kyla, tu sais qu'il a raison, n'est-ce pas ?

Je secoue la tête, affolée. Plus nous apprenons de choses, plus cela devient compliqué. Mon fragile univers s'écroule.

Ben me serre dans ses bras et me berce. Je finis par cesser de trembler. Mon Nivo remonte à 5, et Ben rappelle Aiden.

— Comment sont vos Nivos ? s'enquiert ce dernier, inquiet.

— Ça ira.

— C'est affreux, n'est-ce pas, d'être dépendant de ce truc ! Mais il y a peut-être un moyen de s'en débarrasser avant vos vingt et un ans.

— Comment ça ? s'étonne Ben.

— Nous avons découvert que, parmi les disparus, il y a des Effacés.

— Comme Tori, murmure Ben avant d'expliquer : c'est une de nos amies. Elle a dix-sept ans et nous pensons que les Lorders l'ont emmenée.

— Oui, c'est parfois le cas. De temps en temps, il y a un problème qui n'est pas décelé avant que les personnes sortent de l'hôpital. Une partie de la mémoire n'a pas été correctement effacée.

Soudain, je revois le mot « régression » sur l'ordinateur du Dr Lysander. C'est ce à quoi Aiden fait allusion ?

— On les reconduit à l'hôpital, poursuit-il, on les ré-opère, ou bien…

Il hésite.

— Ou bien on met fin à la procédure, complété-je, étonnée d'avoir parlé à haute voix.

Cette expression aussi était dans mon dossier !

Voyant que Aiden semble sur le point de me demander comment je le sais, je change de sujet :

— Que deviennent les jeunes qui ne sont pas pris par les Lorders ?

— Ils sont enlevés par les terroristes.

— Quoi ? s'exclame Ben. Mais pour quelle raison ?

— Parce qu'ils sont en train de chercher comment désactiver ou enlever les Nivos aux moins de vingt et un ans. Nous ne connaissons pas tous les détails, mais ils ont en partie réussi.

Ben semble très intrigué. À l'hôpital, on nous a prévenus maintes fois que tout dommage causé à un Nivo peut entraîner des convulsions et la mort de son porteur. Les terroristes se livrent donc à des expériences sur les Effacés, au risque de les faire mourir dans d'atroces souffrances ?

— En partie ? répété-je amèrement. Vous voulez dire qu'ils ont échoué dans la plupart des cas !

Aiden a l'air sombre.

— Je le crains, oui. Ils ont essayé plusieurs types d'analgésiques, des comas provoqués, des drogues euphorisantes comme le Liquide du Pur Bonheur...

Il continue à parler d'endorphines et de substituts chimiques du cerveau, mais je ne l'écoute plus.

J'examine mon Nivo. La moindre pression sur le cadran me donne une violente migraine et le fait baisser. Le bracelet n'est pas serré mais, si je tente de le tourner, la douleur est intense. Cet appareil a un contrôle absolu sur ma vie.

— Cela doit faire atrocement mal, murmuré-je.

— Oui, mais on doit vite oublier, lance Ben avec enthousiasme.

— Sauf que les prisonniers des terroristes n'ont pas le choix ! répliqué-je d'un ton sec. Nous, on n'a qu'à attendre d'avoir vingt et un ans. Ce n'est pas très long pour être sûr de rester en vie !

Mais Ben ne m'écoute pas. Il a l'air ensorcelé. J'ai le cœur qui se serre d'angoisse, et mon Nivo vibre.

3,9.

— Bon sang ! s'exclame Aiden.

Ben me prend dans ses bras et me berce.

3,7.

— Kyla, tout va bien, cesse de t'inquiéter, me chuchote-t-il à l'oreille.

Il me caresse les cheveux mais je ne peux que penser à la douleur…

3,4.

Je suis vaguement consciente qu'Aiden sort et revient quelques secondes plus tard.

— Prends ça, me dit-il en me tendant une pilule et un verre d'eau.

Je refuse d'un signe de tête, et mon Nivo vibre encore très fort. J'ai le vertige et je commence à voir flou…

Aiden me prend le visage dans ses mains et, avant que Ben et moi ayons le temps de réagir, il me renverse la tête en arrière et lance le cachet dans ma gorge. Je m'étrangle et tousse, mais j'ai avalé le cachet.

— Pourquoi as-tu fait ça ? crié-je.

— Je ne voulais pas qu'une ambulance vienne ici. Pense à Mac.

Je tousse encore, sentant la pilule coincée quelque part dans mon œsophage.

— Bois, ça passera.

Il me tend un verre d'eau mais mon Nivo commence déjà à remonter. Cela n'a rien à voir avec son cachet, d'ailleurs. Plutôt avec la colère qui me fait trembler.

— Qu'est-ce que c'est ? Que m'as-tu fait avaler ?

Aiden me regarde d'un air perplexe. J'imagine sans peine ce qu'il pense : une Effacée qui se met en colère devrait avoir un Nivo au plus bas, voire perdre connaissance. Pourquoi celle-ci est-elle différente ?

— Que lui avez-vous donné ? insiste Ben.

— La même molécule de Pur Bonheur qu'ils vous injectent en piqûre à l'hôpital. Les TAG les ont produits sous forme de cachets.

« Encore une expérience sur les Effacés kidnappés », songé-je. Décidément, ils sont aussi cyniques que le gouvernement !

Et puis, n'est-ce pas étrange qu'Aiden ait en sa possession les cachets que fabriquent les terroristes ? Il a pourtant affirmé qu'il n'avait rien à voir avec eux ni avec leurs méthodes.

— Garde-les, au cas où tu en aurais besoin, me dit Aiden en me tendant le flacon de pilules.

— Je n'en veux pas. Et je ne veux plus avoir affaire à toi.

— OK, je comprends. Je ne peux pas t'obliger à nous aider. Pour l'instant, je crois que tu as besoin de réfléchir encore un peu. D'accord ? Mac entrera en contact avec nous si tu veux me revoir.

— Attends ! lance Ben en le voyant tourner les talons. Est-ce que je suis sur un site, moi aussi ?

— Tu veux le savoir ? m'étonné-je. Tu m'avais pourtant dit le contraire.

Il me prend la main.

— C'est maintenant ou jamais, murmure-t-il.

Aiden se remet au clavier et entre les données de recherche : sexe masculin, dix-sept ans, cheveux bruns, yeux bruns.

Il y a des pages et des pages de réponses, mais aucune ne correspond à Ben.

— Dommage, soupire Aiden.

Ben semble à la fois soulagé et déçu. Car si personne ne s'inquiète de son absence, il peut cependant continuer à vivre tranquille dans sa nouvelle famille.

Cette fois, lorsque Aiden s'en va, Ben le raccompagne.

Restée seule, je reviens aux onglets précédents pour retrouver le visage de Lucy. Il me suffirait d'appuyer sur le bouton « retrouvé » pour que ma vie bascule…

En ai-je vraiment envie ?

D'abord, il y a la forte probabilité que je me retrouve dans un fourgon des Lorders. Si c'est pour tomber entre leurs pattes, je regretterai amèrement d'avoir pris ce risque ! Et puis, comment savoir si les personnes qui cherchaient Lucy ne seront pas déçues en me voyant ? Existent-elle encore ? Et moi, ai-je vraiment envie de les connaître ?

Mais il n'y a pas que ce raisonnement qui me retient. Il y a aussi une conviction profonde, inavouable : celle d'avoir commis des actes horribles. Je suis pratiquement certaine que le gouvernement a eu raison de m'Effacer.

Donc je ne veux pas savoir ce que j'ai fait, ni pourquoi j'ai disparu.

C'est sans doute pour cela que l'hôpital me convoque toutes les semaines. Ils craignent ce qu'ils appellent une « régression » : que je me rappelle, que je redevienne comme avant.

Le Dr Lysander m'a sauvé la vie une fois. Mais si quelqu'un s'aperçoit que j'ai cliqué sur ce site, je serai exterminée.

Reste tranquille. Sois patiente.

Aiden a eu tort de voir en moi une candidate possible. Pas question de me faire remarquer.

Reste aussi muette qu'une tombe.

Au moment de nous dire au revoir, Ben me tient la main et me dévisage intensément.

— Je sais que ça fait peur, Kyla, mais là, on a la possibilité de faire quelque chose. Pense à Tori, à Phoebe, à Gianelli. Promets-moi d'y réfléchir.

— D'accord.

De toute façon, cela va me hanter !

Il me serre fort contre lui. Je voudrais rester ainsi jusqu'à la fin des temps… Je voudrais vivre dans un monde sans Lorders, sans Effacement, sans Nivos.

Je voudrais dire à Ben que je ferai tout ce qu'il voudra.

Seulement, je ne peux pas.

Chapitre 38

Comme prévu, le lendemain, je suis incapable de penser à autre chose. Je vais en cours comme une automate, sans prêter attention à ce qui m'entoure. Je songe surtout à ce que m'a dit Aiden : en ce moment même, il y a peut-être des gens qui voudraient me revoir. Mon père, ma mère, des frères et sœurs… Et même la petite chatte grise.

Seulement, cette famille imaginaire n'a pas de visage. Elle est irréelle, et je ne sais rien de ce qu'ils éprouvent. Je peux juste imaginer la souffrance de ne pas savoir où se trouve un être cher. Ce doit être terrible, si j'en juge par l'angoisse qui m'étreint en pensant à Tori et à Phoebe, même si je les connais à peine et ne les ai pas trouvées très sympathiques.

Puis une idée me traverse l'esprit : j'ai vu ce qu'ils avaient fait à Phoebe. Je peux donc agir… mais pas comme l'entend Ben.

— Tout à l'heure, j'irai courir, annoncé-je dans la voiture, en rentrant du lycée.

— Mais on doit faire nos devoirs tous les trois ! proteste Amy.

— Pas de problème. Je serai de retour avant maman.

C'est contraire au « règlement » qu'ils restent seuls dans la maison, mais cela ne semble pas leur déplaire. Jazz me demande quand même où je vais aller et me recommande d'éviter les sous-bois. Je dois lui promettre de rester sur la grand-route – et c'est ce que je fais, jusqu'à ce que j'arrive au chemin menant à la maison de Phoebe.

Aujourd'hui, notre professeur d'anglais nous a rendu nos cahiers notés. Elle les avait relevés quand Phoebe était encore là. J'ai repéré le sien dans la pile, l'ai glissé dans le mien, et y ai trouvé ce que je cherchais : son adresse. Ensuite, j'ai regardé sur une carte, à la bibliothèque. La ferme du Vieux Moulin se trouve à quelques kilomètres de chez moi.

Le rythme de mes pas sur le macadam m'apaise, comme d'habitude, même si je cours moins vite. J'ai besoin de réfléchir à ce que je vais dire. Difficile de déclarer : « Bonjour ! Votre fille a été Effacée »…

Prudence, Kyla.

Il faut aussi éviter qu'ils se précipitent à l'hôpital pour la réclamer. Les Lorders ne mettraient pas longtemps à remonter jusqu'à moi. Et puis, il y a son oncle, le sinistre Wayne. Si sa camionnette est garée devant la maison, il vaudra mieux que je batte en retraite.

Je suis si absorbée dans mes pensées que j'ai failli ne pas voir le panneau défraîchi qui indique le chemin de la ferme. Ce dernier est étroit, plein d'ornières et d'herbes folles, et il s'enfonce dans les arbres comme dans un tunnel de verdure.

On peut me voir de loin, ici.

Inquiète, je m'enfonce dans les broussailles qui longent le chemin. D'après la carte, la maison est à environ huit cents mètres. Mais cela me paraît plus long, sur la terre meuble. Et puis, mes cheveux s'accrochent aux branches, mes vêtements se prennent aux ronces. J'hésite à regagner le sentier quand le bruit d'un moteur me fait sursauter. Une voiture ! Elle vient de la maison.

Je recule dans l'ombre d'un arbre juste au moment où une fourgonnette blanche me dépasse en trombe. C'est Wayne Best !

Je l'ai échappé belle !

Enfin, dans un tournant, j'aperçois des bâtiments. Certains sont à moitié en ruines mais ils sont entourés d'une clôture munie d'un portail. Devant, dans un pré, s'entassent des fragments de voitures, de tracteurs ou d'autres engins que je ne sais pas identifier. Une vraie décharge !

J'ai bien envie de faire demi-tour…

Puis sur ma droite, je distingue une bâtisse en moins mauvais état que les autres. Et elle a une vraie porte plutôt qu'une planche avec des charnières. Ce doit être la maison d'habitation.

J'avance d'un pas hésitant vers le portail. En dehors de la brise dans les arbres, je n'entends aucun bruit. Plusieurs marches de béton mènent à une petite terrasse. Au moment où je pose le pied dessus, un mouvement, derrière moi, me pousse à me retourner.

Un gros chien m'observe, l'air menaçant.

Si je cours, il va me poursuivre. Je suis rapide, certes, mais c'est risqué… Et je suis plus près de la maison que de l'entrée.

Le chien se rapproche en aboyant.

Je recule lentement vers la maison. Peut-être que quelqu'un est à l'intérieur, et que la porte est ouverte… Soudain, je monte les marches à la vitesse de l'éclair et tourne la poignée de la porte. Elle est fermée à clé.

Je me fige, prise de nausée, et deux grosses pattes se plaquent sur mes épaules, me faisant perdre l'équilibre. Je roule dans la poussière. Ma tête heurte durement la terre et mes yeux s'emplissent de larmes. Terrifiée, je sens l'haleine du chien sur mon visage, je vois ses crocs menaçants…

— Brutus ! crie une voix masculine. Arrête !

Sans cesser de gronder, le chien me maintient au sol. Des pas se rapprochent.

— Eh bien, qu'est-ce que tu as attrapé, cette fois ? reprend l'homme. Allez, debout, que je voie ce que c'est !

Le chien s'écarte et l'homme me redresse en me tenant à bout de bras.

Il a des yeux rapprochés, des cheveux gras et ressemble beaucoup à Wayne. Ce doit être son frère… donc, le père de Phoebe.

— Qui es-tu ? me demande-t-il.

— Je… je m'appelle Kyla. Je suis une amie de Phoebe.

Le chien a dressé l'oreille en entendant le prénom de sa maîtresse.

— Cette sale môme n'avait aucun ami parmi les humains.

— Nous étions au lycée ensemble.

— Et alors ? Tu dois savoir qu'elle est pas ici. Que veux-tu ?

— Voir sa mère.

— Elle est pas ici non plus. Fous le camp.

Je le dévisage et jette un regard inquiet à Brutus.

— File ! Tire-toi d'ici avant que je change d'avis.

Je me lève avec difficulté puis sprinte vers le portail. Au moment où je l'atteins, j'entends quelqu'un courir derrière moi. Sans me retourner, je claque le battant et entends Brutus heurter les planches de plein fouet.

Le père de Phoebe est hilare.

— Ne remets plus les pieds ici ! me lance-t-il.

Ça ne risque pas !

Mon Nivo affiche 4,8. Comment est-ce possible, après ce qui vient de se passer ?

Je remonte l'allée, trop secouée pour marcher à l'abri du sous-bois. Ma nausée est à son comble, et soudain je régurgite mon déjeuner.

Génial.

Comme si cela ne suffisait pas que je sois couverte de boue, avec une migraine par-dessus le marché !

Puis je me rappelle ma chute et touche l'arrière de mon crâne. À ma grande surprise, mes doigts se couvrent de sang.

Épuisée, je lutte contre l'envie de me coucher par terre. Dire qu'il me reste encore plusieurs kilomètres à parcourir ! Je me résous enfin à repartir quand des pas résonnent derrière moi. Je fais volte-face, terrifiée. Brutus m'aurait-il rattrapée ?

En fait, c'est une femme. Elle lève la main.

— Attends !

Elle me rejoint quelques minutes plus tard, hors d'haleine.

— Tu voulais me voir ? me demande-t-elle. Je suis la maman de Phoebe.

Je la dévisage. Elle est maigre et son chignon menace de s'écrouler. Ses traits tirés révèlent son angoisse.

— Tu sais quelque chose ? insiste-t-elle. Je t'en prie, dis-le-moi !

Je grimace de douleur en portant la main à ma tête.

— Tu as mal ? Fais-moi voir.

Elle sort un mouchoir de sa poche et m'en tamponne l'arrière du crâne.

— Ce n'est qu'une petite coupure, mais il vaudrait mieux te faire un point de suture. Je suis désolée. Brutus est méchant depuis que Phoebe n'est plus là. Il l'adorait et la suivait partout. Ça plaisait pas à Bob, vu que c'est un chien de garde, quand même.

En disant « Bob », son visage se crispe de peur. Elle regarde nerveusement derrière elle comme s'il risquait d'apparaître.

J'entends les paroles d'Aiden dans ma tête : « Imagine ne pas savoir ce qui s'est passé. Imagine l'inquiétude des proches. »

— J'ai vu Phoebe samedi dernier, dis-je enfin. Par hasard.

— Où est-elle ?

— Dans un hôpital, à Londres.

— Oh mon Dieu… Elle est blessée ?

— Non non, elle va bien.

— Je ne comprends pas. Pourquoi est-elle à l'hôpital, alors ?

— Elle a été Effacée.

Mrs West s'immobilise, en état de choc, et je m'arrête aussi.

— Oh, Phoebe ! murmure-t-elle. Je t'ai perdue…

Ses yeux s'emplissent de larmes.

— Je suis désolée.

— Elle est heureuse ? Elle va bien ?

— Oui.

— Merci de m'avoir prévenue.

Elle retourne chez elle et je crois l'entendre dire : « C'est peut-être mieux pour elle. »

Peut-être, en effet.

— Mais comment as-tu fait pour te mettre dans cet état ? s'écrie Amy en me voyant débouler dans l'entrée.

— Je suis tombée.

— Déshabille-toi ici, sinon tu vas mettre de la boue dans toute la maison. Tu ne sens pas bon non plus.

— Merci !

Comme Amy a enfermé Jazz dans la cuisine, j'ôte mes vêtements dans le couloir puis monte prendre une douche, nue comme un ver, pendant que ma sœur met mes affaires à laver dans la machine. La coupure de ma tête ne saigne plus, heureusement. On ne verra rien, sous mes cheveux.

Lorsque maman arrive, nous sommes tous les trois assis à la table de la cuisine, en train de faire nos devoirs en buvant du thé. Sages comme des images.

— Hum, fait maman, comme si elle se doutait de quelque chose. Quand je vous vois aussi zélés, je trouve ça louche !

Une fois seule avec Sebastian qui ronronne sur mon lit, je fais le point. J'ai encore mal à la tête mais c'est supportable. Et en dépit de ma rencontre avec Brutus, je suis contente d'avoir parlé à la mère de Phoebe. Au moins, elle est au courant.

Je peux être sûre qu'ils n'iront pas la réclamer à l'hôpital. Son père se fiche comme d'une guigne du sort de sa fille, et sa mère n'oserait pas.

D'ailleurs, peut-être que Phoebe sera plus heureuse, en effet. Dans quelques mois, on lui attribuera une autre famille et ce sera sûrement mieux que la ferme du Vieux Moulin. Ils lui ont rendu service, non ?

Peut-être que ma vraie famille était aussi terrible que la sienne.

La voix ne se tait pas, même si je ferme les yeux très fort. Elle dit des choses auxquelles je ne crois pas, que je ne veux pas entendre.

— Tes parents ne viendront pas te chercher, Lucy. Ils t'ont abandonnée et tu ne les reverras plus jamais.

Il fait froid. Je serre les couvertures contre moi. Les draps ne sont pas comme d'habitude. Ils sont rudes, ils me grattent. Rien n'est comme d'habitude, même l'air. Il a une drôle d'odeur. Une odeur salée, comme la mer que je n'ai jamais vue avant aujourd'hui.

Je tente de me boucher les oreilles, mais la voix continue :

— Ils t'ont abandonnée, tu ne les reverras jamais…

Chapitre 39

— Salut, Kyla ! Comment ça va ? me demande Ben avec son beau sourire ravageur.

Soudain, j'ai envie de tout lui raconter : ma conversation avec la mère de Phoebe et le rêve qui me tourmente encore ce matin. Si mes parents m'ont abandonnée, pourquoi auraient-ils signalé ma disparition ?

Sans répondre, je passe ma carte dans la machine et le suis dans la salle de biologie. Difficile de parler avec toutes ces oreilles qui nous écoutent… Une fois installés, nous réalisons soudain qu'un inconnu se tient à la place de Miss Fern. Il est assis sur un coin du bureau et observe les élèves qui entrent. Les filles chuchotent entre elles, et il est facile de deviner pourquoi : le nouveau prof est splendide. Grand, blond, très élégant dans le genre sport…

Puis nos yeux se rencontrent et je reste sidérée. On dirait qu'il me reconnaît ! Et moi aussi, j'ai l'impression de l'avoir déjà vu.

Je rougis en soutenant son regard, trop longtemps pour que ce soit raisonnable. Lorsqu'il détourne enfin la tête, j'ai l'impression d'être tombée dans le vide.

— Bonjour tout le monde, dit-il. Miss Fern ne viendra pas pendant quelque temps. Elle a eu un malheureux… accident. Je m'appelle Mr Hatten.

Il se tourne pour écrire son nom au tableau.

Ai-je bien entendu ou a-t-il hésité en parlant d'accident ?

Et si ce n'en était pas un ? Si les Lorders l'avaient arrêtée, elle aussi, comme Gianelli ?

Mais pourquoi ? C'était un bon professeur… Et s'ils voulaient montrer leur pouvoir, comme avec le prof d'arts plastiques, ils l'auraient emmenée publiquement.

Non, peut-être y a-t-il une autre raison de la remplacer. Peut-être que Hatten est l'un d'*eux*.

Je l'observe tandis qu'il circule dans l'allée, nous demandant de nous présenter pendant qu'il dessine un plan de classe. Il ne s'habille pas comme un Lorder et n'a pas le mépris qu'ils affichent pour les jeunes de moins de vingt ans.

Il s'intéresse à tous les élèves de la classe.

— Et toi, tu t'appelles…

— Ben Nix. Monsieur, est-ce que Miss Fern va mieux ? Qu'est-ce qu'elle a eu ?

Il y a un silence intrigué. Poser des questions peut être interprété comme de l'insolence… Comment va réagir le nouveau prof ?

Il sourit.

— Elle se repose à l'hôpital. Comment s'appelle ta voisine, Ben ?

Il pose à nouveau sur moi ses yeux d'une couleur étrange, d'un bleu très pâle. S'il n'y avait pas ce cercle noir autour de ses iris, on peinerait à distinguer ses pupilles.

— Je m'appelle Kyla.

J'ai failli répondre « Lucy » ! Qu'est-ce qui me prend ?

Il hausse les sourcils d'un air amusé, comme s'il avait senti mon hésitation.

Reprends-toi, Kyla.

Cette fois, je réussis à détourner les yeux avant lui, et serre fort mes mains sous mon pupitre pour qu'elles arrêtent de trembler.

Hatten termine son plan de classe et commence le cours. Il emprunte le cahier d'une élève pour voir où nous en sommes dans le programme (Miss Fern venait de commencer une section sur la classification biologique).

— Aujourd'hui, déclare-t-il en refermant le cahier, nous allons faire un exercice particulier. Vous, là, poursuit-il en désignant Ben et moi, vous allez m'aider à distribuer les modèles du cerveau. Il y en a un pour deux.

Ben et moi sortons de petites boîtes du placard que Hatten nous a indiqué. Elles contiennent des modèles tridimensionnels du cerveau. Chaque fragment est numéroté et s'emboîte dans un autre, comme un puzzle. Il faut les démonter, les remonter, et écrire sur une fiche les noms de chaque structure selon leur numéro : cervelet, tronc cérébral, cortex frontal, hémisphères droit et gauche… Le diagramme me rappelle les coupes transversales sur l'ordinateur du Dr Lysander. Seulement, sur son écran, c'était un scanner de mon cerveau vivant.

— Votre attention, s'il vous plaît, lance Hatten une fois que tout le monde a terminé. À présent, nous allons faire une expérience. Rapprochez vos mains pour former un petit cercle qui vous sert de viseur.

Il s'interrompt pour dessiner un X sur le tableau blanc.

— Tendez les bras, gardez les deux yeux ouverts, et regardez le X à travers le cercle. Maintenant, fermez un œil sans déplacer vos mains. Le X devrait disparaître. Puis changez… Quand vous fermez l'autre œil, le X devrait toujours être au centre.

Nous obéissons.

Effectivement, lorsque je ferme l'œil gauche et regarde avec le droit, le X est bloqué par ma main. Lorsque je ferme l'œil droit et regarde avec le gauche, il est au beau milieu.

Hatten contemple la classe, puis me fixe.

— Kyla ? Avec quel œil as-tu vu le X ?

— Le gauche.

— Intéressant, réplique-t-il en souriant. Tu dois être une anomalie biologique… En règle générale, l'œil dominant est le même que la main dominante. Si tu as vu le X avec ton œil gauche, tu devrais être gauchère. Et pourtant tu tiens ton stylo de la main droite ! Et les autres ? Avez-vous trouvé votre œil dominant ?

Plusieurs élèves répondent en même temps.

— Bon, reprend Hatten. Vous devez vous demander quel est le lien entre cette expérience et votre travail de ce matin sur le modèle du cerveau.

Il me regarde toujours, comme s'il ne s'adressait qu'à moi.

— Eh bien, cette découverte a été essentielle dans l'étude de nos cellules grises, notamment sur la conservation des souvenirs et leur accès. Si quelqu'un est gaucher, l'accès à la mémoire passe principalement par l'hémisphère droit. Pour un droitier, cela sera l'hémisphère gauche. Cependant, chez de rares individus, cette règle ne s'applique pas. Souvent, les gens dotés de capacités artistiques semblent capables d'utiliser leur cerveau d'une autre façon.

Il contemple la salle, puis me dévisage à nouveau.

— C'est une chose très importante en chirurgie et dans le traitement des lésions cérébrales.

La chirurgie… comme celle pratiquée dans l'Effacement ?

La sonnerie retentit, annonçant la fin du cours.

— Déposez vos fiches sur le bureau en sortant ! ordonne-t-il.

Tout le monde se lève et range ses affaires.

Je mets un moment à digérer l'information qu'il a donnée. Suis-je droitière ou gauchère ? Mon poing gauche se serre, comme pour protéger mes doigts écrasés un à un par une brique. Non, je dois me secouer, ce n'était qu'un cauchemar.

Vraiment ?

— Kyla ? Tu viens ?

Ben me donne un coup de coude.

Je me force à me lever et m'approche du bureau avec des pieds de plomb. J'arrive la dernière, et aperçois Mrs Ali qui m'attend à la porte.

Je pose ma fiche au sommet de la pile.

— Tu as trouvé ça intéressant, je parie, hein ? me dit Hatten avec un clin d'œil.

Glacée, je ne réponds pas et file rejoindre Mrs Ali.

***

— Kyla, suis-moi, j'ai à te parler avant ton prochain cours.

Mrs Ali m'entraîne dans la salle de classe voisine, qui est vide.

— Plusieurs personnes ont exprimé leur inquiétude à ton sujet, me déclare-t-elle avec son sourire le plus mielleux (le plus dangereux, en fait…). Et après ce que je viens de voir, je ne peux que me joindre à eux.

Qu'a-t-elle vu ?

Je cherche en vain ce qui s'est passé à la fin du cours. Était-elle déjà là quand Hatten a dit que j'étais une anomalie biologique ? Non, j'en suis sûre. Elle est arrivée bien après. Même lorsqu'il m'a adressé un clin d'œil, il lui tournait le dos.

— Que voulez-vous dire ?

— Ce gentil professeur, qui vient tout juste d'arriver, t'a demandé si tu avais trouvé son cours intéressant, et tu ne lui as même pas répondu !

Hatten n'a rien de « gentil », mais elle doit le juger sur d'autres critères que moi, j'imagine. Sa beauté, peut-être ?

— Et plusieurs enseignants se plaignent que tu ne participes pas assez, que tu manques d'attention.

— Je suis désolée. Je vais essayer de mieux faire.

— Il ne faut pas « essayer », Kyla. Il faut y parvenir ! C'est un avertissement. Nous avons déjà parlé de ça. N'oublie pas que tu es punie jusqu'à l'âge de vingt et un ans. Si tu échoues à honorer ton contrat, à réussir tes études, à t'intégrer dans ta famille et ta communauté, il y a d'autres traitements indiqués. Bon, maintenant file à ton cours. Bonne journée.

Sur ce, elle sort. Tout est confus dans mon esprit : la peur que m'inspirent les paroles de Mrs Ali, le choc qu'elle m'a causé. Et Hatten ? Pourquoi me regardait-il ainsi ?

Mon Nivo est en train de plonger.

Lorsque je regagne le couloir, Hatten sort justement du labo de biologie. Il fait une grimace dans le dos de Mrs Ali.

— Quel chameau ! murmure-t-il en m'adressant un nouveau clin d'œil malicieux.

Il a soudain l'air plus jeune, plus naturel, comme si son attitude de prof n'était qu'un masque. Je ne peux pas m'empêcher de lui sourire à mon tour.

— Chut ! fait-il en portant un doigt sur ses lèvres. C'est notre petit secret…

Puis il part dans la direction opposée.

Pourquoi m'a-t-il dit ça ? Il a entendu Mrs Ali ?

Et qu'entend-il par « notre petit secret » ?

J'en ai le cœur qui bat plus vite.

Ben m'attend dehors.

— J'ai vu que Mrs Ali t'emmenait pour te parler. Tout va bien ?

— Bof. Ça pourrait aller mieux.

Pourtant, mon Nivo est remonté à 5,1. Est-ce que les pitreries de Hatten l'ont stabilisé ? Ou bien est-ce parce qu'il s'est penché vers moi d'un air complice ?

— Tu viens courir demain, avant la réunion du Groupe ? On parlera.

— D'accord.

La sonnerie annonce le cours suivant et nous filons dans des directions opposées.

Il est temps d'être attentive et de participer. Ou de faire semblant de façon plus convaincante.

Chapitre 40

J'écarte le rideau de la fenêtre près de la porte d'entrée, et scrute la rue. Toujours pas de Ben en vue. Mais qu'est-ce qu'il fait ?

— Kyla ? appelle papa. Viens une seconde !

J'avance vers le salon et hésite à franchir le seuil, car j'ai déjà chaussé mes baskets.

— Ne t'inquiète pas pour ça, ajoute papa, elle n'en saura rien.

Maman a une sorte de radar pour savoir si quelqu'un a porté des chaussures sur le tapis. Je m'essuie scrupuleusement les pieds sur le paillasson et reste près de la porte du salon.

— Assieds-toi, m'ordonne papa en souriant.

Je me perche sur le bras d'un fauteuil.

— Ton copain n'est pas très ponctuel, n'est-ce pas ?

— Non…

— Ah. Alors tu admets que c'est ton copain.

— Quoi ?

— Ton copain… Ton petit copain.

— Pas du tout, m'écrié-je en rougissant.

— Mais tu aimerais peut-être qu'il le soit.

— Non ! Enfin, je ne sais pas. On est juste amis.

Il me dévisage d'un air interrogateur, et j'ai l'impression qu'il comprend mieux que moi à quel point je suis partagée sur la question.

— Attention, Kyla. Nous avons autorisé Amy à fréquenter Jazz, mais toi, tu n'es pas prête à avoir un petit ami. Tu viens à peine de sortir de l'hôpital. Et tu sais que jusqu'à tes vingt et un ans, tu dois nous obéir. Y compris sur ce sujet.

— Oui.

— Je n'apprécie guère que tu ailles courir seule avec ce Ben.

Je ne réponds pas. La moindre protestation ne ferait que lui donner raison.

— Cependant, reprend papa, je me range à l'avis de ta mère. Pour l'instant. Alors veille à ce que ça reste de l'amitié, d'accord ? Tu comprends pourquoi ?

— Euh… non, pas vraiment.

— Il est difficile de gérer ce genre de sentiments si peu de temps après avoir été Effacée. Tu pourrais causer des dommages irréversibles à ton Nivo.

Cela fait écho aux avertissements que j'ai reçus à l'hôpital. Mais Ben m'aide à faire remonter mon Nivo, pas à le baisser. À moins que…

— En fait, vous voulez que je reste sous contrôle ! dis-je, surprise de me voir exprimer si vite ma pensée, au lieu de la censurer.

Papa semble amusé.

La sonnerie de la porte vient à point. Ouf, c'est Ben ! Je me lève, mais papa me précède.

— Reste ici une minute.

Il va ouvrir et j'attends. Papa se présente. Ils parlent de sport, du lycée. Comme toujours, Ben est poli et ouvert. Agréable. Le genre de garçons que les adultes aiment bien.

Enfin, papa passe la tête dans l'embrasure de la porte du salon.

— Tu peux y aller, Kyla. Mais n'oublie pas ce que nous avons dit.

— Désolée, marmonné-je lorsque nous nous engageons dans la rue.

— Pourquoi ?

— Pour mon père.

— Je ne comprends pas. Il a l'air très bien.

— Bon, alors je n'ai rien dit.

Nous courons vite. Bientôt plus rien ne compte que l'air froid du soir qui tombe et le rythme familier de nos pas sur le macadam. Ben n'a pas la même cadence que moi, et pourtant nous courons côte à côte.

Nous ralentissons en arrivant à la bifurcation du sentier.

— On parle ? dis-je.

Il me prend la main et m'entraîne à l'ombre des arbres. La lune est presque pleine, on y voit très bien. En avançant vers la barrière, je pense à ce que papa m'a dit et aux avertissements des infirmières sur les garçons qui perturbent les Nivos.

Comme l'autre fois, Ben m'enlace pour m'installer sur la barrière. Il se tient devant moi et m'enveloppe la taille de ses bras. Puis il repousse les cheveux qui me sont tombés sur la joue.

— De quoi veux-tu parler ? chuchote-t-il à mon oreille.

Je frissonne, incapable de répondre. Mon cœur bat à se rompre, et le fait que j'aie couru n'a rien à voir là-dedans.

— Je m'étais promis quelque chose, reprend Ben.

— Quoi ?

— Que si nous venions ici, je ferais ceci…

Il glisse un doigt sous mon menton, se penche et effleure mes lèvres de sa bouche. C'est doux et tendre, comme lui.

— Alors, de quoi voulais-tu parler, Kyla ?

— Euh…

Je me perds dans ses yeux, et effleure le contour de sa bouche. Il sourit et entrecroise nos doigts.

— C'est toi qui voulais me parler de quelque chose, mais si tu préfères…

Il se penche et m'embrasse à nouveau. Une fois, deux fois…

J'ai la tête qui tourne, puis, soudain, je me rappelle et m'écarte pour lui raconter ma visite chez les parents de Phoebe. Il me serre dans ses bras.

— Je savais que tu comprendrais, Kyla ! Tu vois bien qu'il faut aider Aiden et son mouvement !

— Non, Ben. Tu te trompes. Je voulais que la mère de Phoebe sache ce qui est arrivé à sa fille, c'est tout. J'ai agi selon mes moyens. Je ne veux pas risquer quoi que ce soit pour Aiden.

— Et Lucy ? As-tu pensé à ses parents ?

— Réfléchis. Quel âge avait Phoebe ?

— Quinze ans.

— J'en ai seize. On ne peut pas m'Effacer encore une fois. Que me feront-ils, s'ils m'arrêtent ?

Je lui répète les menaces de Mrs Ali. On me surveille. Si, moi aussi, je franchis une limite, ils vont m'emmener à mon tour. Comme Tori, qui avait dépassé l'âge de l'opération, elle aussi.

Ben pâlit.

— Je ne veux pas qu'il t'arrive quelque chose.

Je ne peux retenir la question qui me brûle soudain les lèvres.

— Tu embrassais Tori comme ça ?

— Pourquoi cette question ?

Avant que j'aie eu le temps de dire encore une chose que je regretterais, il éclate de rire.

— Non, voyons ! Je n'ai jamais embrassé Tori. C'était une amie, c'est tout.

— Mais je croyais...

— Et tu te trompais. Elle avait plein de problèmes avec sa famille et elle avait besoin de parler à quelqu'un. Je sais écouter.

C'est vrai, je l'avais remarqué. Comme j'avais aussi remarqué que Tori ne considérait pas Ben comme « juste un ami ».

— Crois-moi, Kyla, tu es la seule que j'ai envie d'embrasser. Et je ne veux pas qu'il t'arrive quoi que ce soit.

Il se frotte les tempes comme s'il avait mal.

— Je ne comprends pas comment fonctionne mon cerveau, ajoute-t-il.

— Que veux-tu dire ?

— Lorsque Aiden nous a parlé, l'autre jour, j'ai compris qu'il avait raison. Le gouvernement doit rendre des comptes et il faut lutter contre lui. Maintenant, tu m'expliques que c'est dangereux, et je n'y avais pas pensé. C'est tellement contrariant ! Les seuls moments où mon cerveau semble fonctionner, c'est quand j'ai couru. Comme maintenant.

Ce sont les effets de l'Effacement.

Je repense à Aiden. Il ne s'inquiétait pas de ce qui pourrait nous arriver si nous nous engagions dans son mouvement. Et il a su trouver les arguments pour persuader Ben. Il savait à quel point il était influençable. Et à quel point j'aurais dû l'être. *Mais je suis différente.*

— À cause de l'Effacement, on est dociles, expliqué-je. On fait ce qu'on nous dit.

— Justement, je trouve qu'il faut vraiment les empêcher de nous manipuler ainsi.

— Ben, écoute : on n'a pas le choix. On doit faire ce qu'on attend de nous au lycée et dans nos familles. Quand on aura vingt et un ans, on sera débarrassés de nos Nivos, on pourra prendre des risques. D'ici là, il ne faut plus revoir Aiden.

— Tu as raison, Kyla.

Mon cœur se serre. Il suffit qu'on lui démontre une chose avec force pour qu'il change d'avis. Je tremble soudain pour lui.

Il m'enlace à nouveau, croyant sans doute que je tremble de froid. J'aimerais rester blottie dans ses bras, mais comment savoir si ce n'est pas moi qui lui ai suggéré de m'embrasser ?

— Viens ! Il faut aller au Groupe ! lui dis-je à regret.

En regagnant la route, je lui demande ce qu'il pense de Hatten, de ses propos sur la chirurgie du cerveau. Mais il élude la question. Apparemment, il n'a pas envie de parler de notre nouveau prof.

Sur la route, pendant que nous courons, mon esprit fonctionne à toute vitesse, lui aussi. Jusqu'ici, le simple fait d'être près de Ben me rassurait. Je me trompais… En fait, il est incapable de déceler le danger.

Pourtant, nous avons subi la même opération d'Effacement.

Je n'y comprends vraiment rien.

Sauf que je dois veiller sur nous deux, maintenant.

Chapitre 41

Le visage fermé, maman serre si fort le volant que ses phalanges sont blanches. Pourtant, il n'y a pas de raison de s'énerver. La circulation est fluide.

Cependant, en arrivant en haut d'une côte, nous apercevons la longue file d'attente devant l'hôpital. Hier, on nous a téléphoné pour nous dire de nous présenter à une autre entrée. Les bombes de la semaine dernière ont-elles endommagé le poste de contrôle habituel ?

Comme nous sommes au point mort, maman éteint le moteur.

— Ça va, maman ?

Elle tressaille et esquisse un sourire.

— C'est moi qui devrais te demander ça, non ?

— Oui, mais je t'ai posé la question la première.

— C'est vrai. En fait, je me sens tendue à l'idée de revenir à l'hôpital après ce qui s'est passé il y a huit jours. Pas toi ?

Non, bizarrement. Du moins pas comme elle l'entend. Nul doute que les terroristes ne pourront pas approcher des lieux à moins d'un bon kilomètre. Pourtant, maman semble prête à faire marche arrière !

— À mon avis, on sera vraiment en sécurité, cette fois.

— Tu as sans doute raison. Mais je n'ai quand même aucune envie d'y aller.

Moi non plus, pour des raisons différentes. Je ne suis pas certaine de pouvoir cacher ce que je ressens devant le Dr Lysander. Elle est si habile…

— Je sais, avoué-je. Alors on n'y va pas et on déjeune en ville.

Maman éclate de rire.

— Tu es drôle ! Ce serait bien, hein ?

— Mais toi, tu peux, insisté-je. Tu me déposes et tu viens me chercher après. Tu dois en avoir assez de passer tous tes samedis à l'hôpital.

— Exact. Malheureusement, je ne peux pas toujours aller où je veux. Tu vois les poteaux, au coin de la rue ? Celui de gauche, par exemple.

Je lève les yeux et aperçois, tout en haut, une petite boîte noire. Une caméra de surveillance !

— Ils contrôlent les identités et les mouvements de toutes les voitures de Londres. Si je ne fais pas ce qui est prévu, j'ignore les conséquences que cela pourrait avoir. Même si on me laisse certains privilèges.

— À cause de ton père ?

— Ma mère aussi était quelqu'un d'important.

— Alors même les adultes ne peuvent pas aller où ils veulent ?

— Non. Plus maintenant.

— Parce que avant, ils le pouvaient ?

— Les choses ont changé, Kyla. Quand j'avais ton âge, c'était très différent.

— C'est à ce moment-là que tout a commencé, dans les années vingt ?

— J'ai l'air aussi vieille ? fait-elle avec une grimace. J'ai eu seize ans en 2031, tu sais.

— Mais, insisté-je, tu te rappelles des années vingt. Des émeutes, des gangs… Tout le monde restait tapi chez soi, par peur de sortir.

Elle rit à nouveau.

— C'est une version des événements. En fait, c'est à ce moment-là qu'on a interdit les téléphones mobiles aux moins de vingt et un ans. Ils s'en servaient pour organiser des manifestations, tu comprends. Mais ça n'allait pas aussi mal, du moins pas au début. Bien sûr, il fallait faire attention où on allait le soir, ce genre de choses.

Elle regarde sur la gauche, où se tiennent des Lorders en noir avec des fusils-mitrailleurs.

— Maintenant, il faut faire attention à *eux*, remarqué-je.

Elle acquiesce, à mon grand étonnement.

— Et plus tard ? demandé-je. C'était mieux ?

— Tu n'as pas eu de cours d'histoire, au lycée ? Après, il y a eu la crise – tu sais, à cause de la pénurie de crédits et de l'effondrement économique dans toute l'Europe, lorsque le Royaume-Uni s'est retiré de l'Union européenne et a fermé ses frontières. Et là, c'est devenu délirant…

— J'ai vu des films sur les émeutes.

— Ils montrent le pire. La plupart des manifestations d'étudiants étaient paisibles, au début. Puis l'insatisfaction s'est transformée en colère.

Les cours d'histoire ne parlent que de foules incontrôlables, d'adolescents au regard fou, détruisant des biens et tuant des gens. Je suis sidérée que maman me raconte tout cela ! Peut-être parle-t-elle pour ne plus penser à l'hôpital ni à l'attentat de samedi dernier.

— Mes parents se disputaient à ce propos. Tard le soir, je descendais l'escalier à pas de loup et les écoutais.

— Ton père était le Commandant en chef de la Coalition… C'est lui qui avait le dernier mot, non ?

— Avant les élections, ce n'était qu'un candidat comme les autres. Maman était avocate, et très attachée aux libertés civiques.

— Qu'est-ce que c'est ?

Elle soupire.

— Dire que tu poses une question pareille ! À ton avis ?

— Les libertés des citoyens ?

— Exactement. Liberté de parole, liberté d'action, liberté de réunion. Là-dessus, ma mère avait des idées très différentes de celles de mon père. Si bien qu'elle a fait campagne pour un nouveau parti politique. Le LRU : Liberté au Royaume-Uni.

— Alors ils étaient dans des partis opposés ?

— Oui.

— Et ton père a gagné ?

— Pas tout à fait. Personne n'a vraiment gagné, et les deux partis ont dû former une coalition – même si celui de mon père était en position de force. Crois-moi, nos conversations au petit déjeuner étaient vraiment intéressantes ! Ils ont fait un compromis. Et le résultat, c'est toi.

— Je ne comprends pas.

Elle monte le son de la radio.

— Kyla, tu m'as dit une fois que tu ne pouvais pas garder de secrets. Mais moi, je crois le contraire. Je peux te dire la vérité ? Cela restera entre nous ?

J'acquiesce, médusée.

— Eh bien, d'un côté, il y avait mon père et le Mouvement pour la Loi et l'Ordre, qui a créé les Lorders. Ils prônaient la tolérance zéro sur la violence et la désobéissance civile, et des châtiments sévères pour ceux qui violent la loi. De l'autre côté, des gens estimaient que les jeunes devaient être rééduqués – ceux qui manifestaient dans la rue et ceux des gangs – parce que, souvent, ce n'était pas vraiment leur faute s'ils tombaient dans la délinquance. Ils étaient les victimes de leur milieu, de la façon dont ils avaient été élevés. Parfois, ils avaient même été maltraités. Une partie de l'opinion estimait qu'il fallait les aider, et non les punir. Les traiter comme des êtres humains.

— En quoi ça me concerne ?

— Il y a eu des découvertes scientifiques sur le cerveau. Sans entrer dans les détails, cela a commencé par le traitement des autistes, qu'ils ont réussi à guérir. Puis, un peu par hasard, ils ont découvert que certains procédés pouvaient ôter la mémoire. Définitivement. C'était la solution parfaite pour le gouvernement de la Coalition. Au lieu de punir durement les criminels, on les faisait repartir sur une bonne base. On leur donnait une deuxième chance. On les renouvelait… On les *Effaçait*, en somme.

— Alors les deux camps ont eu ce qu'ils voulaient, finalement, murmuré-je. C'est ça, un compromis ?

Maman a un drôle de rire triste.

— Ce serait plutôt le contraire. Aucun n'a eu ce qu'il voulait, et chacun tenait l'autre pour responsable. C'est toujours le cas aujourd'hui. Et c'est aussi pour cela qu'ils ont inventé les Nivos.

Je regarde le cercle de métal qui dirige ma vie.

5,2.

Je tente de le déplacer, et une douleur aiguë me traverse les tempes. Je sais que c'est inévitable, et pourtant, de temps en temps, je ne peux pas m'empêcher de tirer sur la chaîne qui me retient prisonnière.

— Alors, j'ai un Nivo à cause de ce compromis ? murmuré-je.

— Le LRU a voulu s'assurer que les pauvres Effacés seraient heureux. Les Lorders, eux, ne voulaient pas qu'ils retombent dans la délinquance. La solution, c'était un Nivo. Un appareil obligeant les nouveaux opérés à rester calmes et heureux, ce qui garantissait la paix sociale. Maintenant, les deux camps sont satisfaits.

— Euh… À l'évidence, les autres, ils n'ont jamais été obligés d'en porter !

— En effet, reconnaît maman en riant.

— Tu étais de quel côté, toi ? Celui de ta mère ou de ton père ?

— La plupart du temps, je ne prenais pas position, parce que je voulais surtout que le calme règne à la maison. Et puis…

— Et puis ?

Elle reste un long moment silencieuse.

— C'est lorsqu'ils sont morts que j'ai choisi mon camp, souffle-t-elle enfin, les yeux brillants.

Nous arrivons bientôt au poste de contrôle.

Nous nous taisons. Ses parents sont morts lorsque des terroristes ont lancé une bombe sur leur voiture. Je n'ai aucun doute sur le camp qu'elle a choisi : celui des Lorders. Forcément.

Comme d'habitude, les gardes la reconnaissent, et la traitent avec respect. Bizarrement, ça n'a pas l'air de lui plaire.

Elle ne m'a pas tout dit, j'en suis sûre.

Le Dr Lysander tapote son écran avant de m'interroger.

— Je vois que lors de l'attentat de la semaine dernière, tu es allée au dixième étage. Puis ton Nivo est tombé tellement bas qu'on a dû te donner un calmant. Que s'est-il passé ?

— J'ai voulu aller au bureau des infirmières, comme vous me l'aviez dit… Mais subitement, tout s'est éteint. L'infirmière…

Je m'arrête.

Je ne veux pas parler de ça.

— Je suis au courant, Kyla. Cela a dû être un choc. Et pourtant, tu ne t'es pas évanouie.

— Non. J'ai trouvé l'escalier et je ne sais pas pourquoi, je suis arrivée au dixième étage.

— Logique… Tu es retournée dans un endroit familier. Ce qui m'étonne, c'est que tu t'es effondrée juste au moment où tu étais en sécurité.

En sécurité ? Avec Phoebe retombée en enfance dans un fauteuil roulant ?

— Sans doute parce que j'ai tenu tant que j'ai pu, marmonné-je.

Elle réfléchit.

— Peut-être, murmure-t-elle sans conviction, comme si elle devinait que ce n'était pas la vraie raison.

— Vous n'avez pas été blessée ? demandé-je. J'ai eu peur pour vous.

Je suis sincère. Après tout, c'était sans doute elle que ciblaient les terroristes.

Elle paraît surprise et son visage s'adoucit.

— Merci, Kyla. Je suis sensible à ton attention. Heureusement, j'ai été emmenée en lieu sûr.

— Pourquoi ils n'ont pas emmené l'infirmière aussi ? Vous la connaissiez ?

— Oui. Elle s'appelait Angela. Parfois, il faut faire des choix.

— Mais…

— Ça suffit, Kyla. J'ai une autre question à te poser. Tu as trouvé ce que tu voulais ?

— Quoi ?

— Tu as appris ce que tu voulais savoir ?

Ma gorge se serre. Elle a compris que j'avais regardé dans ses dossiers !

Je garde le silence, l'estomac noué de terreur. J'imagine sans peine ce que les Lorders vont faire d'une telle information !

— Oui, Kyla, j'ai vu ce que tu as fait. J'ai ma petite caméra de surveillance personnelle. Sans parler de la mémoire de l'ordinateur, qui me permet de voir quand des dossiers ont été ouverts et fermés.

Je reste pétrifiée.

— Mais tout à l'heure, j'ai effacé cette séquence et débranché la caméra. Personne d'autre n'est au courant. Apporte ta chaise ici, nous allons regarder ensemble.

Je ne bouge toujours pas, incrédule.

— Viens, Kyla.

J'obéis avec appréhension.

Elle ouvre un par un les dossiers que j'ai consultés, et m'explique le processus d'admission, les scans de mon cerveau, la chirurgie.

Puis elle passe à l'onglet « Recommandations » – la section à laquelle je n'ai pas cessé de penser. « Le conseil recommande la fin de la procédure. »

— Qu'est-ce que ça veut dire ? demandé-je.

— Le Conseil scientifique de l'hôpital s'inquiétait de tes cauchemars. Cela pouvait t'empêcher de contrôler tes émotions dans la vie éveillée. Ils pensaient que loin de l'environnement de l'hôpital, tu pouvais t'effondrer et représenter un risque pour ton entourage.

— Mais votre décision a prévalu. Vous n'étiez pas d'accord avec eux.

— Pas entièrement. Ils avaient raison sur le point principal : tu représentais un risque, pour toi-même comme pour les autres.

— Je ne comprends pas. Dans ce cas, pourquoi m'avez-vous autorisée à sortir ?

Elle hausse les épaules.

— Parce qu'il restait une possibilité de réussite. Dans ce cas, j'étais curieuse de voir comment tu te débrouillerais. Je voulais étudier tes réactions.

— Comme un cobaye !

— Un cobaye dont on ouvre la porte de la cage, réplique-t-elle en esquissant un sourire. Il y a quelque chose de différent en toi, Kyla. Je veux savoir ce que c'est. Je ne me suis pas trompée pendant la procédure. Tous les tests et les scans témoignent du succès de l'opération. Et pourtant, quelque chose m'échappe. Explique-moi ce que c'est… personne d'autre ne nous entend.

— Je ne vois pas ce que vous voulez dire.

— Ah ? Alors je vais m'y prendre autrement. Y a-t-il autre chose que tu voudrais savoir ?

Je me méfie. Ce ne sont pas les questions qui manquent, mais je suis censée être une parfaite petite Effacée...

Tant pis : la curiosité est la plus forte.

— Comment choisissez-vous les personnes à Effacer ? Il n'y a pas que des criminels, n'est-ce pas ?

— Pourquoi cette question, Kyla ? Tu sais bien que ce serait illégal.

Je soutiens son regard sans répondre.

Elle hoche la tête, l'air amusé.

— Tu es perspicace, dis-moi ! Il s'est passé quelque chose qui t'a conduite à penser ça ?

— C'est juste que, parmi les Effacés que je connais, il y en a qui me paraissent incapables de faire le mal.

— Kyla... Parfois les gens ont des vies très difficiles. Alors nous les aidons.

— Je ne comprends pas.

Elle hésite.

— Prenons ta sœur, par exemple. Comment s'appelle-t-elle, déjà ? Je l'ai reconnue le jour où elle t'a accompagnée.

— Amy. Pourquoi vous vous la rappelez ?

Elle tapote son écran et la photo d'Amy apparaît, avec le numéro 9612. Le Dr Lysander entre un mot de passe, et je comprends que c'est ce qui m'a bloquée, l'autre jour, pour accéder à mon dossier complet.

— Voilà. La patiente 9612 s'est présentée à l'hôpital de son plein gré. Elle a été évaluée et admise à l'Effacement Volontaire.

— Il y a forcément une erreur... Pourquoi quelqu'un demanderait à être Effacé ?

Dans mon désarroi, je tire sur mon Nivo, plus fort cette fois, et la douleur qui me traverse est si intense que j'en ai les larmes aux yeux.

— Certains jeunes ont beaucoup souffert, et le seul moyen de les rendre utiles à la société, c'est de leur ôter la mémoire de cette souffrance. Pour briser la chaîne, empêcher qu'ils transmettent ces formes de maltraitance et de violence à leurs enfants. Ainsi, ils recommencent vraiment à zéro.

— Mais… Qu'est-ce qui peut être si terrible ?

— Je me souviens d'Amy parce que c'est moi qui l'ai évaluée. Elle était dans une grande détresse. Elle avait eu un bébé, tu comprends. Elle a été violée à l'âge de treize ans, et le bébé lui a été enlevé par les autorités compétentes. À juste titre, d'ailleurs, étant donné les circonstances. Mais elle n'arrivait pas à s'en remettre.

Et moi, je n'arrive pas à y croire.

Voilà pourquoi le Dr Lysander n'a pas voulu parler à ma sœur, l'autre jour. Elle n'aime pas penser à l'horreur qu'Amy a vécue.

— Il est essentiel de faire cesser ces tragédies, reprend-elle. Et de veiller à ce qu'elles ne se répètent pas dans les générations futures. C'est pour le bien de tous aussi bien que pour celui des individus à qui nous donnons une seconde chance.

— Docteur, pourquoi vous m'avez raconté son histoire ?

— Parce que cela t'aidera à comprendre ce que nous faisons.

— Si Amy savait…

Je m'interromps. Elle a choisi d'oublier, justement.

Le Dr Lysander m'a donc confié un secret, elle aussi.

— Si elle veut, elle peut avoir accès à son dossier, réplique le médecin.

— On a le droit de demander pourquoi on a été Effacé ?

— Pas avant l'âge de vingt et un ans, une fois le Nivo retiré. Bien sûr, on ne donne ni les noms, ni les lieux, ni rien de détaillé. Juste les faits. Mais à vrai dire, à ce stade, pratiquement personne ne cherche à se renseigner. Les gens veulent continuer à vivre sans penser au passé. Et toi, Kyla ?

Je comprends ce qu'elle veut dire, mais n'ose y croire.

— Pardon ?

— Tu veux savoir la vérité ? Tu veux que j'ouvre ton dossier ?

Je recule en secouant la tête. *J'ai peur, tout à coup. Supporterai-je la vérité ?*

— Bon, ça suffit pour aujourd'hui. Mais réfléchis à tout cela pour la semaine prochaine. J'espère que tu répondras toi aussi à mes questions. File, maintenant.

Cela fait beaucoup de révélations en une seule journée : celles de maman sur ses parents et le gouvernement, celles du Dr Lysander sur l'Effacement…

Pourquoi m'a-t-elle parlé d'Amy ? Je n'arrête pas d'y penser. Quand j'arrive à la maison, je me retiens de la serrer fort contre moi. Elle penserait que je suis devenue folle !

Elle a voulu oublier son passé, je dois respecter son choix.

Et Lucy ? Elle a fait ce choix, elle aussi ?

Dans ce cas, pourquoi suis-je hantée par tant de souvenirs mystérieux ?

Chapitre 42

Cette semaine, il y a les épreuves de sélection de cross-country, par équipe. Comme les Effacés n'ont pas le droit de concourir, Ben et moi n'y participons pas. Pourtant, nous sommes les plus rapides du lycée. Mais je ne peux rien dire car je suis une bonne petite Effacée, docile et tout…

Donc, dimanche, il n'y a pas d'entraînement, et en plus Amy m'a coincée pour l'après-midi. Après ce que j'ai découvert hier, il m'est impossible de lui refuser quoi que ce soit. Alors, aujourd'hui, je vais chaperonner ma sœur et son amoureux. Génial.

★★★

— On dirait qu'il va pleuvoir !

Amy scrute le ciel gris d'un air inquiet.

Il fait froid et humide, mais ce temps maussade s'harmonise parfaitement avec mon humeur. Quant à Jazz, il est toujours aussi joyeux.

— N'aie crainte, gente dame ! s'écrie-t-il en agitant un immense parapluie. J'ai envisagé toutes les éventualités. En garde !

Il fait mine de se battre en duel contre une branche d'arbre.

Bon, on a au moins un preux chevalier…

Nous traversons le village jusqu'au sentier mais, au lieu de s'y engager, Amy et Jazz s'adossent au muret de pierres au bord de la route.

— On n'y va pas ? demandé-je.

— Si. Tout à l'heure, répond Amy en regardant sa montre.

Frustrée, je l'écoute nous parler du stage qu'elle commence mardi chez un chirurgien. C'est interminable ! Juste au moment où je piaffe d'impatience, Jazz s'écrie :

— Ah ! Le voilà !

Je me détourne et regarde Ben courir vers nous. J'en reste bouche bée.

— Alors, elle te plaît, ma surprise ? me lance Amy avec un grand sourire.

Hier soir, au dîner, maman a annoncé que je n'avais plus le droit de courir avec Ben. Elle en avait longuement parlé avec papa et s'était rangée à son avis. J'étais encore trop jeune pour avoir une relation suivie avec un garçon… même amicale ! Trop jeune et trop dépendante de mon Nivo, surtout.

— Cours avec lui, Kyla ! reprend ma sœur. On vous suit. Et ne t'inquiète pas, les parents ne savent rien.

— Merci, dis-je en la serrant dans mes bras.

Elle a l'air étonnée et me tapote le dos.

— Je suis passée par là, m'explique-t-elle. Je sais ce que c'est.

En fait, elle pense que dès que nous serons seuls, Ben et moi allons nous bécoter, comme elle le ferait avec Jazz. Or aujourd'hui, ce dont j'ai le plus besoin, c'est de courir. Enfin, pas trop vite, car si je rentre en sueur à la maison, maman comprendra que je n'ai pas chaperonné ma sœur !

Nous nous élançons dans une foulée tranquille, jusqu'au bois. Au fur et à mesure que nous avançons, nous nous enfonçons dans le brouillard. Je m'arrête en reconnaissant une souche familière.

— D'ici, normalement, on voit tout le village, déclaré-je.

— De quel côté ?

Je lui indique la direction. Au loin, les cimes des plus hauts arbres semblent transpercer le brouillard, comme des fantômes indistincts. En contrebas, les maisons et les champs sont noyés dans la brume.

— Impressionnante, la vue ! raille Ben.

Je lui donne un coup de poing sur le bras.

— D'habitude, on voit même le jardin derrière ma maison.

— Bon. Et maintenant, qu'est-ce qu'on fait ?

Il a un sourire plein de suggestions et je tremble un peu.

— Euh… On attend qu'Amy et Jazz nous rejoignent. À moins qu'on ne redescende ? Ils veulent peut-être rentrer, avec ce temps.

— Attendons un peu, propose-t-il en me prenant dans ses bras.

Je soupire d'aise, bien au chaud contre lui.

— Voilà pourquoi mes parents ne veulent plus que je reste seule avec toi !

— Non… Vraiment ? Alors on se cachera…

— Ben ! On a dit qu'on obéirait à tout le monde jusqu'à l'âge de vingt et un ans.

— Cinq ans sans un baiser ? Pas question.

Avec le brouillard qui nous entoure, le monde semble devenu silencieux et lointain.

Le vrai danger est invisible, dit une voix dans ma tête.

Je choisis de l'ignorer et souris à Ben.

Soudain, une brindille craque derrière nous.

— Tiens tiens ! Qui voilà..., lance une voix désagréable.

Nous faisons volte-face.

— Kyla en personne, poursuit Wayne Best avec un grand sourire mauvais.

Je recule.

— Comment savez-vous mon nom ?

— Tu te rappelles pas ? T'es venue voir mon frère. T'as même rencontré son chien, paraît-il. Brutus t'a adorée..., ajoute-t-il en éclatant de rire. Alors, tu me présentes pas à ton ami ?

Mon « ami » ne se doute de rien, et accueille le nouveau venu d'un air courtois.

— Je m'appelle Ben.

— Salut, Ben, fait Wayne en lui tendant la main.

Non ! J'aurais dû le retenir...

Ben tend la main à son tour et Wayne voit son Nivo. Il laisse aussitôt retomber son bras.

— Toi aussi, t'es Effacé ! Vous poussez sur les arbres, ou quoi ? s'écrie-t-il avant de cracher par terre d'un air méprisant. Et moi qui allais t'avertir de ne pas traîner avec une saleté pareille...

— Eh, une minute ! proteste Ben, comprenant enfin que Wayne n'est pas Mr Gentil.

— La ferme ! grogne Wayne en poussant Ben en arrière. Assieds-toi. Je veux… bavarder avec Kyla.

Ben se relève, partagé entre la confusion et la colère.

— Ne bouge pas, Ben, lui ordonné-je. De quoi voulez-vous parler ?

— Mon frère t'a chassée trop vite. Pourquoi que tu voulais parler à la maman de Phoebe ?

Il ignore que sa nièce a été Effacée. Sinon, il ne se comporterait pas ainsi avec Ben et moi.

Il ne doit l'apprendre à aucun prix. Si la mère de Phoebe a jugé bon de ne pas mettre son beau-frère au courant, elle doit avoir ses raisons. *Ben, ne dis rien !* suppliai-je en silence.

— Alors, tu vas causer, saleté ? reprend Wayne. Tu veux causer avec les mains, p't-être bien ?

Il s'approche encore et Ben se précipite devant moi. Son Nivo vibre très fort.

— Reculez ! ordonne-t-il, très pâle, le visage déformé par la douleur.

Wayne éclate de rire.

— Qu'est-ce que tu vas faire, pauvre cloche ? À ta place, je regarderais sans rien dire. T'apprendrais p't-être quèque chose…

Il repousse Ben, qui tente de lui envoyer un coup de poing avant de s'écrouler. Son Nivo vibre de plus en plus fort.

— Laissez-le tranquille, crié-je en donnant un violent coup de pied à notre agresseur.

Mais il s'est esquivé et je n'ai fait que lui heurter le tibia.

— Aïe ! Petite garce ! T'as du tempérament, dis donc… Je vais bien m'amuser avec toi.

J'ai peur, mais surtout, je suis en colère. Quelque chose en moi hurle pour sortir.

Soudain, contre toute attente, Wayne recule et s'enfuit.

— Kyla ! Kyla !

Jazz déboule sur le sentier, suivi par Amy.

— On t'a entendue crier, s'exclame-t-il. Que se passe-t-il ?

Ne leur dis rien.

— C'est Ben, son Nivo baisse trop vite ! m'écrié-je.

Comme pour confirmer mes dires, son Nivo se met encore à vibrer.

— Il est à combien ? me demande Amy, encore essoufflée.

— 3,2, murmuré-je, terrifiée.

— Oh mon Dieu !

— Dans mon sac à dos, gémit Ben dans un souffle. Les cachets. Vite.

Je fouille son sac, en tire une bouteille d'eau et une paire de chaussettes, puis un petit flacon de verre. L'étiquette dit que ce sont des cachets pour les maux de tête. Je montre le flacon à Amy.

— Ça ne peut pas lui faire de mal, déclare-t-elle.

— Vite, donne-m'en une ! ordonne Ben d'une voix rauque.

Je lui mets le cachet dans sa bouche et il l'avale gloutonnement. Puis je l'enveloppe dans mes bras, priant pour que son Nivo remonte.

Amy s'assied près de nous, caressant tantôt la main de Ben, tantôt la mienne.

— Écoutez, on ne peut pas le laisser comme ça. Je vais appeler une ambulance, déclare Jazz.

Heureusement, Ben cesse enfin de frissonner et les couleurs reviennent peu à peu sur ses joues. Son Nivo remonte.

— Ce sont les cachets d'Aiden, murmure-t-il à mon oreille.

Il faut encore un bon moment avant qu'il soit capable de marcher.

Je parviens à convaincre Amy et Jazz de passer devant pour que je puisse parler à Ben. Mais je m'assure qu'ils ne sont pas trop loin. On ne sait jamais !

Ben a passé un bras autour de mes épaules et s'appuie un peu sur moi.

— Je suis désolé, chuchote-t-il. Je voulais te protéger et je n'ai rien pu faire.

— Ce n'est pas ta faute.

— Mais toi, Kyla, pourquoi ton Nivo n'a pas baissé ?

— Franchement, je n'en sais rien. J'ai de drôles de réactions, parfois. Surtout, ne le dis à personne, sinon, je disparaîtrais moi aussi.

Ben me regarde longuement avant d'acquiescer.

— Et pourquoi tu n'as pas parlé de ce type à Jazz et Amy ? Il est dangereux. Il faut prévenir quelqu'un…

— On ne peut pas. Il leur dirait que je suis allée chez Phoebe, que j'ai prévenu sa mère.

— Et alors ?

— Ce n'est pas une attitude normale pour une bonne petite Effacée. On fait tout pour me contrôler à chaque instant, tu le sais bien.

— D'accord, dit enfin Ben. Mais promets-moi de ne plus revenir ici toute seule. Jamais. Tu me le promets ?

Je promets.

Jazz ramène Ben chez lui en voiture. Il n'habite qu'à quelques kilomètres de chez nous. Sa maison est un pavillon en briques entouré d'un grand jardin. Un splendide golden retriever, Skye, saute sur Ben et nous accueille en agitant la queue. C'était le cadeau de ses parents lorsqu'il est venu vivre chez eux.

La mère de Ben sort du garage, vêtue d'une salopette. Elle est plus jeune et plus jolie que je ne l'aurais imaginé. Je lui donne trente ans maximum, et ses longs cheveux noirs sont retenus en arrière par une barrette.

Lorsque Ben nous présente, son visage s'illumine.

— Ah ! C'est toi Kyla ! Je suis vraiment contente de te rencontrer.

Elle nous fait entrer dans le garage, qui lui sert d'atelier. Il est plein de machines-outils, de bouts de métal et de sculptures. En ce moment, elle termine une œuvre représentant une chouette : elle a des boucles de métal en guise de griffes, des noisettes en guise d'yeux, des lames d'éventail de récupération en guise de plumes. Des bouts de métal sans valeur sont devenus une créature sauvage, qui semble sur le point de s'envoler.

— Comme dans mon dessin ! murmuré-je, juste avant de voir la feuille épinglée sur le mur.

Ainsi, la mère de Ben s'est inspirée de la chouette que j'ai donnée à son fils ? Cela me rend étrangement heureuse.

Puis nous remontons en voiture, et Ben nous salue d'un signe de la main avant de disparaître dans le garage.

Ben mène une vie heureuse et sans complication. Sa mère a l'air de l'adorer, il a une petite chienne… Pourquoi l'ai-je emmené chez Mac ? Je n'ai fait que lui mettre des idées fausses en tête. Et sans les pilules d'Aiden, que serait-il devenu, tout à l'heure, à cause de Wayne ?

En fait, c'est moi que cherchait ce type au cerveau dérangé.

C'est moi, le problème.

Ce soir-là, comme je m'y attendais, Amy vient bavarder dans ma chambre.

— Écoute, Kyla, j'ai réfléchi. Les parents ont raison.

— À propos de quoi ?

— De Ben et toi. Vous vous êtes disputés, c'est ça ? Il l'a échappé belle, avec son malaise. En tout cas, il ne peut pas se contrôler et toi non plus. Alors il vaut sans doute mieux ne pas vous voir pendant un certain temps.

— Tu te trompes. Ce n'est pas ça !

— Alors c'est quoi ?

Je secoue la tête. Impossible de lui dire la vérité, et je ne veux pas lui mentir non plus.

— Jazz et moi, on ne va plus t'aider à le voir. Après, ce que tu fais ou non, ça te regarde. Mais je voulais te le dire. Bonne nuit.

Elle s'en va, et Sebastian bondit sur le lit.

— Apparemment, je n'ai plus que toi, mon chat…

Il ronronne, content de son sort.

Plus de baisers avant l'âge de vingt et un ans.

Ouh la la…

Cependant, je ne peux nier la conclusion d'Amy, même si son raisonnement est faux. Ben serait beaucoup mieux sans moi.

Non, Ben *sera* mieux sans moi. Même si cela me déchire, il faut que je sorte de sa vie avant de créer d'autres dégâts.

Chapitre 43

Le lendemain matin, j'arrive en biologie avant Ben et envisage de m'asseoir à côté de quelqu'un d'autre. Mais j'y renonce. Avec Hatten, mieux vaut rester sur la dernière rangée.

— Il faut qu'on se voie à l'heure du déjeuner, me chuchote Ben en arrivant.

— Je ne peux pas.

— Ah bon ? Pourquoi ?

— Suis occupée.

— Mais j'ai des trucs à te dire sur Miss Fern. C'est important ! On se retrouve à la bibliothèque, d'accord ?

— Bonjour, tout le monde ! s'écrie Mr Hatten. J'espère que vous avez eu un aussi bon week-end que moi.

Il sourit d'un air canaille, et plusieurs filles gloussent bêtement. Il porte un pantalon noir moulant, une chemise sombre et soyeuse qui met ses épaules en valeur.

Ben me donne un coup de coude dans les côtes.

— Hé ! Arrête de le fixer comme ça, Kyla !

Je tressaille et balaye la salle du regard. Toutes les filles, et même certains garçons, semblent clouées sur place. Moi, ce type me rend juste nerveuse.

— Aujourd'hui, poursuit Hatten, nous allons continuer à étudier le cerveau.

Avant, il nous rend nos fiches de la semaine dernière et corrige nos erreurs. Puis il nous projette plein de diapositives de scans de cerveaux. Le cours me semble interminable, mais au moins, aujourd'hui, Hatten me laisse tranquille.

Enfin, je le croyais.

Lorsque je passe devant lui, il m'adresse un clin d'œil qui ne passe pas inaperçu. Plusieurs filles me foudroient, comme pour me dire : « Tu nous paieras ça ! »

À midi, malgré mes résolutions, la curiosité me pousse à rejoindre Ben devant la bibliothèque.

— Eh bien, qu'est-ce qu'il y a ?

Il me regarde d'un air mystérieux.

— Pas ici… Viens, allons marcher.

Je le suis sur un sentier, et nous filons discrètement vers le petit ruisseau. C'est là que Phoebe a dessiné son rouge-gorge. J'ai l'impression que cela fait longtemps, mais en réalité il ne s'est écoulé que trois semaines. Nous avançons en silence sur le sentier principal, puis bifurquons dans le sous-bois. Ben se tait toujours, le visage sombre et indéchiffrable.

— Tu voulais me parler de Miss Fern, dis-je enfin.

— Entre autres, oui. Comme tu sais, mon père est instituteur, et un de ses collègues a été en fac avec Miss Fern. Hier après-midi, ils sont allés la voir à l'hôpital.

— Elle va bien ?

— Oui, elle se remettra. Elle a des fractures multiples et on lui a mis un tas de machines pour tirer sur ses jambes et ses bras.

— C'était bien un accident de voiture ?

— Justement… Ce n'était pas un accident. Elle dit que quelqu'un l'a poussée sur l'autoroute.

Je retiens un cri.

— Les Lorders ?

— Non. Il y a une enquête.

— Mais qui d'autre ferait une chose pareille ?

— Je n'en sais rien…

— C'est tout, Ben ? Je n'ai pas beaucoup de temps.

— Écoute, Kyla. Je t'ai promis que je ne ferai rien sans t'en parler d'abord, alors voilà… Je voudrais te montrer un truc.

Il remonte sa manche. Son Nivo est à 7,8, et pourtant, il n'a pas couru. Il n'a pas l'air heureux non plus. Puis, de son autre main, il tente de tourner le cadran où s'affichent les chiffres numériques.

— Arrête ! Qu'est-ce que tu fais ?

— Regarde…

Il me met de nouveau son Nivo sous le nez, mais il a à peine baissé.

7,6. Le tordre ainsi aurait dû lui faire perdre deux ou trois degrés… Sans parler de la douleur que cela devrait provoquer.

— Je ne comprends pas, murmuré-je. Comment tu fais ça ?

— J'ai pris une autre pilule d'Aiden et, quoi que je fasse, mon Nivo ne baisse pas. J'ai essayé des tas de trucs.

— Qu'est-ce que ça prouve ?

— Tu ne vois pas ? Le lien entre le Nivo et le cerveau est bloqué par les pilules. On peut donc l'enlever sans s'évanouir. Sans aucune conséquence.

À présent, Ben rayonne. Ses yeux semblent brillants de fièvre. Est-ce l'effet des cachets ?

— Là, tu vas un peu loin, remarqué-je. Entre le bouger et l'enlever, il y a une grosse différence !

Et s'il avait raison, cependant ? Le Nivo capte nos émotions en communiquant avec une puce qu'on nous a implantée dans le cerveau. S'il baisse trop, le sang n'irrigue plus le cerveau. Cela provoque une attaque, puis la mort.

Mais si le Nivo n'intercepte rien ?

— Ça se tient, Kyla ! Rappelle-toi ce qu'a dit Aiden : les TAG enlèvent les Nivos. C'est forcément grâce aux pilules qui bloquent le lien entre le cerveau et le Nivo. Ça explique tout… Oh, Kyla, pense à ce que ce serait d'être enfin nous-mêmes !

Il me prend dans ses bras et mon cœur bat la chamade. Mon corps réclame des choses dont je ne suis même pas consciente. Des choses qu'on me dit d'éviter à cause de mon Nivo.

Si j'en étais libérée, nous pourrions rester ensemble. Nous serions heureux ou tristes, mais libres.

Puis je soupire. Je ne crois pas aux contes de fées.

Je m'écarte.

— Ben, qu'as-tu l'intention de faire ?

— Prendre un bon tas de pilules et me débarrasser de mon Nivo.

— Quoi ? Tu es fou !

— Non. Ou plutôt, j'ai été fou de croire tout ce qu'on m'a raconté jusqu'ici. Aiden a raison, même s'il n'a pas été au bout de sa logique. On nous a rendus incapables de nous défendre. Pense à ce qui s'est passé hier. Si Jazz et Amy n'avaient pas été là…

Il ne termine pas sa phrase et je n'ai pas envie d'imaginer la suite. J'ai fermé la porte sur ce souvenir, tourné la clé et l'ai jetée dans un puits sans fond.

— Ben ! Ben ! Je t'en prie, sois raisonnable.

— Aiden a dit que les TAG l'ont fait. Donc ça marche.

— Il a dit aussi qu'il y avait beaucoup d'échecs. Et tu ignores comment ils s'y sont pris. Pense à la douleur, Ben. Tu as eu mal quand tu as tourné ton Nivo tout à l'heure. Je l'ai vu sur ton visage. Tous les liens avec le cerveau ne sont pas coupés.

— Ce n'est pas insurmontable, fait-il dans un haussement d'épaules.

— Si tu n'y arrives pas, tu mourras.

— Mais pourquoi vivre dans ces conditions ?

— Tu ne penses pas ce que tu dis. Et on ne peut pas couper un Nivo comme ça, avec une paire de ciseaux. Ils sont pratiquement indestructibles.

— Ma mère a plein de trucs dans son atelier pour couper le métal. Je l'aide tout le temps, je sais m'en servir.

Je cherche en vain une objection qu'il puisse entendre.

— Et après ? dis-je. Si tu arrives à t'en débarrasser, que feras-tu ? Tu ne pourras plus rester dans ta famille ni au lycée. Tout le monde verra que tu n'as plus de Nivo. Les Lorders viendront te chercher.

— J'ai un plan.

Mais j'ai beau le questionner, il ne veut pas me dire ce que c'est.

Alors je pense au pire. S'il trouve qu'Aiden n'allait pas assez loin, il n'a qu'une solution : *rejoindre les terroristes !*

— Ben ! Tu ne veux quand même pas passer chez les TAG !

Mais je vois dans ses yeux que j'ai deviné juste.

Ma gorge se serre. Il ignore de quoi ces gens sont capables… S'il le savait, il n'aurait pas ce projet.

— Réfléchis, Kyla. C'est la seule façon d'obliger le gouvernement à changer les choses.

Est-ce l'influence de ces pilules ? Je ne le reconnais plus.

— Même toi, après ce qui s'est passé hier dans le bois, tu ne veux plus me parler. Je mesure 1,8 m et je suis incapable de me battre.

— Ce n'est pas pour ça…

— C'est quoi, alors ?

— J'ai peur pour toi, Ben. Tu serais bien mieux si tu ne m'avais jamais rencontrée.

— Quoi ? Comment peux-tu dire ça ? Tu ne sais donc pas ce que je ressens ?

Mais je refuse de l'écouter. Si ce qu'il ressent le pousse à se tuer, à quoi bon ?

— Non, Ben, ne fais pas ça. Promets-le-moi !

Il secoue la tête.

— Kyla, je sais que tu veux m'aider, mais je dois suivre mes propres idées. Ne le prends pas mal.

Je suis sidérée. Qui aurait pensé que Ben, si souriant, si peu compliqué, en arriverait à un geste aussi radical ? Et moi qui croyais qu'il avait besoin que je le protège ! Il ne sourit pas, en ce moment, et il ne veut pas de mon aide. Il ne veut pas savoir ce que je pense, ni même quelles conséquences ses actions pourraient avoir sur moi.

Que puis-je dire d'autre ?

Je me détourne et reviens vers le lycée. Mon Nivo vibre.

4,2.

— Tiens, prends-en une, me dit Ben en me rattrapant.

Je refuse la pilule qu'il me tend.

— Non merci. J'ai vu ce qu'elles t'ont fait.

Le reste de la journée s'écoule sans que je m'en aperçoive. Mon Nivo ne remonte pas, mais il ne baisse pas non plus. Je noue un foulard de soie autour de mon poignet pour que personne ne l'entende vibrer.

Je pense à Ben. Il faut absolument que je l'empêche de mener ce projet à bien.

À la fin des cours, je me débrouille pour arriver avant Amy à la voiture.

— Jazz, tu peux contacter Mac ? lui demandé-je. J'ai besoin de lui parler. Et aussi d'avoir une conversation avec Aiden.

Je m'étais juré de ne plus le revoir, mais peut-être peut-il m'aider à dissuader Ben d'une entreprise aussi folle. Ou alors lui expliquer comment font les TAG pour couper les Nivos. Et s'il n'est pas là, je compte sur Mac pour persuader Ben d'attendre avant de réaliser son projet.

Pour l'instant, je ne vois pas d'autre solution.

Plus tard, dans ma chambre, mon crayon ne veut pas se poser sur la feuille blanche. Même le dessin m'a abandonnée.

— Nous allons aborder le traitement de la douleur. Celle-ci peut être mortelle, lorsqu'elle est très forte : le corps reçoit un choc et se bloque. Il cesse de fonctionner et le sujet meurt.

Le garçon sourit. Comme moi, il n'a aucune idée de ce qui va se passer.

Pourtant, nous n'avons rien en commun. Il s'assied là où on lui dit de s'asseoir, répond quand on lui parle et sourit tout le temps d'un air béat. C'est sûrement parce qu'il est sous perfusion, et qu'il vient de boire un verre de whisky. Ses pupilles sont dilatées et une fine pellicule de sueur luit sur sa peau, malgré le froid qui règne dans l'atelier. Mon haleine se transforme en vapeur.

— Sous anesthésie générale, ça ne marche pas, continue la voix. Il faut être conscient, je n'ai pas encore compris pourquoi.

Le garçon continue à sourire, soit parce qu'il n'écoute pas, soit parce qu'il ne comprend pas. Il n'a pas plus de quinze ou seize ans.

— Cette fois, en plus de la concoction habituelle, nous essayons la cocaïne. Difficile à trouver, de nos jours, mais nous avons pu en localiser. Donne ta main, ordonne-t-il.

Le garçon obéit et l'homme lui attache le bras à une table métallique. C'est alors que je vois la scie. Elle est alignée sur le poignet du garçon.

— Vous n'allez pas…

Je déteste le sang. Son odeur métallique, sa couleur, sa texture visqueuse, et je commence à avoir la tête qui tourne. Je me tiens d'une main à la table et sens la nausée monter.

L'homme me secoue violemment.

— Tu te reprends, oui ! ordonne-t-il.

Brusquement, ma tête cesse de tourner. Je suis calme, j'observe.

— Tu dois apprendre à te contrôler. Tu ne vas pas laisser cette pleurnicharde prendre le dessus, n'est-ce pas ? poursuit-il d'une voix menaçante.

— Non !

Je me redresse.

— C'est bien, déclare-t-il. Et n'aie crainte, je ne vais pas lui couper la main – même si ce serait une expérience intéressante sur la douleur.

Il remonte la manche du garçon et révèle un bracelet en métal, avec des numéros comme sur une montre. Mais elle ne donne pas l'heure.

— Est-ce que c'est… Est-ce qu'il…

— C'est un Nivo. Il a été Effacé.

Il fléchit le poignet du garçon et ajuste les courroies afin que le Nivo soit à angle droit par rapport à une fente pratiquée dans la table, et perpendiculaire à la scie.

— Cette scie a une pointe en diamant, explique-t-il. C'est la seule chose qui peut traverser ce type de métal. Crois-moi, nous avons tout essayé. Le froid, la chaleur, les produits chimiques, toutes sortes d'outils. C'est encore une scie ancienne à pointe de diamant qui va le mieux.

Il chausse des lunettes de protection.

— Recule, m'ordonne-t-il. Si je vais trop loin, il risque d'y avoir des éclaboussures.

Il presse un bouton et la scie tourne en émettant une plainte stridente.

Le garçon fixe la machine d'un air stupéfait, puis son regard se pose sur son Nivo.

La lame heurte son bracelet, produisant un grincement aigu dans une pluie d'étincelles. Soudain, il se met à crier…

Une douleur me lacère le bras et je me débats. Puis je réalise que je suis juste enroulée dans ma couverture.

Les yeux de Sebastian luisent dans l'obscurité.

J'allume ma lampe de chevet.

La fourrure de Sebastian est hérissée jusqu'au bout de sa queue. Il y a un alignement d'égratignures sur mon bras. C'est cette sensation qui m'a réveillée…

C'est la deuxième fois que mon chat me tire d'un cauchemar.

— Merci, Sebastian, chuchoté-je. Tu m'a sauvée…

Il se rallonge et je le caresse en lissant sa fourrure. Il se roule en boule pour dormir mais je laisse la lumière allumée, peu désireuse d'être à nouveau dans l'obscurité.

C'est mon imagination qui a produit ce rêve insensé ? Ou bien ai-je retrouvé des souvenirs que je ne devrais pas avoir ?

Un instinct me dit que c'est les deux. Celle qui rêve en moi n'avait jamais vu un Nivo. Elle n'a pas su reconnaître que le garçon était Effacé, et pourtant c'était évident.

En tout cas, une conclusion s'impose, inévitable : il faut empêcher Ben de mener à bien son projet. Il est en danger de mort.

Chapitre 44

— Kyla, qu'est-ce que tu as ?

Même si je pouvais le lui dire, je ne saurais pas par quoi commencer.

— Je vais être en retard à la réunion, maman !

Elle hésite quelques instants avant d'ouvrir la porte d'entrée.

— Je vois bien que tu es inquiète. Cela fait plusieurs jours que tu broies du noir. Je pourrais peut-être t'aider si tu me disais quel est le problème.

Une partie de moi meurt d'envie de tout lui raconter. Et si elle parvenait à trouver une solution ?

Non, c'est dangereux.

— Est-ce à cause de Ben ? demande-t-elle en démarrant la voiture.

J'acquiesce. Je peux au moins admettre ça.

— Vous vous êtes disputés ?

— C'est Amy qui t'a raconté ça ?

— Ne lui en veux pas. Elle s'inquiétait pour toi, et aussi pour Ben.

Décidément, les bonnes intentions d'Amy me causent beaucoup d'ennuis !

— Kyla, tu comprends pourquoi ton père et moi ne voulons plus que tu coures seule avec Ben ?

— Parce que ce n'est pas « convenable », marmonné-je d'un ton sarcastique.

— Oh ! Voyons, s'esclaffe maman. J'ai été jeune, moi aussi. Je peux comprendre qu'on ait envie d'être avec quelqu'un.

— Alors pourquoi vous m'empêchez de le voir ?

— Parce que c'est comme ça. Je ne suis pas toujours d'accord avec ton père mais là, il a raison. Nous ne pouvons pas te laisser continuer sur une voie qui pourrait te nuire. Écoute, laissons reposer les choses pendant quelque temps. Après, nous verrons si nous pouvons inviter Ben à la maison de temps en temps. Avec un chaperon, évidemment.

Elle sourit et je comprends qu'elle est de mon côté. Mais c'est tellement plus compliqué qu'elle l'imagine !

Ben ne sera peut-être plus dans les parages d'ici peu. Et peut-être pour longtemps.

Si seulement je pouvais le raisonner, lui parler seule à seul.

Attends une minute.

— Maman, tu pourrais venir me chercher un peu plus tard, ce soir ? Juste quelques minutes pour que je puisse régler la situation avec Ben. S'il te plaît !

— Ton père n'apprécierait pas du tout.

— Je ne lui dirai rien, promis !

Elle soupire.

— Bon d'accord. Je te donne vingt minutes, pas plus.

— Merci, maman.

— Ah, enfin ! Un sourire. Essaye d'être aussi contente quand je reviendrai te chercher, d'accord ?

La réunion commence comme d'habitude. Sauf que, malgré son pull d'une couleur éclatante, Miss Penny semble d'une gaieté forcée.

Ben arrive en retard et va s'asseoir à l'autre bout de la pièce. Je tente de cacher ma peine. Est-il en colère parce que je suis partie sans lui dire au revoir, après notre dernière conversation ?

Chaque adolescent parle de choses sans importance, répondant docilement aux questions. Je garde l'œil rivé sur l'horloge. Enfin, c'est l'heure. Mais Miss Penny continue encore cinq minutes et je dois me mordre la langue pour ne pas le faire remarquer. Lorsqu'elle nous libère, Ben se lève et se dirige vers la porte.

J'y arrive en même temps que lui.

— Attends, Ben !

Il me regarde dans les yeux pour la première fois de la soirée. Un regard vide, indifférent… J'ai l'impression de recevoir un coup de poignard dans le ventre. J'ai envie de fuir et de pleurer.

Mais il faut que je reste. Que je trouve les mots qui le détourneront de son horrible projet.

— S'il te plaît, on peut parler ? Maman va arriver plus tard, on a un peu de temps.

Il jette un coup d'œil dans la salle. Miss Penny est en grande discussion avec des parents.

— D'accord, dit-il.

Je le suis dehors, dans l'ombre du parking. Et tout ce que je trouve à dire, c'est :

— Tu es fâché contre moi ?

— Non, bien sûr ! Simplement, je ne veux pas qu'on nous voie ensemble en public, parce que si… Si ça tourne mal, je ne veux pas que tu aies des ennuis à cause de moi.

— Oh ! Ben ! Tu n'as pas changé d'avis ? C'est insensé… Tu n'y arriveras pas !

— Tu pensais que je renoncerais ?

— Je l'espérais, soupiré-je. Attends au moins qu'on revoie Aiden. Il peut t'expliquer comment ils font, tu augmenteras tes chances.

Et il t'en dissuadera.

— Kyla, je ne crois pas qu'Aiden sache comment s'y prendre. Il nous l'aurait déjà dit.

— S'il te plaît, Ben ! supplié-je, à bout d'arguments. Je ne veux pas qu'il t'arrive malheur.

Il se radoucit et me sourit.

— Kyla, tu sais ce que j'aimerais faire, en ce moment ? T'entraîner dans les bois et t'embrasser.

Mais autour de nous, des voitures se garent. Les parents viennent chercher leurs enfants, et tout le monde peut nous voir. Il me prend la main et entrecroise nos doigts.

— Pour l'instant, il faudra se contenter de ça, murmure-t-il. J'y vais, Kyla… J'ai prévu de le faire ce week-end.

— Déjà ?

— C'est le bon moment. Ma mère doit aller chez la sœur de mon père, qui a eu un bébé. Papa y est déjà. Je les ai convaincus que je pouvais rester seul.

— S'il te plaît, Ben…

— Écoute, si ça marche, tu pourras aussi te débarrasser du tien. On s'enfuira tous les deux. Sans nos Nivos, personne ne pourra nous séparer.

— Et les TAG ? Tu as renoncé à te joindre à eux ?

— Non. Mais on sera ensemble au sein d'une grande organisation terroriste. Ce sera le paradis. Tu imagines ? On pourra enfin changer la société !

Je voudrais protester encore, le retenir, mais maman arrive et me fait signe.

— Il faut que j'y aille, Ben…

— Eh bien ? Pas de sourire, Kyla ?

— Non. Désolée…

Une fois à la maison, je file dans ma chambre mais je ne peux pas fuir mes pensées. J'imagine Ben sectionner son Nivo et hurler de douleur. S'il y survit… je le vois parmi les TAG, projetant de nouveaux attentats…

Non !

Je dois absolument trouver le moyen de l'en empêcher.

Tout est flou, confus.

J'ajuste mes lunettes de protection.

— Sois attentive. Tu mets la scie en marche avec ce bouton. Et tu la pousses le long de ce trait. La roue en diamant va vite régler son compte à ce Nivo. Mais il faut le trancher d'un coup sec, sinon la douleur ou le choc peuvent entraîner la mort. Attention, tu ne dois pas toucher la main. La plupart du temps, si on échoue, c'est parce qu'on s'arrête quand le sujet a mal, au lieu de continuer. Tu comprends ?

— Oui.

Je suis calme, j'observe. L'expérience m'intéresse.

Le sujet est en sueur, les yeux dilatés. Sa main est immobilisée sur la table. Il empeste le whisky.

J'actionne le bouton. La roue tournoie, prend de la vitesse, gémit.

Je l'approche du bras, lève les yeux et croise le regard du sujet. Des yeux bleus, grands ouverts. Pas effrayés.

Pas encore.

— Regarde ce que tu fais !

La lame touche son Nivo. Des étincelles jaillissent en arc de cercle.

— Appuie davantage !

Le sujet crie et je retire la scie.

— Non ! Il va mourir si tu t'arrêtes !

Mais j'ai la tête qui tourne. Ses cris de douleur me transpercent le crâne. Je ferme les yeux et quand je les ouvre, le garçon qui criait est parti. À sa place, il y a Ben. Et c'est quelqu'un d'autre qui tient la machine.

— Non, Ben ! Non !

Je me précipite pour défaire les courroies, mais des bras me saisissent et m'immobilisent.

— Tu dois te maîtriser. Tu connais le règlement.

— Non !

— C'est ton tour.

Je me débats, envoie des coups de pied. Griffe, crie. En vain. Je suis attachée à une chaise, mon bras sur la table.

La scie gémit…

Une vibration me secoue.

Je me réveille en sursaut dans ma chambre.

Je tends la main pour allumer la lumière et ça vibre encore…

C'est mon Nivo. Je suis à 3,3.

Danger.

J'ai la nausée et je tremble. Cette fois, dans ce rêve, je coupais un Nivo. Est-ce que j'ai vraiment fait une chose pareille ? Était-ce un souvenir ou un cauchemar ?

Lentement, très lentement, mes battements de cœur se calment et mon Nivo remonte. Mais les images me hantent, repassant encore et encore dans mon esprit.

Je ne peux pas me débarrasser des cris de douleur du garçon…

En suis-je responsable ?

Et puis, dans mon rêve, quand est venu mon tour de me débarrasser de mon Nivo, j'étais terrifiée à l'idée de ne plus l'avoir. Je ne comprends pas.

Je déteste cet engin et tout ce qu'il représente, et pourtant la seule pensée de le perdre me remplissait de terreur.

Pourquoi ?

Chapitre 45

Le vendredi matin, lorsque j'arrive à l'arrière du bus, Ben n'est pas assis à sa place habituelle. Je panique. Aurait-il déjà tenté de couper son Nivo ?

La matinée passe comme dans un cauchemar. J'envisage même de dénoncer Ben à Mrs Ali, pour que les Lorders l'empêchent de réaliser son projet. Mais serait-il davantage en sécurité ?

De toute façon, c'est peut-être déjà trop tard.

J'erre dans le parc à l'heure du déjeuner. Qui pourrait m'aider ?

Soudain, je pense à Jazz.

Amy m'a dit que les terminales déjeunent dans leur salle commune, au dernier étage du bâtiment principal. Je m'y rends et, debout sur le seuil, scrute la foule des élèves assis sur des bancs ou attablés. Certains font leurs devoirs sur de petits bureaux individuels. Aucun signe de Jazz.

Je m'avance pour voir s'il ne serait pas dans le fond de la pièce.

— Ne reste pas dans le passage, dit une voix derrière moi.

Je m'écarte et deux filles entrent en me jetant des regards noirs.

— Dégage ! m'ordonne l'une d'elles. Ici, c'est seulement pour les terminales.

— Je cherche Jazz MacKenzie…

Elles ne prennent même pas la peine de me répondre.

— Jazz ? appelé-je.

À cet instant, sa tête émerge derrière un bureau. Il sourit et vient à ma rencontre.

— Salut, Kyla. Ça va ?

— Je peux te parler deux minutes ? Loin des autres, je veux dire…

— Bien sûr. Attends une seconde.

Il revient avec sa veste.

— Allons dans le parc.

Nous descendons le couloir et sortons du bâtiment. Le ciel est gris, et il tombe un léger crachin, si bien que les bancs et les sentiers sont pratiquement déserts.

— Que se passe-t-il ? demande-t-il lorsque nous sommes certains de ne pas être entendus.

— Je m'inquiète pour Ben. Il n'était pas dans le bus, ce matin.

— Il a peut-être eu une panne d'oreiller, ou alors il est enrhumé ou chez le dentiste. Y a plein de raisons qui pourraient expliquer son absence.

Comme je me tais, il me dévisage.

— Tu ne penses à aucune de ces raisons, n'est-ce pas, Kyla ?

J'hésite à répondre, parce qu'il vaut mieux pour Jazz qu'il ne connaisse pas certains détails.

— En fait, Ben a en tête de faire quelque chose de vraiment stupide, et j'ai peur qu'il soit déjà passé à l'acte…

Le crachin se transforme en pluie. Mon Nivo vibre, mais je garde les mains enfouies dans mes poches pour que Jazz ne l'entende pas.

— Amy pense que tu devrais cesser de le voir, dit enfin Jazz. Elle est d'accord avec tes parents.

— Et toi ?

— Oh…, fait-il en haussant les épaules. Moi, je pense que Ben est quelqu'un de bien. Tu es vraiment inquiète ?

J'acquiesce.

Il réfléchit quelques instants :

— Alors on va sécher les cours de l'après-midi et aller chez lui.

J'accepte, et Jazz retourne chercher son sac à dos. Je dois le retrouver à sa voiture dans quelques minutes.

C'est pourtant une mauvaise idée.

Je chasse cette pensée en me dirigeant vers le parking, attentive à ne pas croiser de profs. Ça va être vraiment dur d'expliquer pourquoi j'ai raté les cours de l'après-midi, surtout avec Mrs Ali qui me prend la tête !

C'est décidément une très mauvaise idée.

Jazz tarde à venir et je commence à m'affoler. Aurait-il changé d'avis ?

Soudain, il déboule avec un grand sourire.

— Ben est en classe découverte pour la journée.

— Hein ?

— C'est annoncé sur le panneau d'affichage près du bureau central. Ils passent la journée dans une ferme avec leur prof d'agronomie. Ça m'étonne qu'il ne t'ait rien dit.

J'ai les genoux qui lâchent tellement je suis soulagée, et la tête qui tourne comme si j'allais vomir.

— Eh, ça va, Kyla ?

— Ce n'est rien. J'ai juste vraiment besoin de parler à Ben, tu comprends.

— On ira chez lui après les cours, de toute façon. Et ne crains rien : tu seras chez toi avant qu'Amy et le dragon aient le moindre soupçon.

— Tu es sûr ?

— Absolument.

— Merci…

— Oh, c'est pas grand-chose, réplique-t-il avec un clin d'œil. Alors on se retrouve ici, d'accord ?

— D'accord.

Lorsque je rejoins Jazz au parking, le soleil a chassé les nuages. Je m'installe sur le siège passager pour la première fois.

À la place de ma sœur… Déjà qu'elle n'approuve pas ma relation avec Ben, elle sera vraiment fâchée si elle apprend que Jazz m'a emmenée chez lui.

Jazz semble deviner mon dilemme.

— Je dirai à Amy que quelqu'un t'a embêtée dans le bus et que je t'ai proposé de te ramener. Ça te convient ?

— Oui, merci.

J'ai mis ma ceinture de sécurité, mais je me tiens quand même à la portière. Avec Jazz, deux précautions valent mieux qu'une.

En effet, comme prévu, il démarre en trombe et freine presque trop tard au feu rouge…

Puis le rêve de cette nuit me revient en mémoire. Les cris résonnent dans ma tête, et je sens l'odeur du whisky et du sang avec tant de réalisme que je dois lutter pour ne pas avoir un haut-le-cœur.

Tout ça était si réel !

Jazz se gare devant une maison à cent mètres de celle de Ben.

— Mon copain Ian vit ici, m'explique-t-il. Viens me chercher quand tu voudras partir.

Lorsque j'arrive devant chez Ben, Skye court vers moi et manque de me renverser en voulant me lécher la figure. Ben s'est souvent demandé si elle n'a pas été Effacée, tellement elle est joyeuse.

— Couchée, Skye ! lui dis-je en la caressant.

Je sonne mais personne ne répond.

Comme Skye se trouvait devant le garage quand je l'ai aperçue, je me dirige vers la porte de métal et frappe. Toujours pas de réponse. Pourtant, j'entends un léger bruit à l'intérieur.

Je tourne la poignée mais la porte est fermée à clé.

Je frappe à nouveau.

— Ben ?

Cette fois, j'entends des pas, et le bruit d'une serrure qu'on ouvre.

— Kyla ? me dit Ben avec un grand sourire. Que fais-tu ici ?

Il regarde dehors, me prend le bras et m'attire à l'intérieur. Skye tente d'entrer mais il la repousse, puis referme la porte à clé.

Il ne porte pas son uniforme du lycée et il a les yeux trop brillants.

— Tu étais censé être en classe découverte ! m'exclamé-je.

— J'ai décidé de prendre ma journée.

— Tu vas t'attirer des tas d'ennuis…

— Aucune importance. Je ne serai pas ici la semaine prochaine. Kyla, je suis content que tu sois passée, comme ça je peux te dire au revoir.

Il a sorti des outils pour couper le métal et des lunettes de protection. Il y a aussi des serviettes de toilette, et son sac à dos plein d'affaires de voyage.

Je sens mon sang se glacer, et retire mes mains des siennes.

— Ben ! Tu ne vas pas le faire maintenant !

— Pourquoi attendre ? Mes parents sont partis. C'est le moment ou jamais.

Je secoue la tête, tremblante, les larmes aux yeux.

— Ne fais pas ça, je t'en prie. Ne me laisse pas.

— Chut, Kyla… Ça ira. Et bientôt, je reviendrai te chercher.

— Pas si tu es mort.

— Mais non, rit-il. Ne sois pas si pessimiste !

Il accroche son petit doigt au mien.

— Nous serons bientôt ensemble, Kyla, déclare-t-il. Promis juré.

Il se penche et dépose un léger baiser sur mes lèvres. Je le retiens par le cou et l'embrasse avec toute l'ardeur du désespoir.

Pourquoi tout est-il si difficile ? Pourquoi ne pouvons-nous rester tranquilles ?

— Pars, maintenant, m'ordonne-t-il en s'écartant. Il le faut.

— Non, attends, s'il te plaît. Parle au moins à Aiden. Il pourra t'aider.

— On a déjà évoqué le sujet, Kyla.

Je réfléchis à toute allure.

— Comment comptes-tu t'y prendre ?

Il me montre la nouvelle scie de sa mère, un appareil coûteux censé être plus performant que les autres.

— Ça ne marchera pas, affirmé-je. Il faut une scie à pointe de diamant.

Il va chercher une meuleuse sur un établi.

— Celle-là, par exemple ? Elle a un disque diamanté…

— Tu n'y arriveras pas seul. Il faut rester complètement immobile, surtout quand la douleur arrive.

Il fourrage sur l'établi et en tire un serre-joint.

— Avec ça, ça devrait aller. Je vais le fixer sur l'établi pour tenir le Nivo. Va-t'en maintenant, Kyla. S'il te plaît.

— Non, je reste. Tu ne peux pas m'en empêcher.

Comment lui faire comprendre son erreur ?

Comment lui éviter une mort certaine ?

Alors je pense à mon rêve et frémis, affolée. C'est pourtant la seule solution ! Sans moi, il ne parviendra pas à sectionner son Nivo en un éclair. Il aura trop mal pour aller jusqu'au bout et mourra dans d'atroces douleurs. Donc, si je ne peux l'arrêter, je dois l'aider.

Je me redresse, essuie mes larmes d'un revers de la main et m'oblige à me calmer alors qu'en moi une voix crie « Non, non, non ! ».

— C'est moi qui vais tenir la scie, Ben.

— Non, Kyla, pas question. Va-t'en.

— Je sais comment m'en servir.

J'ignore d'où me vient cette certitude. Mais lorsque je prends la meuleuse, je sens aussitôt la familiarité de l'objet dans ma main. Elle sera plus difficile à manier que celle de mon rêve, mais le principe est le même.

— Je ne peux pas t'impliquer ! Je refuse ! proteste Ben.

— Tu n'as pas le choix. J'ai déjà fait ça. Regarde.

J'insère un bout de métal dans le serre-joint, met les lunettes de protection, allume la meuleuse. Le bruit, comme dans mon rêve, me donne envie de crier. Mais je tranche le métal d'un coup sec, dans une ligne parfaitement droite.

— Bon, je suis impressionné, mais…

— Y a pas de mais. Je t'aide ou tu ne le fais pas. Je ne te laisserai pas mourir tout seul.

Il se tait mais secoue encore la tête.

— Tu sais que j'ai raison, insisté-je.

— Ce n'est pas juste.

— Alors renonce !

Peine perdue. Je vois à son expression que même l'idée de me faire courir un danger ne peut l'arrêter.

— Kyla, tu es sûre de pouvoir y arriver ? Sûre de vouloir t'impliquer ?

— Oui.

— Alors d'accord, lâche-t-il après quelques instants d'hésitation. Mais au moins prends une pilule d'Aiden.

— Pas question.

— Je n'ai pas envie que tu t'évanouisses avec la scie à la main…

J'hésite.

Il a raison. Si jamais mon Nivo baissait et que ma main se mette à trembler, ce serait un massacre.

J'accepte une pilule avec un verre d'eau. Ben, lui, en avale une poignée.

— Ce n'est pas risqué d'en prendre autant ?

— Mieux vaut trop que pas assez.

Bientôt, sa peau se couvre de sueur et ses pupilles se dilatent. Comme dans mon rêve.

Justement, mon rêve…

— Tu as du whisky ?

— Je crois. Pourquoi ?

— Ça permet d'amortir le choc.

Il y a une porte de communication entre le garage et la maison. Ben s'y engouffre et revient avec une bouteille. Il boit une longue gorgée au goulot et tousse en grimaçant.

— C'est ignoble ! s'écrie-t-il.

— Ben, il n'est pas trop tard pour changer d'avis. S'il te plaît, abandonne cette idée…

— Je le ferai seul. Rentre chez toi, Kyla.

— Non… Écoute : une fois qu'on commence à couper le Nivo, on ne peut pas revenir en arrière, d'après ce que j'ai compris. Il faut le couper jusqu'au bout pour que la douleur cesse.

— D'accord. Quoi que je dise, continue.

— Si tu cries, des gens vont venir.

— Je n'émettrai pas le moindre son.

— Pour qui tu te prends ? Superman ?

— Super Ben !

Il rit, s'assied sur une chaise près de l'établi et fixe son Nivo dans le serre-joint. La pression le fait grimacer de douleur.

— Kyla, au cas où ça tourne mal, je veux qu'on pense que j'ai été seul. Quoi qu'il arrive, tu dois filer d'ici. Promets-le-moi. Et si on te surprend, dis que tu m'as trouvé comme ça. Promets !

— D'accord, je promets.

— Mets des gants. Ceux-là… Oui. Efface tes empreintes sur tout ce que tu as touché…

J'enfile les gants et obéis.

— Tu es prêt ? murmuré-je.

— Non, attends…

— Oui ? fais-je, soudain pleine d'espoir.

Renoncerait-il enfin ?

— Kyla, quoi qu'il m'arrive, je t'aime et je t'aimerai toujours.

Il ne doit plus trop savoir ce qu'il dit ni où il est, tellement il s'est bourré de pilules de Pur Bonheur et de whisky. Pourtant, il semble sincère.

Je veux lui dire que je l'aime aussi, mais les mots restent dans ma gorge.

— Vas-y, Kyla !

Je ne suis pas moi-même, je suis la fille dans le cauchemar. Calme et posée, capable de mener cette tâche à bien. Je prends la meuleuse, relâche le bouton de sécurité et appuie sur celui qui la met en marche.

La roue tourne en gémissant.

Je regarde Ben, qui hoche la tête. « Vas-y » articule-t-il en silence.

La lame se pose sur son Nivo et des étincelles jaillissent.

À l'inverse du garçon dans mon rêve, Ben ne crie pas. Mais son visage se tord, baigné de sueur, et j'essaye de rester concentrée sur la lame, de tenir solidement la meuleuse.

Skye doit deviner ce qui se passe car elle se met à hurler et à gratter à la porte. Puis il y a un bruit sourd comme si la chienne se jetait sur la porte pour la défoncer.

La lame claque contre le métal qui résiste et la meuleuse devient tellement brûlante que même avec des gants j'ai du mal à la tenir. Un filet de sang sort de la bouche de Ben et son corps a des convulsions, mais il parvient à garder le silence et ne cherche pas à reculer sa main.

Le dernier morceau de Nivo semble résister. La lame bute, frotte et soudain… le Nivo s'ouvre. Je lâche la commande et soulève la meuleuse, mais la lame a touché le poignet de Ben, qui a sursauté. Je jette la meuleuse et saisis une serviette pour la serrer autour de son poignet.

— Ben ! Ben !

Je secoue son corps flasque. Il est inconscient, et du sang coule encore de sa bouche. S'est-il mordu la langue ? Il s'affaisse par terre. Je retire mes gants et les jette dans un coin avant de sentir son pouls sur son cou. Il bat irrégulièrement.

J'entends vaguement Skye continuer à hurler, puis un moteur de voiture. Quelqu'un secoue la porte du garage, qui finit par s'ouvrir.

C'est la mère de Ben.

— J'ai oublié le cadeau du bébé…

Soudain, elle m'aperçoit, tenant le corps inerte de Ben dans les bras. Elle pousse un cri.

— Seigneur ! Que s'est-il passé ?

Les larmes ruissellent sur mes joues et je n'arrive pas à parler.

Dis-lui ce que Ben t'a dit.

— Je… je suis venue le voir et je l'ai trouvé comme ça.

Elle me repousse, écarte la serviette imbibée de sang et pâlit.

— Il n'a plus son Nivo, murmure-t-elle. Que s'est-il passé ?

— Je… je ne sais pas. Il a dû l'enlever…

Le corps de Ben se tend comme un arc. Il a des convulsions. Oh, mon Dieu, non ! Ça n'a pas marché ! Je n'ai pas été assez rapide !

Sa mère sort un téléphone de sa poche et appelle une ambulance.

— File, Kyla, tout de suite !

Je tremble, incapable de bouger. Pilule du Pur Bonheur ou non, mon Nivo chute. Il vibre.

— File ! répète-t-elle. Vite avant qu'ils arrivent !

Je ne peux pas laisser Ben. Je ne peux pas.

Pourtant, c'est ce qu'il m'a dit de faire.

J'atteins la porte en chancelant, juste au moment où une sirène retentit sur la route.

— Pas par là, ajoute sa mère. Par la porte de derrière, et suis le chemin le long du canal. Vite !

J'obéis. Traverse le jardin, passe un portail. Il y a un sentier le long du canal, en effet. Je parviens à avancer, je ne sais comment, compte quatre maisons. Normalement, celle-ci est celle de l'ami de Jazz.

La musique est tellement forte que le sol en vibre. Je tambourine sur la porte de derrière. N'obtenant pas de réponse, j'entre.

Jazz me voit, éteint la stéréo ; puis son ami et lui entendent les sirènes. Les larmes continuent à couler sur mes joues. Jazz m'entoure les épaules de son bras.

— Kyla ! Que se passe-t-il ?

Une autre sirène résonne sur la route, comme pour répondre aux premières, forte et discordante. Elle se rapproche.

— C'est Ben…, marmonné-je. Il a coupé son Nivo…

— Mais je croyais que c'était impossible !

— Moi aussi. Normalement, si on essaye, la douleur peut vous tuer.

Je grelotte, revoyant le corps de Ben pris de convulsions.

Par la fenêtre, nous voyons deux ambulances dans l'allée de la maison de Ben. Pourquoi deux ? Je n'arrive plus à réfléchir. Je revois le corps de Ben, son visage tordu de douleur, son poignet en sang…

Une troisième sirène retentit, mais elle n'émet pas le même son que celle des ambulances. Mon cœur bat plus fort, j'ai la chair de poule.

Un long fourgon noir apparaît, avec un gyrophare bleu. Je recule si vite que je heurte Jazz et Ian qui s'approchent de la fenêtre.

— Qu'est-ce que c'est ? demande Jazz.

— Les Lorders, murmuré-je dans un souffle. Les ambulanciers les ont appelés…

— Il faut qu'on sorte d'ici, s'écrie Jazz.

Je suis glacée et mon Nivo vibre encore.

4,4.

Une pilule de Pur Bonheur n'a pas suffi.

— Bon sang, Kyla, qu'est-ce que je peux faire pour t'aider ? s'inquiète Jazz.

— Rien. C'est trop tard.

4,1.

J'aurais dû l'arrêter. C'est ma faute.

3,8.

Je l'ai laissé, je l'ai abandonné…

3,5.

Il saignait tellement… il était mourant et je suis partie. Ben…

— Kyla, pas ici, pour l'amour du ciel ! Viens !

Il m'entraîne vers la porte de derrière et fait jurer à Ian de garder le secret.

— Je n'ai vu personne, promet Ian. Je te le ferai savoir si j'apprends quelque chose sur Ben.

Jazz doit me porter à moitié jusqu'à la clôture, puis sur le sentier.

3,2.

— Cours ! m'ordonne Jazz.

— Quoi ?

— Cours comme si ta vie en dépendait !

Et c'est sans doute vrai…

Je regarde mes pieds, les force à avancer. Fais quelques pas, prends de la vitesse. Bientôt, j'amorce un petit trot.

— Plus vite ! me crie Jazz derrière moi. Je sais que tu peux aller plus vite !

Cours comme si les Lorders te poursuivaient. Comme si une armée de Lorders était à mes trousses. Comme si Wayne Best allait me rattraper. Je me concentre sur l'horrible visage de l'oncle de Phoebe et parviens à rassembler un peu plus d'énergie.

Jazz saisit mon poignet. 3,9.

— C'est pas assez… Continue !

Il est essoufflé, par manque d'entraînement. Moi, les mêmes images continuent à me hanter. Ben. Blessé ou pire. Emmené par les Lorders.

Il vaudrait peut-être mieux qu'il soit mort, alors…

Que s'est-il passé ? Qu'aurais-je pu faire pour empêcher ça ?

Ne pas savoir ce qu'on lui fait est une torture. Je voudrais m'effondrer et pleurer mais, chaque fois que je ralentis, Jazz me donne un petit coup et m'oblige à continuer.

Le soleil se couche lorsque nous arrivons enfin à la voiture.

— Tu es à combien ?

— 5,2, dis-je après avoir jeté un bref coup d'œil à mon Nivo. Comment tu savais qu'il fallait que je coure ?

— Ben m'en avait parlé, une fois. Viens, je te ramène.

Jazz jette un coup d'œil à la maison de Ben au bout de la rue. Il n'y a plus ni ambulance ni Lorders.

— La voie est libre, reprend-il.

Lorsqu'il s'arrête devant chez moi, mon Nivo vibre encore.

— Kyla, tiens bon. Tu peux y arriver.

Je secoue la tête, impuissante. Mon Nivo baisse beaucoup trop vite !

— Viens, on va affronter le dragon, insiste Jazz.

Il me soutient à moitié jusqu'à la porte, qui s'ouvre avant que j'aie eu le temps de toucher la poignée.

— Mais où étais-tu ? commence maman, qui se tait en voyant mon visage. Oh ! Seigneur... Entrez...

Jazz m'aide à gagner le canapé.

Mon Nivo vibre.

3,1.

Ben...

Chapitre 46

Douleur atroce. Le monde est douleur, il n'y a rien d'autre.

C'est une pulsation brûlante, un étau rougeoyant qui se resserre sur tout mon être : ce que je suis, ce que j'ai été, ce que je pourrais devenir.

Puis, peu à peu, je réalise que je suis allongée sur le sol.

J'entends des voix.

Où est Ben ?

Quelqu'un me fait une piqûre dans le bras. Une chaleur se répand dans mes veines, dans mon corps. Elle ne chasse pas la douleur car rien ne peut la chasser. Elle l'éloigne, cependant.

J'ouvre les yeux.

— Ah ! s'écrie maman, tu es revenue parmi nous…

Je tente de lui répondre avant de retomber dans les ténèbres.

— *Ben ! Tu es là !*

Il sourit.

— Je ne pouvais pas partir sans te dire au revoir.

Il s'agenouille près de moi.

— Ne me laisse pas ! Ne t'en va pas, je t'en prie.

Les larmes coulent sur mes joues.

— Je ne peux pas rester, Kyla. C'est trop tard.

Il sourit encore, mais ses yeux sont tristes.

— Sois forte, ajoute-t-il.

Il se penche, effleure mes lèvres, tendrement, puis s'écarte. La lumière brille à travers lui.

— Au revoir, Kyla, dit-il d'une voix déjà à peine audible.

Puis c'est le silence.

Il est parti.

C'était notre dernier baiser.

— Ben !

J'ai crié son nom et tente de me redresser, mais retombe sur mon oreiller. Sebastian est couché à mes pieds. Une faible lumière coule par l'entrebâillement de la porte.

— Kyla ? dit maman, assise sur une chaise près de moi.

Elle a les traits tirés.

J'essaye encore de me redresser mais le mouvement provoque des élancements terribles dans mon crâne, et je gémis.

— Ne bouge pas, me conseille-t-elle.

— Qu'est-il arrivé à Ben ?

— Ne t'inquiète pas pour ça maintenant.

J'essaye de me concentrer, mais cela augmente ma migraine. Il y a pourtant quelque chose qu'il faut que je sache…

Quoi au juste ? C'est important…

— Dis-moi, supplié-je en sentant mes joues se baigner de larmes.

— Chut… Jazz t'a ramenée ici. Tu t'es évanouie en entrant, c'est tout ce que je sais.

— Les ambulanciers sont venus ?

— Bien sûr. Ils t'ont fait une première piqûre, et une autre un peu plus tard. Tu avais repris reconnaissance, puis tu t'es évanouie à nouveau.

Je ferme les yeux. Je suis en danger.

Les Lorders vont savoir que j'étais chez Ben. Les ambulanciers vont leur dire que je me suis évanouie, et Ben est mon ami. Ils vont faire le lien.

Je m'enfuis dans les ténèbres.

Lorsque j'ouvre les yeux, les rayons du soleil traversent les rideaux et je suis seule. Cette fois, je parviens à m'asseoir, malgré les élancements dans mon crâne et la nausée qui me soulève l'estomac. Je me concentre sur ma respiration jusqu'à ce que mon haut-le-cœur s'estompe.

Des voix montent du rez-de-chaussée. Je reconnais celle de maman mais pas l'autre.

Je me glisse hors du lit et marche en chancelant jusqu'à la fenêtre. Un fourgon noir est garé dans notre allée. Les Lorders !

Le choc me fait éprouver une décharge d'adrénaline. Je me recouche. Mieux vaut faire la morte.

Quelques instants plus tard, des pas résonnent dans l'escalier et la porte s'ouvre.

— Kyla ? appelle maman d'une voix douce.

Je ne bouge pas.

— Elle dort, je vous l'ai dit. Ça ne peut pas attendre ?

— Non. Réveillez-la, sinon je le ferai à votre place, réplique une voix d'homme sur un ton glacial.

J'entends quelqu'un marcher, et la main de maman me caresse la joue.

Je bats des paupières, gémis. Maman plonge le regard dans le mien comme si elle tentait de me dire quelque chose.

Deux hommes en costumes gris se tiennent derrière elle, et la chambre paraît soudain petite. *Ferme les yeux.* Que leur a-t-elle dit ? Que savent-ils ? Si nos récits ne concordent pas…

— Je ne vois vraiment pas pourquoi vous tenez tant à lui parler. La pauvre petite a déjà assez souffert. Je vous ai raconté ce qui s'était passé : elle s'inquiétait de ne pas voir ce « Ben » au lycée et un camarade l'a accompagnée…

Ce Ben… Elle a pris un ton méprisant.

— Silence ! la coupe l'un d'eux d'un ton menaçant. Réveillez-la !

— Kyla, ma chérie, réveille-toi maintenant. Allez, sois mignonne.

Elle m'envoie un autre message : je suis jeune et stupide.

Je tente une synthèse : les Lorders savent qu'on est allés chez Ben, et maman n'aime pas Ben. Compris. Merci maman.

Je m'agite un peu, ouvre les yeux et adresse un sourire béat à ma mère. Une Effacée modèle. Puis je grimace.

— J'ai mal au ventre, maman, dis-je d'un ton plaintif.

— Ma pauvre doudou… Ces messieurs voudraient te poser quelques questions, d'accord ? Laisse-moi te redresser comme il faut, fait-elle en s'affairant avec les oreillers.

Tu dois leur dire exactement ce que tu m'as raconté, d'accord ?

Un autre message ? Je dois dire ce qu'elle sait. « Ce que je pense qu'elle sait. »

Je m'efforce de rassembler mes idées et décide d'imiter le visage de Phoebe à l'hôpital : béate, souriante. En grimaçant de douleur, de temps en temps, quand je bouge la tête.

— Oui, maman.

Je me tourne vers les hommes impatients. Ils ne doivent pas avoir l'habitude d'attendre. Nul doute qu'ils n'osent pas me tirer du lit, comme ils l'auraient fait si maman n'avait pas été la fille de Wam le Grand.

Le plus jeune consulte l'écran d'un netbook.

— Vous êtes Kyla Davis ?

— Oui.

— Pourquoi vous êtes-vous évanouie, hier ?

Ils ne me demandent pas ce qui s'est passé ? Étonnant… Je garde mon sourire béat.

— J'étais très contrariée. Mon ami Ben n'était pas au lycée, et mon autre ami m'a emmenée chez lui pour voir s'il n'était pas malade.

— Votre autre ami ?

C'est toujours le plus jeune des deux qui pose les questions. Quant à l'autre, à sa façon de rester impassible, je devine qu'il détient l'autorité.

Je réfléchis en un éclair : dois-je dire qui est Jazz ? Oui, maman le sait…

— Jazz MacKenzie, murmuré-je. Enfin, son vrai nom, c'est Jason. C'est l'ami de ma sœur, en fait, mais il est gentil avec moi.

— Et ?

— Il y avait des ambulances, et Jazz a dit qu'il ne fallait pas les gêner, qu'il valait mieux rentrer. Mais j'ai eu peur pour Ben. Après, je ne sais plus, j'ai oublié.

— Ce Ben ! s'écrie maman d'un ton méprisant. C'est de sa faute…

— Mes parents m'ont demandé de ne plus courir avec lui, expliqué-je. Parce que j'aime bien courir.

Là, je reprends mon sourire radieux.

— Ben vous a-t-il montré ou donné des pilules ?

— Des pilules ? Je ne crois pas…

Mais Amy les a vues, elle.

— Ah si, ajouté-je. Il avait des cachets pour le mal de tête dans son sac. Il en a pris une dimanche.

— Je crois qu'elle a répondu à vos questions, déclare maman. Cette pauvre enfant a besoin de calme.

Comme pour répondre à un signal, une nausée m'envahit et, cette fois, je ne tente pas de me calmer.

— Maman, je crois que je vais vomir.

Elle s'empare du haricot juste à temps. Un haut-le-cœur me fait frissonner violemment, aggravant ma migraine, et je vomis. Les Lorders reculent d'un air dégoûté.

— Ça suffit pour aujourd'hui, déclare maman.

Le plus jeune sort mais l'autre l'arrête.

— Pas tout à fait, dit-il en regardant son collègue. Fouillez cette chambre.

Maman le fusille du regard.

— Est-ce vraiment nécessaire, agent Coulson ? demande-t-elle d'un ton glacial.

Elle a insisté sur son nom, ce qui signifie qu'elle interviendra s'il franchit une limite. Mais le Lorder ne semble pas impressionné. Presque amusé, même.

— Tout à fait, réplique-t-il. Faites-la sortir, ajoute-t-il en me désignant d'un coup de menton dédaigneux.

Je suis toujours penchée sur mon haricot, secouée de spasmes maintenant que j'ai l'estomac vide.

— Elle ne tient pas debout. Vous allez devoir m'aider, maugrée maman.

L'agent Coulson fait signe au plus jeune, qui vient me soulever comme si j'étais un rat d'égout. Puis, sur les indications de maman, il me dépose sur le lit d'Amy, dans la pièce voisine.

Nul doute qu'ils cherchent des pilules du Pur Bonheur. Ils n'en trouveront pas.

Je me laisse retomber sur l'oreiller d'Amy, trop épuisée pour réfléchir ou bouger. Puis une pensée me fait tressaillir : *Et mes dessins ?* Il y a le portrait de Gianelli… Maman m'avait dit de le détruire. Si seulement je l'avais écoutée ! Et celui de Ben…

S'ils voient comment je l'ai dessiné, ils ne vont plus gober mon petit speech innocent sur « mon ami ». Ils verront ce que je ressens pour lui.

Je m'oblige à fermer les yeux, attendant qu'ils trouvent la cachette. Les minutes s'écoulent, interminables. Maman les réprimande en demandant de ne pas mettre la pagaille…

Mais il n'y a aucun cri de triomphe, genre : « Regardez ce que j'ai trouvé ! »

Finalement, je les entends regagner le couloir et descendre l'escalier. Quelques instants plus tard, leur véhicule démarre.

Ils partent ? C'était donc si facile ?

Non, je ne pense pas qu'ils cessent si vite de s'intéresser à moi. Maman a décrit Ben comme ils voulaient le voir : un garçon dangereux, qu'elle m'avait interdit de fréquenter. Et je l'ai soutenue. Je me sens déloyale, injuste. « Je suis désolée, Ben », murmuré-je en sentant les larmes me remplir les yeux.

Mais il aurait voulu que je sois en sécurité.

Je passe par des phases de sommeil et d'éveil, sans parvenir à me réveiller tout à fait.

Des images me traversent l'esprit, comme des photographies : Ben en train de courir ; la chouette fabriquée par sa mère, avec ses ailes grandes ouvertes ; Ben dans mon rêve, avec un corps transparent…

Soudain, la porte s'ouvre. Mon corps est de plomb. La porte se referme. J'entends vaguement des mouvements dans le couloir, dans ma chambre… Puis maman entre.

— Kyla ? J'ai remis de l'ordre dans ta chambre. Viens, Amy ne va pas tarder à arriver.

Elle m'aide à me lever, à traverser le couloir. La pièce sent bon le propre. Elle a aéré et changé les draps. Pour un peu, j'oublierais que les Lorders sont venus et ont fouillé dans mes affaires.

— Merci, chuchoté-je.

Incapable de rester réveillée une seconde de plus, je plonge dans le noir.

***

— Je t'ai apporté de la soupe.

Maman semble calme, pas du tout affectée par la visite des Lorders.

— Je n'ai pas faim.

— Force-toi, je t'en prie.

Elle m'aide à me redresser et tente de me nourrir. Je lui prends la cuillère des mains. Je n'avais pas d'appétit, mais maintenant le goût de tomate mêlé d'orange et d'épices me semble délicieux.

— Il faut qu'on parle, me dit maman. Je suis désolée, je sais que tu devrais te reposer, mais ça ne peut pas attendre.

— D'accord.

— Pourquoi t'es-tu évanouie ?

La même question que les Lorders... Mais maman mérite une vraie réponse. Je me laisse tomber sur l'oreiller. Que lui dire, que lui cacher... Tout cela me dépasse. Des larmes coulent entre mes paupières et mon Nivo vibre à nouveau. Puis maman s'assied près de moi, la main sur mon front, et me caresse les cheveux.

— Que sais-tu au juste ? demandé-je.

— Jazz ne m'a pas dit grand-chose. Juste que tu t'inquiétais pour Ben, qu'il t'a emmenée chez lui mais que tu n'es pas entrée parce qu'il y avait des ambulances et des Lorders. Alors il t'a ramenée ici.

J'avais deviné juste : Jazz n'a pas dit que j'étais entrée chez Ben.

— Mais Ben, qu'est-ce qu'il a ? Où est-il ?

— Je l'ignore, Kyla.

— Il faut que je sache, s'il te plaît.

— Si je découvre quelque chose, je te le dirai. Surtout, ne parle de lui à personne d'autre que moi. Tu m'entends ? C'est important. N'aie pas l'air contrariée, ne mentionne pas ce qui s'est passé. Ni au lycée, ni ici, ni nulle part. Fais comme si tu l'avais oublié...

Je la regarde, les tempes transpercées de douleur. Mais ce n'est rien à côté de la souffrance intérieure lorsque je pense à Ben.

Comment pourrai-je prétendre que tout va bien ?

— Répète seulement ce que tu as dit aux Lorders aujourd'hui, sans rien changer. C'est valable pour toutes les personnes qui te poseront des questions, au Groupe, au lycée, et ici à la maison.

La maison ? Elle parle d'Amy et de papa, en fait.

Et elle a conscience que je n'ai pas dit la vérité, car elle n'a pas employé ce mot. Elle sait beaucoup plus de choses qu'elle ne le laisse entendre !

Au moment de sortir, elle se retourne :

— Kyla, c'était un très beau portrait de Ben. Je l'ai trouvé avec les autres, hier soir. Je suis vraiment désolée d'avoir eu à les détruire.

Elle referme la porte.

Je suis médusée. Merci maman ! Sans elle, les Lorders auraient trouvé ces dessins. Donc, elle savait qu'ils viendraient et elle a fouillé ma chambre hier soir pendant que je dormais. Soudain, je réalise aussi qu'elle a trouvé le portrait de son fils Robert. Elle doit se demander comment je sais à quoi il ressemblait ! Ou même comment j'ai entendu parler de lui.

Pourquoi me protège-t-elle ?

À moins qu'elle n'ait pas confiance en moi… Après tout, elle a fouillé ma chambre pour s'assurer qu'on ne m'accuserait de rien. Qu'éprouverait-elle si elle savait que j'ai emmené Ben chez Mac ? Que c'est à cause de moi qu'il a eu ces pilules, et qu'Aiden lui a mis cette idée folle en tête… Qu'éprouverait-elle si elle savait qui a coupé son Nivo ?

Plus tard dans la soirée, j'entends une voiture. Les Lorders reviennent ?

Je me glisse hors du lit pour aller voir à la fenêtre et aperçois papa. Il ne devait pas revenir avant plusieurs jours. Il y a des éclats de voix, en bas. Une grosse dispute.

Je me recouche.

Lorsque je me réveille, le lendemain matin, il est parti.

Chapitre 47

Maman me garde à la maison pendant plusieurs jours.

Jusqu'à ce que j'en aie assez d'être enfermée entre quatre murs, livrée à mes pensées. Même si, entre elle et Sebastian, je ne manque ni de tendresse ni d'attentions. Dès qu'elle rentre de son stage, Amy se met en quatre pour me faire plaisir, elle aussi.

Ils forment un front uni, un effort concerté pour que mon Nivo se stabilise. Et physiquement, je vais bien. Je me sens pratiquement normale, avec juste un léger mal de tête qui ne veut pas s'en aller.

Je pourrais aller au lycée s'il n'y avait pas cette douleur en moi qui me pétrifie. Une douleur qui s'appelle Ben.

Toute la gentillesse des miens n'y peut rien. La seule chose qui me soulage, c'est de penser à Aiden. À ma vengeance.

Je le tiens responsable de ce désastre, et j'en veux à Mac de nous l'avoir présenté. Et à Jazz, qui nous a conduits chez son cousin.

Mon raisonnement est sans fin : je ne connaîtrais pas Jazz s'il n'y avait pas Amy. Amy et moi ne serions pas ici s'il n'y avait pas maman.

Petit à petit, ma colère augmente, et je la nourris comme une rage de dents. J'en ai besoin.

Je me lève et m'habille. Il est temps de m'échapper.

Je descends l'escalier et m'arrête pour me chausser.

— Que fais-tu, Kyla ?

Sans cesser de nouer les lacets de mes baskets, je lève les yeux.

— Je sors. Y a réunion du Groupe, ce soir, non ?

— Tu serais mieux dans ton lit.

— Non, cela pourrait attiser les soupçons. Il faut que je fasse comme d'habitude.

Elle me regarde d'un air perplexe.

— Bon… Tu as peut-être raison. Dans ce cas, je t'emmène.

— Pas la peine. Je veux courir.

— Voyons, tu n'es pas assez bien pour courir, Kyla ! réplique-t-elle, les bras croisés sur la poitrine et l'air pas commode.

Autrement dit, j'ai intérêt à m'expliquer sinon je n'irai nulle part.

— Maman, courir me permet de faire remonter mon Nivo. Ce n'est pas que j'ai envie, c'est que j'ai *besoin* de courir, tu comprends ?

Elle hésite, se mord la lèvre.

— Toute seule ?

— Je ne risque rien, je resterai sur la route. Il ne peut rien m'arriver, je t'assure.

— Bon… Mais j'irai te chercher. Il est hors de question que tu rentres seule si tard.

— D'accord.

Elle me serre dans ses bras, puis je m'enfuis.

Ce serait plus raisonnable de commencer à courir doucement car ma tête résonne chaque fois que je pose le pied par terre. Mais je mets toute mon énergie à chaque foulée, et vais de plus en plus vite.

Bientôt, j'oublie la douleur dans mon crâne. Il n'y a plus que la nuit, le bruit de mes pas, la route.

Cependant, c'est un bruit solitaire.

La dernière fois, Ben m'accompagnait. Je faiblis lorsque je passe devant le sentier qui débouche sur la route, où Ben me soulevait pour m'asseoir sur la barrière. Où il m'a embrassée pour la première fois.

Maintenant je peux penser au rêve où il est venu me dire au revoir. Avant, je ne pouvais pas. C'était comme une plaie qu'on ouvre : si j'y pensais, je hurlais de douleur.

Le Dr Lysander m'a dit que les rêves sont faits de pensées aléatoires et d'images issues de mon subconscient. Elles n'ont rien de réel, affirme-t-elle. Parfois, les gens incorporent des souvenirs dans leurs rêves mais, lorsqu'on a été Effacé, il faut un certain temps pour se créer des réserves de souvenirs.

Donc, en attendant, l'esprit invente pour remplir le vide.

En fait, selon elle, mes rêves sont des inventions. *Seulement, je sais que, parfois, ils sont bien réels.*

Certains viennent de souvenirs anciens, comme mes dessins. Comme le portrait de Lucy où j'ai représenté des montagnes qui existent bel et bien.

Cependant, je doute de la réalité de certains de mes rêves, comme celui où on m'écrase les doigts avec une brique. Est-ce un cauchemar ou un événement authentique ?

Parfois, je ne vois pas la différence, comme avec le garçon dont on coupait le Nivo avec une scie. Ou bien lorsque je cours sur la plage parce que je suis poursuivie.

Et que penser de l'apparition de Ben venu me donner un baiser d'adieu ? Je refuse de croire en sa mort. Les fantômes n'existent que dans les histoires pour enfants… Ben ne peut pas être mort.

Mais j'ai un doute.

Je dépasse le bâtiment de la réunion sans m'arrêter. S'il est mort, c'est la faute d'Aiden.

Je ralentis et fais demi-tour. Je marche, à présent.

Aiden et son sourire sincère, qui voulait nous utiliser, Ben et moi, à ses propres fins. Il lui a donné des pilules, a planté cette idée dans son esprit.

Je suis presque arrivée à destination et je regarde mon Nivo : 8,1 !

Même après avoir couru, j'ai du mal à le croire.

C'est à cause de la colère.

Tous ces jours-ci, la tristesse a failli me tuer. Le seul fait de songer à ma vengeance a eu l'effet inverse. Donc, mon Nivo chute quand je suis bouleversée mais la colère le fait remonter.

Comme lorsque Wayne Best me menaçait. Comme avec Phoebe dans le bus. Décidément, je suis différente des autres Effacés !

Mais personne ne doit le savoir… Parvenue devant la porte de la salle de réunion, je chasse mes pensées et souris béatement.

Miss Penny a les pommettes anormalement rouges et son sourire semble tendu. Je ne tarde pas à comprendre pourquoi : un Lorder est assis dans un coin de la salle, l'air mal à l'aise. Je reconnais le jeune agent qui m'a transportée dans le lit d'Amy avant de fouiller ma chambre. Il ne porte pas de costume gris, cependant, ni la tenue noire des interventions armées. Il est simplement vêtu d'un jean et d'une chemise. Miss Penny et moi devons être les seules à connaître sa véritable identité.

— Bonsoir, Kyla, me lance-t-elle. Bon, tout le monde est là, maintenant. Nous commençons ? Avez-vous passé une bonne semaine ?

Elle a dit « tout le monde ». Donc elle sait que Ben ne viendra pas. Peut-être une partie de moi était-elle assez stupide pour penser qu'il serait venu quand même, comme si j'avais fait un cauchemar, ou comme si les ambulanciers s'étaient contentés de lui faire un pansement et de le ramener chez lui.

— Je voudrais vous présenter un invité spécial qui va nous dire quelques mots. Voici Mr Fletcher.

« Mr » Fletcher, et non l'« agent » Fletcher.

Il se lève et vient se planter près de Miss Penny. Le Groupe, bien dressé, lui dit bonsoir, et je me rappelle juste à temps de les imiter.

— Aujourd'hui, je vais vous parler des drogues.

Il se lance dans un long exposé sur les dangers et les conséquences des psychotropes, et nous ordonne de ne jamais prendre de pilule ni de substance qui n'ait pas été prescrite par un médecin.

— Et si jamais quelqu'un vous en propose, il faut immédiatement le dire à un parent ou un professeur.

Il nous dévisage un par un. Je ne m'y trompe pas. Il n'est pas ici pour faire une annonce de santé publique : il guette nos réactions, pour savoir si l'un d'entre nous sait où Ben a obtenu ses pilules de Pur Bonheur.

Seulement, beaucoup de sourires se sont évanouis quand il a expliqué les horribles conséquences des drogues. Les Effacés ont peur et se taisent. Une fois son discours terminé, Fletcher s'en va, visiblement soulagé de fuir cette assemblée de pestiférés.

Miss Penny semble se relaxer mais ses yeux sont tristes. Elle sait quelque chose sur Ben, forcément !

Lorsque le Groupe se disperse, je m'attarde pour rester seule avec elle.

— Je peux vous dire un mot, Miss ?

— Bien sûr, Kyla, répond-elle en m'adressant un étrange regard d'avertissement.

En outre, elle incline la tête de gauche à droite, comme pour me dissuader de parler.

— De toute façon, poursuit-elle, il faut que je vérifie ton Nivo. Il paraît que tu t'es évanouie, la semaine dernière ?

Elle passe un scan sur mon Nivo et bavarde sur la météo, ce qui ne lui ressemble pas du tout ! Puis elle branche son scanner sur son netbook et pousse une exclamation.

— Kyla, regarde le graphique ! Tu es descendue à 2,1 ! C'est dangereux.

En fait, elle veut surtout me montrer que, ces deux derniers jours, mon Nivo a oscillé entre 3 et 4,5 et que, maintenant, il est à 7,1. Une conséquence de ma course à pied… et de ma colère !

Elle me tient les mains et secoue la tête d'un air triste.

— Que s'est-il passé, Kyla ? me demande-t-elle en portant sa main contre son oreille, faisant encore non de la tête.

Quelqu'un nous écoute…

J'articule silencieusement « je comprends », et lui raconte l'histoire officielle approuvée par les Lorders : Ben n'était pas au lycée, Jazz m'a conduite chez lui, il y avait des ambulances, j'ignorais ce qui lui était arrivé…

— Ma chère Kyla, oublie Ben. Il ne reviendra pas, alors n'y pense plus. Concentre-toi sur ta famille et tente d'avoir de bonnes notes en classe.

Ses yeux demeurent tristes et elle passe un bras autour de mes épaules. Je sens que je vais pleurer.

Mets-toi en colère !

Un déplacement dans l'air, une brise glaçante, me fait me tourner vers la porte. Je m'attends à voir Fletcher, mais c'est une autre surprise qui m'attend.

— Papa !

— Bonsoir, Kyla, bonsoir, Miss Penny. Tu es prête ?

Il sourit, mais je ne suis pas rassurée. Je ne l'ai pas vu lors de sa visite éclair, l'autre soir. D'après ce que j'ai entendu, il n'était pas de bonne humeur et il est parti tôt le matin-même.

Je me lève et me dirige vers la porte.

— Au revoir, Kyla. Soigne-toi bien.

— Merci, Miss Penny.

Nous montons dans la voiture de papa, mais, au lieu de tourner à gauche pour rentrer à la maison, il prend à droite.

— J'ai pensé que nous pourrions faire un petit tour pour bavarder.

— D'accord, soufflé-je, mal à l'aise.

En fait, il veut parler sans que maman l'entende.

— Tout va bien ? demandé-je. Je croyais que tu ne revenais que dimanche.

— C'est moi qui devrais te demander si ça va, Kyla. J'ai entendu des choses sur toi et ton ami Ben.

— Oh…

— Oui, « Oh »… C'est tout ce que tu as à dire ?

Il a un ton léger mais ses paroles restent chargées de menaces.

— Je ne comprends pas.

— Ne me prends pas pour un imbécile, Kyla.

— Pardon ?

— Ton petit air innocent, et cette comédie, je n'y crois pas. Tu es impliquée dans l'histoire de ce garçon même si j'ignore encore de quelle manière. Maintenant, écoute-moi. Ta mère m'a convaincu, pour cette fois, de ne pas faire de vagues. Il est de mon intérêt que rien ne transpire de ce que tu as manigancé sous mon nez. Mais c'est la dernière fois. Ta mère ne décide pas de tout, et il y a des choses qu'elle ne peut pas contrôler. Ai-je été assez clair ?

Je pourrais nier ses accusations, répéter ma version officielle des événements, pleurer et prétendre ne pas comprendre.

— Oui, dis-je en serrant mes mains l'une contre l'autre pour qu'elles arrêtent de trembler.

Papa hoche la tête.

— Bien. Tu m'aurais répondu autrement, je te retournais sur-le-champ.

Il continue à conduire en silence jusqu'à la maison.

— Tu es beaucoup trop maligne, Kyla, reprend-il avant que je descende. Fais attention à ne pas t'attirer d'ennuis !

Chapitre 48

Cette nuit-là, je suis trop bouleversée pour dormir et, lorsque le réveil sonne, je suis épuisée. Mais pas question de prendre un jour de congé de plus. Je dois prétendre que tout va bien, quoi qu'il m'en coûte.

Je me lève, enfile mon uniforme, me brosse les cheveux, et fais mine de prendre mon petit déjeuner. Ensuite j'attends le bus sous le crachin gris, frissonnant à cause du froid qui me pénètre les os. Amy est toujours en stage, aussi Jazz ne passe pas exprès pour moi.

Dans le car, je n'ai pas le courage de m'asseoir à l'arrière et choisis un autre siège vide. À mi-chemin du lycée, je me souviens que c'était celui de Phoebe. D'ailleurs, plusieurs élèves me jettent des regards furieux comme si j'étais responsable de la disparition de leur amie. En revanche, personne n'a l'air de remarquer qu'il manque un Effacé dans le fond du bus.

C'est pareil en cours ou durant les récréations. Cela leur est indifférent, ou bien ont-ils peur ?

Puis vient le moment redouté où je dois me rendre en cours de biologie. Hatten, avec ses yeux perspicaces, va me percer à jour.

Aujourd'hui, il porte une chemise bleu foncé qui souligne la pâleur de ses pupilles, et les filles poussent des soupirs languissants. Au bout de quelques minutes de cours, il s'interrompt pour balayer la salle du regard.

— Quelqu'un manque, aujourd'hui ?

Au silence gêné qui s'installe, je comprends que mes camarades sont au courant.

— Allons ! insiste Hatten. Je ne connais pas tous vos noms, mais je vois qu'il manque quelqu'un.

— C'est Ben Nix, monsieur, lancé-je, n'y tenant plus. J'en ai assez de faire comme s'il n'avait jamais existé !

— Et où est-il ?

Il semble amusé, comme un chat qui joue avec une souris.

— Aucune idée.

— Quelqu'un le sait ? demande-t-il à la cantonade. Non ? Peut-être est-il malade…

Puis il continue le cours.

En revanche, il n'en a pas fini avec moi…

Au moment où nous sortons, il me retient.

— Kyla ? Une minute, je voudrais te parler.

Les filles qui tardaient à sortir pour rester près de lui me lancent des regards haineux avant de disparaître dans le couloir.

Mr Hatten sort à son tour, regarde des deux côtés et referme la porte en s'appuyant contre elle.

Il sourit d'un air aussi radieux qu'un Effacé.

— C'est toi, dit-il.

— Pardon ?

— C'est toi. J'étais certain que tu le ferais.

— Je ne comprends pas de quoi vous parlez.

Il s'avance vers moi et, comme je recule, pose une main sur le mur au-dessus de mon épaule. Je suis coincée. Il ne me touche pas, mais il est si près que je sens la chaleur de son corps.

— Entends-tu des voix dans ta tête ? chuchote-t-il. Hein, *Kyla* ?

Mon cœur bat à se rompre.

— Écoute les voix, insiste-t-il. Que te disent-elles ?

Cours !

Je m'écarte en me tortillant et file vers la porte.

— Qu'est-ce que ça fait de savoir que tu as tué Ben ? Qu'il est mort par ta faute ?

Je deviens livide.

— Il est vraiment mort ?

— Qu'est-ce que tu crois ?

Cours !

Je file dans le couloir et traverse le parc pour gagner la piste d'athlétisme. Je fais vingt fois le circuit lorsque je me souviens de l'interdiction de Mrs Ali. Tant pis… Elle m'a interdit de courir avec Ben, et Ben n'est plus là, alors j'ai le droit, non ?

Par précaution, je prends une douche avant de retourner en cours. Personne ne s'apercevra que j'ai couru.

J'ai pris une décision.

Chapitre 49

À la fin de l'après-midi, j'attends Jazz dans le parking.

— C'est toujours d'accord pour aller chez Mac ? lui demandé-je en me forçant à sourire.

Je ne veux pas laisser passer l'occasion de confronter Aiden. La colère est la seule chose qui m'empêche de m'effondrer.

— Bien sûr. J'espérais que tu viendrais. Allons-y.

Nous sommes loin du lycée avant que je trouve le courage de lui poser la question :

— Est-ce que Ian a eu des nouvelles de Ben ?

Jazz reste silencieux. Il ne veut pas me répondre ?

— Dis-moi ce que tu sais, je t'en prie !

— Il n'y a rien de nouveau, Kyla. Comme la mère de Ian est une amie de celle de Ben, elle lui a dit que, lorsque les ambulanciers sont arrivés, ils sont parvenus à ranimer Ben mais il ne respirait qu'avec une machine. Quand les Lorders ont débarqué, ils ont chassé sa mère. Après, ils ont suivi les ambulances et elles n'avaient pas mis les sirènes. Ce n'est pas bon signe… Ils n'ont même pas voulu lui dire où ils l'emmenaient ni dans quel état il était.

Je regarde le paysage sans le voir. Les Lorders l'ont emmené, mort ou vivant… Saurons-nous jamais la vérité ?

Nous arrivons bientôt chez Mac.

— Kyla, la mère de Ben a fait passer quelque chose pour toi.

Nous descendons et il ouvre le coffre d'un coup de pied.

— Ça va plus vite, m'explique-t-il.

À l'intérieur, il y a un gros carton.

— C'est pour toi, ajoute Jazz en me voyant hésiter. Ouvre-le.

Il y a un objet enveloppé de papier et, en le défaisant, j'aperçois des plumes de métal. C'est la sculpture de la chouette ! La mère de Ben a dû la terminer.

— Ben lui avait demandé de la faire pour toi, alors elle veut que tu l'aies, m'explique Jazz.

Si elle connaissait la vérité, elle ne m'aurait pas donné cette merveille ! Des larmes me brûlent les yeux et je les chasse.

Tu ne peux pas la garder.

Mon visage se ferme.

— Je ne peux pas l'emporter chez moi, murmuré-je. Je ne pourrais pas expliquer d'où elle vient.

— C'est pour ça que je l'ai apportée aujourd'hui. Je suis sûr que tu peux la laisser chez Mac. On va le lui demander, poursuit-il en attrapant le carton. Viens !

Nous entrons sans frapper, et Jazz appelle son cousin.

Ce dernier sort de la cuisine. À voir son expression, il est au courant pour Ben.

— Salut ! Comment ça va, Kyla ? me demande-t-il avec un sourire triste. Vous voulez du thé ?

— Du thé ? s'exclame Jazz d'un air offensé, en allant prendre une bière dans le placard.

— Tu devrais aller voir la nouvelle voiture dans la cour, reprend Mac. Je vais faire un thé à Kyla.

— Aiden est ici ? demandé-je quand nous sommes seuls.

— Oui, derrière… Je suis désolé pour Ben. C'est un gars bien.

Désolé ? C'est lui qui a présenté Aiden à Ben. C'est grâce à lui qu'il a eu ces pilules. *Et c'est moi qui l'ai amené ici.*

— Est-ce que je peux faire quelque chose ? insiste-t-il.

Il pose la main sur mon épaule, mais je le repousse. Je contiens ma rage. Il est encore trop tôt…

— Je veux parler à Aiden.

— D'accord. Faut juste veiller à ne rien dire à Jazz. Vaut mieux qu'il ne sache pas qu'il existe. Je vais l'occuper dehors un moment… Je lui dirai que tu veux te reposer.

— Oui, oui…

Je m'engage dans le couloir jusqu'à la chambre de l'ordinateur et ouvre la porte. Aiden est assis au bureau, la tête dans les mains.

— Salut, lance-t-il en se tournant vers moi. Mac vient juste de me prévenir, pour Ben. Je n'arrive pas à y croire.

Il se lève pour me tendre la main mais je me tourne pour fermer la porte, et sa main retombe.

— Que sais-tu exactement, Aiden ?

— Ce que Mac m'a dit, qu'il sait par son cousin, il me semble. Que Ben a coupé son Nivo. Pourquoi a-t-il fait ça ?

— Franchement, ça te va mal de faire l'innocent ! m'indigné-je, dégoûtée.

— Pardon ?

— Tu lui as donné ces pilules, et tu lui as affirmé que les TAG coupaient les Nivos ! C'est à cause de toi qu'il l'a fait !

J'ai élevé la voix et tremble de colère.

— Pas si fort ! chuchote-t-il avec un regard vers la fenêtre.

— J'en ai assez de me taire. Alors maintenant, je dirai ce que je veux, et tu vas m'écouter !

— D'accord, soupire-t-il.

— Ces pilules ne contenaient pas seulement du Pur Bonheur, n'est-ce pas ? Elles ont un autre effet.

Aiden hoche la tête.

— C'est vrai. Elles isolent le Nivo du cerveau, donc on est libre de penser ce qu'on veut. Je comprends que tu sois fâchée, Kyla, mais ce ne sont pas les pilules qui l'ont poussé à agir ainsi. Il y a sûrement eu un événement, quelque chose qui lui a fait comprendre que c'était la seule option possible.

Je le dévisage, horrifiée. Je viens de comprendre : ce qui l'a poussé, c'est l'agression de Wayne Best ! C'est parce qu'il a été incapable de me défendre qu'il a pris cette décision.

C'est ta faute, Kyla !

Mais je m'obstine :

— Si tu ne lui avais pas donné ces cachets, rien de tout cela ne serait arrivé.

— Je suis désolé, Kyla. Sincèrement. Ce n'est pas plus ma responsabilité que celle de Mac, qui m'a amené ici, ou de Jazz qui t'a conduite chez Mac.

On dirait qu'il lit dans mes pensées !

— Alors c'est la faute à qui ? murmuré-je.

— Réfléchis ! Qui a Effacé Ben ? Qui lui a flanqué un Nivo et a piégé son corps ? Qui a fait tout cela ?

— Les Lorders…

— Maintenant, tu vois pourquoi ce que nous faisons est si important ? Il faut qu'on révèle ce qu'ils font. Aide-moi, rejoins notre mouvement.

Danger, me souffle une voix intérieure.

Après ce qui s'est passé, il tente encore de me manipuler ! Je recule.

Son raisonnement est un leurre. Sans lui, Ben serait encore là. Et moi, que deviendrais-je si j'acceptais un tel pacte ? Au moindre faux pas, papa me retourne. Avec l'agent Coulson et ses Lorders, aidés de Mrs Ali, ils surveillent le moindre de mes faits et gestes. Et le Dr Lysander aussi…

Dis-moi ce qu'il y a de différent en toi, Kyla…

Tous, avec Aiden, exercent une pression sur moi. Ce sont les chasseurs et je suis leur proie.

— Tu te sens bien, Kyla ? me demande Aiden en réalisant soudain que mon Nivo n'a pas vibré durant cette discussion pénible.

Il tente de voir à combien je suis, mais je rabats mes manches sur mes poignets.

J'ai besoin de ma colère.

Je me dirige vers la porte.

— Si je peux faire quelque chose, n'importe quoi…, murmure-t-il.

— Trouve ce qui est arrivé à Ben.

J'attends, la main sur la poignée.

— Kyla, je suis désolé, mais il est peu probable qu'il ait survécu. Et s'il est vivant, comme les Lorders le tiennent, ce ne sera pas pour longtemps.

— Pas de supposition. Je veux la vérité.

— Si j'apprends quelque chose, je te ferai passer le message par Mac.

Mais il a insisté sur le « si », et je ne le crois pas.

Au lieu d'aller retrouver Jazz et Mac, j'erre dans la cuisine, luttant contre la tristesse qui menace de faire chuter mon Nivo. Soudain, mon regard se porte sur le carton posé sur la table. La chouette…

Retenant mes larmes, je défais l'emballage et pose la sculpture sur la table. Elle est magnifique. Une belle créature solitaire. J'effleure le dos brillant et la ligne des ailes quand un bruissement me fait tressaillir. On dirait que quelque chose se détache. Je tourne la chouette vers moi et aperçois un triangle blanc qui dépasse d'une patte… Je m'en empare entre le bout de mes ongles, et tire. C'est un morceau de papier plié en quatre. Une note ?

Mes mains tremblent en l'ouvrant.

Chère Kyla,

Si tu trouves ce papier, cela veut dire que les choses ont très mal tourné. Je suis désolé de te causer du chagrin. Mais sache que c'était ma décision, et que je l'ai prise tout seul. Personne d'autre n'en est responsable.

Je t'aime

Ben.

Ce soir-là, le sommeil me fuit encore. Mon Nivo ne cesse de vibrer dès que je commence à m'endormir. Quelle machine idiote !

Je voudrais l'obscurité, le silence, ne rien sentir et ne rien penser.

En plus, Sebastian n'est même pas là pour éloigner mes démons.

Finalement, je décide de descendre boire un verre de lait. En bas, il y a de la lumière dans le salon. Je jette un œil par la porte entrouverte. Maman est en train de lire, Sebastian sur les genoux.

— Comment fait-on pour vivre malgré tout ? demandé-je.

Maman pose son livre.

— Que veux-tu dire, Kyla ?

— Malgré ce qui arrive de terrible aux gens qu'on aime. Comme toi avec tes parents ou ton fils.

Elle me dévisage quelques instants, l'air abasourdi, puis me tend la main.

— Viens ici.

Je vais m'asseoir près d'elle et elle passe son bras sous le mien.

— Je n'ai pas vraiment de réponse, tu sais. On fait de son mieux, jour après jour. Au bout d'un moment, ça devient plus facile.

Elle me prépare un chocolat chaud, m'enveloppe dans une couverture et nous restons toutes les deux sur le canapé. Elle lit, Sebastian ronronne et, finalement, je m'endors.

Chapitre 50

Aujourd'hui, devant le Dr Lysander, je ne pourrai pas me contenter de répéter la version officielle sur Ben. Elle veut savoir ce que j'éprouve, et ce qui échappe à son contrôle…

Impossible de lui dire que c'est la colère qui me libère de mon Nivo ! Si quiconque découvre ça, c'en est fini de moi. Soit le Dr Lysander voudra m'ouvrir le cerveau pour voir comment je fonctionne, soit les Lorders et le Conseil de l'hôpital voudront m'éliminer.

Je dois absolument trouver le moyen de garder ce secret. Même si je parviens désormais à ne plus révéler mes émotions, cela ne suffira pas. En fait, je dois me conditionner et ne jamais me mettre en colère. Ni à l'hôpital, ni au lycée, ni à la maison.

Je ne vois qu'une solution : rester triste, ne pas chasser le souvenir de Ben.

Mon Nivo vibre.

4,4.

Bonne chance Kyla.

Mission impossible ?

— Entre ! me dit le Dr Lysander. Assieds-toi, je t'en prie.

Elle tapote son écran avec un vague sourire aux lèvres, puis lève les yeux sur moi.

— Je ne vais pas te demander comment tu vas, c'est enregistré. Pas très bien, je vois.

— En effet.

— Parle-moi de Ben, m'encourage-t-elle avec une expression que je ne lui connais pas.

De la compassion.

Je dois donc me méfier davantage ? Veut-elle réellement mon bien ?

— C'était mon ami au lycée. Mon seul ami, en fait. Il était aussi dans mon Groupe.

— Et que s'est-il passé ?

— Il n'est pas venu en cours, l'autre jour, et je me suis inquiétée. Alors je suis allée voir le petit ami d'Amy qui a une voiture et il m'a emmenée chez Ben. Mais quand on est arrivés, il y avait des ambulances et aussi des Lorders. Jazz m'a ramenée chez moi et j'ai perdu connaissance. Depuis, Ben n'est pas revenu au lycée, ni au Groupe, et personne ne parle de lui ! C'est comme s'il n'avait jamais existé ! Je ne comprends pas.

Les battements de mon cœur s'accélèrent et je serre les poings involontairement, mais je me force à me détendre et à respirer calmement.

— Tu te trompes, Kyla. Je m'y intéresse, moi.

— Alors, vous pouvez me dire ce qui lui est arrivé ? S'il vous plaît !

— Franchement, je n'ai aucun moyen de le savoir, sauf s'il est hospitalisé ici.

— Vraiment ?

— Kyla, tu sais qu'on ne peut pas enlever un Nivo sans provoquer des convulsions mortelles.

— C'est systématique ?

— Sauf si le Nivo est défectueux. Une rareté, mais rien n'est sûr à cent pour cent. C'est mon travail de veiller à ce que cela arrive le moins souvent possible. Et bien sûr de déterminer pourquoi ça ne marche pas.

Elle me dévisage comme si elle pensait que mon propre Nivo ne fonctionnait pas…

Danger ! Pense à ta tristesse.

Je songe au visage de Ben, à son rire. Nous courons ensemble… Je sens sa main dans la mienne. Dans sa note d'adieu, il m'a écrit qu'il m'aimait. Et puis, je revois son corps pris de convulsions, le sang de sa blessure… Dire que je l'ai laissé pour me sauver !

Des larmes brûlantes me piquent les yeux.

Mon Nivo vibre.

4,2.

3,7.

Le Dr Lysander appuie sur un interphone et dit quelques mots. Une infirmière apparaît. Les deux femmes échangent un bref dialogue et l'infirmière m'enfonce une aiguille dans le bras. Une chaleur bienvenue envahit mon corps et mon Nivo remonte.

L'infirmière s'en va. Le Dr Lysander tapote son écran, m'observe à plusieurs reprises, puis s'adosse à son dossier.

— Ça suffira pour aujourd'hui, Kyla. Crois-moi, il vaut mieux oublier ce garçon. Si tu n'y arrives pas tout de suite, ça viendra peu à peu.

Elle parle comme maman…

— Ça vous est arrivé de perdre quelqu'un, docteur ? Vous avez déjà vécu ça ?

Elle s'agite sur son siège, mal à l'aise.

Donc, j'ai vu juste. J'ai touché un nerf. Pendant un instant, il y a de la douleur dans ses yeux. Puis son visage redevient neutre. *Elle se construit un visage de marbre, elle aussi…*

— Rentre chez toi, Kyla.

Le sujet est clos.

Je me lève et me dirige vers la porte.

— Tu sais, je n'ai pas oublié notre dernière conversation, ajoute-t-elle. Nous en reparlerons la prochaine fois.

C'est seulement beaucoup plus tard, une fois couchée, que je prends conscience de mon erreur. Je ne suis pas supposée savoir que Ben a coupé son Nivo ! Or lorsque le Dr Lysander en a parlé, je n'ai pas paru surprise.

Grossière erreur.

Puis, je comprends qu'elle m'a menti, elle aussi : si elle ne savait rien sur Ben, elle n'aurait pas connu les raisons de son accident.

Autour de moi, tout est d'un noir d'encre. Je ne vois rien. Je déteste ça ! Je suis debout dans un espace étroit où je n'ai pas la place d'étendre les bras ni de m'asseoir. Impossible de grimper non plus, les murs en briques n'offrent aucune prise.

Je les frappe rageusement.

Il doit bien y avoir un moyen de sortir.

Il y avait une fenêtre dans la tour de Raiponce, la jeune fille aux longs cheveux. Moi, je suis dans les ténèbres, et pour m'échapper je ne peux compter que sur mes ongles…

Je martèle les murs à coups de poing et de pied encore et encore. En vain. Finalement, épuisée, je m'affaisse contre le mur. C'est alors que je sens quelque chose sous ma paume. Un peu de mortier s'est détaché, là, près de ma taille ! Je gratte furieusement avec mes ongles, ignorant le sang et la douleur de mes doigts écorchés.

Les mains cicatrisent, je suis bien placée pour le savoir.

Enfin, une faible clarté s'infiltre par l'orifice. Pour un peu, j'en pleurerais de soulagement. Mais il m'est impossible de me baisser pour regarder dans le trou et voir ce qu'il y a de l'autre côté.

Ça suffit ! hurlé-je. Laissez-moi sortir !

Chapitre 51

Je me réveille tard, le lendemain matin. Maman m'a donc laissée tranquille ? Cela ne lui ressemble pas, même si on est dimanche.

Hier soir, après mon rêve, j'ai dû laisser la lumière allumée, incapable de supporter l'obscurité totale. Je suis restée longtemps les yeux ouverts, à réfléchir, puis j'ai sorti mon carnet et j'ai dessiné pendant des heures. Le soleil était déjà levé lorsque j'ai à nouveau cédé au sommeil.

Que signifie mon rêve ?

Que je ne peux exprimer ma colère ? Dans ce cas, mieux vaut qu'elle reste dans sa prison de briques. Me révolter ne m'empêchera pas de souffrir, et, tôt ou tard, la douleur reviendra. Impossible de réprimer mes sentiments, que ce soit pour Ben ou n'importe quoi d'autre.

Tout comme il m'est impossible de cesser d'être qui je suis, ou de nier qui j'ai été autrefois. Je ne saurais dire si le Dr Lysander m'a menti, hier. Et je ne crois pas non plus que Ben a eu tort d'avoir voulu couper son Nivo. Si jamais cela l'a tué, c'est de la faute des Lorders et de leurs hôpitaux, du gouvernement, et des médecins comme le Dr Lysander. Ce sont eux, l'ennemi, pas Aiden.

Oui ! Concentre plutôt ta colère sur eux.

En revanche, Ben se trompait en voulant rejoindre les terroristes. Il m'en a dit le moins possible pour ne pas m'attirer d'ennuis mais je suis certaine que c'était son but.

Je sors les dessins que j'ai faits cette nuit. Les disparus sont tous là : Ben, Phoebe, Lucy. Je ne peux pas les abandonner. Il faut informer le monde entier de leur sort, et, surtout, il faut que je sache où est Ben. S'il est vivant ou mort…

En bas, Amy fait ses devoirs dans la cuisine pendant que maman prépare une soupe. Papa n'est pas rentré de voyage.

— Enfin réveillée ! s'écrie maman en me voyant entrer. Mais quelle bonne mine… Cette grasse matinée t'a réussi.

Elle semble contente de me voir reposée.

Je lui rends son sourire. Elle ignore que je n'ai guère dormi, et que c'est la certitude de l'action à entreprendre qui me donne l'air reposé.

— Je vais faire un petit tour, annoncé-je.

Maman jette un œil par la fenêtre. Le soleil brille, mais de lourds nuages noirs s'amoncellent à l'ouest.

— Entendu. Mais ne t'attarde pas.

— Tu veux que je vienne ? me demande Amy.

— Non, merci. Je préfère être seule.

— Reste sur la grand-route, Kyla ! crie maman au moment où je franchis le seuil.

Je traverse le village, passe devant le sentier où Amy et Jazz aiment se promener. Où Ben et moi marchions aussi il y a peu… Et où tant de choses ont eu lieu.

Je longe une cour de ferme silencieuse. Après il y a des bois sur plusieurs kilomètres. Je suis sur le point de revenir lorsque je saisis un mouvement du coin de l'œil. Je pivote, scrute les champs et les arbres. Soudain, je la vois : une chouette d'une blancheur de neige, perchée sur le pieu d'une clôture.

Elle est tournée vers moi et contemple le monde comme s'il lui appartenait. Que fait-elle ici, en plein jour ? Même moi, je sais que les chouettes sont des créatures nocturnes. Je la regarde, fascinée, et emprunte un sentier sommaire entre la clôture et les bois, pour m'approcher d'elle. À présent, je vois clairement ses yeux et la texture de ses plumes. Puis elle ouvre de grandes ailes blanches et s'envole comme la sculpture en métal, avant de descendre en piqué pour se poser à nouveau. Mais cette fois, c'est sur un portail au bout du pré, à une vingtaine de mètres.

Et là, elle me regarde droit dans les yeux.

Elle m'attend ?

Je m'avance et nous répétons la même danse encore et encore. Chaque fois que je diminue la distance entre nous, elle s'envole puis se pose et m'attend. Nous arrivons ainsi en plein bois, et je réalise que je suis complètement perdue. J'étais tellement obnubilée par la chouette que je n'ai pas prêté attention à ce qui m'entourait.

Dans le ciel, les nuages noirs cachent complètement le soleil. La pluie ne va pas tarder. Ma blanche amie est maintenant tout en haut d'un arbre.

— Que veux-tu, maintenant ? lui dis-je.

Elle me fixe intensément, tourne la tête d'un côté, puis s'élance haut dans le ciel et disparaît.

— Eh bien, on va être tranquille, toi et moi, on dirait…

La voix m'a fait sursauter. Je fais volte-face.

Wayne, le maçon, a surgi de nulle part.

— Vous m'avez suivie ? murmuré-je en reculant d'un pas.

— Ben oui. Tu t'es pas gênée pour me regarder, toi. Alors moi j'ai fait pareil.

Son sourire est une grimace.

Il s'avance vers moi.

Je recule encore, me tourne pour courir mais trébuche sur une racine d'arbre. En un clin d'œil, il m'a rattrapée et me tord le bras pour me pousser contre un arbre.

— Alors, y a personne ici pour t'aider, cette fois, hein, me dit-il à l'oreille en tentant de passer une main sous mes vêtements.

Je me débats en vain.

— Petite sotte… laisse-toi faire ! Tu sais que t'en as envie. En plus, si tu te mets en colère, tu vas tomber dans les pommes. Tu pourrais même mourir !

Il me tire par les cheveux pour approcher son visage du mien. Et soudain, mon corps se rappelle ce qu'il doit faire. Je me détends et cesse de résister. Il se méprend.

— Voilà, sois bien sage, fait-il en fourrant sa langue dans ma bouche.

Prise d'un haut-le-cœur, je lui envoie mon genou entre les jambes.

Puis quelque chose se rompt en moi. C'est presque audible, comme si mon geste m'avait délivrée d'un carcan… Désormais, une lueur brille dans les ténèbres, comme dans mon rêve sur le mur.

Wayne jure et tombe en arrière, sans lâcher ni mes cheveux ni mon bras, m'entraînant dans sa chute.

— Petite traînée… Tu me le paieras ! menace-t-il.

Ça m'étonnerait !

D'accord, il me dépasse d'au moins trente centimètres et pèse sans doute deux fois plus que moi. Mais mes jambes et mes bras sont comme des machines précises qui savent où frapper sans pitié.

Lorsque je me relève, l'homme qui a osé me toucher gît sur le sol, la mâchoire écrasée, et le sang coule de l'arrière de sa tête. Est-il mort ?

J'ai peur de savoir et peur de ne pas savoir.

Je me penche sur lui et m'oblige à tâter son pouls à la base de son cou.

Soudain, il ouvre les yeux, et avant que j'aie pu reculer, il m'a saisi la cheville. Un cri me monte à la gorge et je tire fort, mais il me tient dans un étau. Je dois me baisser et ouvrir ses doigts un à un pour me libérer.

Puis je fonce tout droit dans les bois. Des branches me giflent et je trébuche sur des racines, mais je ne ralentis qu'en voyant un sentier que je reconnais. Je suis déjà passée par ici. La partie logique de mon cerveau prend le relais.

Je m'arrête, hors d'haleine.

Mon Nivo est à 6.

Comment est-ce possible ?

Des élancements me martèlent les tempes, mes mains tremblent, mes pieds vacillent.

« Qu'ai-je fait ? » demandé-je aux arbres. « Qu'est-ce qui m'a pris ? Comment ai-je su me défendre ? »

Chut !

Je fais volte-face. Qui a parlé ?

Je n'entends plus que les battements de mon cœur affolé. Je suis seule.

Et malgré mon émotion, au fond de moi je suis calme. Quelque chose me sépare de mon Nivo et mes questions semblent sans importance.

Tu es en phase avec toi-même.

J'ai beau me tourner de tous côtés, il n'y a personne. Cette voix est dans ma tête. Elle y a toujours été.

— C'est toi, Lucy ?

Non ! Cette mauviette est partie pour toujours. Je suis… toi. Toi qui étais.

— Que veux-tu ?

Qu'on soit ensemble.

— Non !

Tu n'as pas le choix.

Je tombe à terre.

L'intrus en moi tire une brique du mur, et le ciment s'effrite. Peu à peu, les autres briques se brisent.

La tour entière s'effondre.

Je suis au centre d'un kaléidoscope. Des images me traversent, lentes, d'abord, puis tourbillonnantes. J'ai le vertige, ma tête va exploser mais je ne peux arrêter ce flot de souvenirs.

Mon estomac se tord et je vomis, encore et encore, et même quand je n'ai plus rien à vomir, des spasmes continuent à me secouer.

Comment est-ce possible ? Je ne suis pas censée avoir de mémoire.

Mon cœur bat à se rompre dans ma cage thoracique. Peu à peu, cependant, je me calme, et les images s'estompent.

Qu'est-ce que cela veut dire ?

Comme une réponse, je vois deux yeux d'un bleu pâle, glacé. Puis un visage, angélique lorsqu'il sourit. Lorsque je fais ce qu'il me demande. Je préfère éviter de penser à ce qui se passe quand je n'obéis pas.

Son nom me revient dans un souffle : Nico. Du moins, c'est sous ce nom que je l'ai connu, là-bas, quand il était le centre de ma vie. Il contrôlait toutes mes émotions : la souffrance, le plaisir. Il m'a appris comment être deux personnes en une seule : Lucy, faible et pleurnicharde, et son alter ego guerrière.

Lucy est partie : seule l'autre reste.

Nico est celui qui a écrasé les doigts de Lucy avec une brique quand elle a résisté à la séparation. Mais il l'a fait pour moi, pour me protéger. Pour que je sois en sécurité si les Lorders mettaient la main sur mon cerveau. C'est ce qui s'est passé. J'ai été Effacée.

Donc tout ce qu'il a fait à Lucy m'a sauvée, finalement.

Bien sûr, maintenant, il ne se présente pas sous son vrai nom. Il porte des vêtements différents et joue un nouveau rôle : celui de professeur. Mais il a toujours le même sourire. Un sourire qu'il me réserve, ignorant les autres filles de la classe.

Quelle garce, a-t-il dit en parlant de Mrs Ali.

Toujours de mon côté, Nico.

Je comprends, maintenant, pourquoi il a été aussi horrible avec Ben. Il essayait de faire sortir mes souvenirs de leur cachette. De me provoquer.

C'est lui ou un de ses amis terroristes qui ont dû envoyer Miss Fern à l'hôpital, afin qu'il la remplace dans mon lycée. Nico – ou Hatten, comme il se fait appeler maintenant – s'est donné beaucoup de mal ; et il ne peut y avoir qu'une seule raison : pénétrer dans le monde de Kyla. Mon monde.

Mais pourquoi ?

Que veut-il de moi ?

Un flux d'images m'arrive à nouveau, par centaines, à la vitesse de l'éclair. J'y vois la mort et des instruments pour la provoquer : des explosifs et des détonateurs, des armes et des bombes. Le meilleur endroit pour cacher un poignard.

Nico m'a appris tellement de façons de mettre un terme à une vie. Même à mains nues.

Non !

Si ! Demande à Wayne !

Je me redresse et cours, loin du corps du maçon, pour regagner la route.

NON NON NON NON NON.

Le cri résonne dans mon corps. Je ne veux pas, je ne peux pas, je ne suis plus cette personne, c'est fini.

Et Ben ?

Mon pas ralentit. Je regarde mon Nivo, si semblable à celui que j'ai tranché à son poignet, au péril de sa vie.

Je suis à 6,2.

Je le tords dans tous les sens, sans rien sentir. Après ce que j'ai fait cet après-midi, je devrais être morte, le cerveau brûlé par cette chose qui gouverne ma vie depuis que j'ai été Effacée.

Or je suis libérée de mon Nivo.

J'en ai la chair de poule.

Je m'adosse contre un arbre et ferme les yeux. Revois ceux de Ben, bruns et chaleureux. Il m'aimait. Ressentirait-il la même chose s'il connaissait ma véritable identité ?

Je ne peux pas croire qu'il soit parti pour toujours, immobile et silencieux comme la chouette de métal.

Nico pense que je vais à nouveau lui obéir mais cette fois, ce ne sera pas gratuit. Il m'aidera à trouver Ben, sinon, je lui échapperai.

Je chuchote une promesse aux arbres et au vent, à la pluie qui commence à tomber, à la chouette dont le vol m'a amenée ici.

— Ben, je vais te retrouver.

Remerciements

Un grand merci à mon agent, Caroline Sheldon, pour avoir parié sur *Effacée* et l'avoir mis sur tous les bons bureaux ; à Megan Larkin, pour s'en être emparé et avoir aidé à l'améliorer ; et à Thy Bui et toute l'équipe d'Orchard Books qui ont accepté mon rêve et l'ont transformé en ce bel objet que je peux tenir dans les mains.

J'ai une énorme dette envers tous mes amis Scooby du SCBWI, et à mes potes du groupe de critique littéraire, passés et présents. Candy Gourlay et Paula Harrison ont toujours été là, me soutenant dans les bons moments comme dans les crises : merci pour tous les déjeuners et les bons conseils ! Candy, Jo Wyton et Amy Butler Greenfield ont lu les premières versions d'*Effacée* et leurs commentaires ont été précieux. Et merci, aussi, à Lesley McKenna de l'Université du Bedforshire, pour m'avoir posé tant de questions vraiment agaçantes, et obligée à me pencher davantage sur ce que j'étais en train de créer.

Après eux, vient celle qui a été mon professeur d'anglais au lycée, Cher McKillop, qui déclara un jour que je pourrais devenir écrivain. Je ne l'ai pas crue. Des années plus tard, une autre amie, Kim Walsh, a dit la même chose. D'autres voix, au fil du temps, m'ont convaincue d'essayer, puis de continuer mes efforts.

Avant *Effacée*, il y a eu d'autres livres : apprendre à écrire est un processus long et semé d'embûches, où il est souvent difficile de voir par-dessus l'obstacle à venir. Les conseils généreux d'Anne Fine sur ma toute première tentative m'ont permis de surmonter l'épreuve, avec les encouragements et la contribution de Jude Evans.

Merci du fond du coeur aux élèves du lycée Lord Williams de Thame, et à mes groupes Chatterbooks de la bibliothèque Princes Risborough, qui m'ont rappelé pour qui j'écrivais, et pourquoi je voulais le faire en tout premier lieu.

Et puis merci à mes parents : ils m'ont mis des livres dans les mains alors que je pouvais à peine les tenir. Plus tard, lorsqu'ils n'ont pu suivre mon rythme de lecture, les bibliothèques ont pris le relais. J'étais le genre d'enfant qui s'endort sur son bureau, à l'école, parce qu'il a lu toute la nuit avec une lampe électrique pour ne pas se faire prendre. Sans les bibliothèques, je ne crois pas que j'aurais pu relever ce défi.

Et après ce panorama de ce qui s'est déroulé en coulisses, une constatation s'impose : vivre avec un écrivain n'est pas facile. À Graham, Branrock, et tous ceux qui m'inspirent : bravo !

Composé par Nord Compo Multimédia
7, rue de Fives, 59650 Villeneuve-d'Ascq

ACHEVÉ D'IMPRIMER EN OCTOBRE 2013
PAR NORMANDIE ROTO IMPRESSION S.A.S.
DÉPÔT LÉGAL : SEPTEMBRE 2013. N° 109805-2 (134046)
Imprimé en France

À propos de l'auteur

Teri Terry a vécu en France, au Canada, en Australie et en Angleterre. Elle y a résidé à d'innombrables adresses, et y a glané au passage trois diplômes, quelques passeports et un nom très original. Elle a exercé les métiers les plus divers, dont ceux de scientifique, d'avocate, d'optométriste. En Angleterre, elle a travaillé dans des écoles, des bibliothèques et une association caritative de livres audio. Les sentiers et les canaux du Buckinghamshire, où elle vit maintenant, ont beaucoup inspiré les paysages d'*Effacée*. Elle déteste les brocolis, aime les chats et a finalement décidé ce qu'elle veut faire quand elle sera grande.

Venez lui dire bonjour sur Twittter : @TeriTerryWrites
Visitez sa fan page sur Facebook : TeriTerryAuthor
Site Web : http://teriterry.com/